Fate Apocrypha　Vol.1「外典：聖杯大戰」

目錄

CONTENTS

序章

序章

那裡是個哪兒也不是的場所，是個哪兒也不是的世界。

從時間這個概念中解放出來的那個地方，沒有早晚之分，沒有太陽和月亮，只有淡淡的極光照亮天空。

這個世界沒有變化。遼闊的海洋不知波浪為何，天空也不知雲朵的飄流為何。住在這般世界的男人，覺得天空看不到月亮也見不著繁星這一點令人有些寂寥。

所以男人閉上眼睛。只要閉眼，映在眼簾的就是各式各樣寶貴的回憶。重複幾千、幾萬次也不覺厭倦，值得誇耀的過去。

男人一如往常轉頭往右、往左、往下、往上，確認沒有異常之後閉上雙眼。就這樣，打算沉浸在所謂過去的幻想之中。

為了維護男人的名譽，在此聲明。

他真的只有這些事情可做。不論戰鬥、療癒、悲痛、憤怒，對現在的他來說，只是不必要的行為。

問他是否無聊，他只能首肯。

問他是否痛苦，他應會否定。

男人就像一直以來那樣，讓過往歷歷在目的情景映在眼瞼之下。他的過往非常渺小，所以無論何時的景象都甚是清晰。沒有刷淡、沒有髒汙、不會遺忘。

「請起來。」

……再次重申，這個世界沒有變化，甚至沒有風吹拂、沒有波浪，只是個被固定的場所。

所以說，如果這個世界產生了變化——那毫無疑問是來自外界的干涉。

男人睜眼，看到難以置信的東西，僵住了。究竟從什麼時候開始，情緒就再也沒有這樣被撩撥過了呢？

「好久不見呢。」

眼前的「她」微笑。腦彷彿要麻痺的感覺，讓男人無法說話的口張開了。

有著一頭如春日柔和陽光的秀髮，楚楚可憐的少女就在那裡。

男人很清楚少女是誰，就是他每次閉上眼都會出現在眼前的少女，不可能認錯。但是少女為什麼會在這裡？妳明明——不可以在這裡。

少女悲傷地皺眉，伸手輕輕撫上男人的臉頰。

指尖滑過臉頰的觸感讓男人發出幸福的嘆息。

「竟然渾身是傷，孤獨一個人待在這種世界。」

少女悲傷地嘀咕：「都是我害的。」男人則表示不是這樣。

——妳不需要介意，這裡是我驕傲的領域。不管永遠或萬劫，無聊或絕望，都不值得懼怕。

「我不會再丟下你一個人了。」

——嗯，儘管如此，妳所說的話、妳就在這裡的事實，還是讓我很高興。只是，就只是覺得很高興。

這是毫無變化的完美世界，時間也應停止流動。

但少女出現在這裡了。那麼這個世界就不再完美，墮落成庸俗……隨處可見的世界了吧。

這讓男人無比開心。

世界改變。

時間開始流動。

§§§

這裡是毫無價值的戰場。

戰鬥用人工生命體們揮舞著巨大斧槍，建構起精密的魔術式，帶給周圍莫大破壞。因為補強了並非透過自然生殖方式產下的人工生命體會有的肉體缺陷，他們的生命短到頂多兩個月。

但既然是在這場戰爭消耗的生命，那不管可以活兩個月還是兩週都沒差別。

透過鍊金術鑄造的人工生命體，在誕生的時候就已經是成體了。他們是為了戰鬥而誕生、為了破壞而誕生，並且為了死而誕生的人造生物。

另一邊，以卡巴拉術式建構而成的魔像是服從主人命令的人偶使役者。與比較接近人類的人工生命體相比之下，它們是由石頭或青銅打造，與人類相去甚遠的存在。

它們的數量雖然不多，但任何攻擊都不放在眼裡，以巨大的身軀踩爛，以堅硬的拳頭揍倒敵人。

不論人工生命體或魔像，擁有的戰鬥力都可以輕鬆對抗一般魔術師；但它們在數量上卻明顯位居劣勢。

龍牙兵是利用龍的牙齒產出的骷髏兵。只要把牙齒撒在大地，就可利用龍種的魔力和從大地獲取的知識成為便宜的雜兵。要拿龍牙兵對抗專門打造用來戰鬥的人工生命體和魔像，力量確實差距太大；但數量總之就是很多。

「紅」使役者玩玩之下產生的龍牙兵，以幾乎無窮無盡的數量投入戰場，接二連三不斷湧出。它們在完全粉碎之前不會停下腳步，手中拿著比鋼鐵還堅硬銳利的骨劍、骨斧，群聚一起粉碎魔像，斬殺人工生命體們。

場面只能用悽慘一詞形容。魔像、龍牙兵，以及人工生命體，只擁有單純思考迴路或稀薄感情的它們，不斷反覆攻擊直到自己死亡為止；只要對手還存在，就不會停下攻擊動作。

火焰奔騰、土壤變成砲彈。即時以治癒魔術修復受傷的士兵，並讓它們立刻回到戰場上。

儘管戰吧，然後儘管破壞吧。這場戰爭的意義就是消耗，它們只是棋子，只是統計數字……沒錯，決定這場戰爭趨勢的，絕對不會是它們。

戰場各處不時引發巨大爆炸，一揮武器便能掃掉、粉碎群聚的士兵，無與倫比、以一擋百的強者們。

他們才是決定這場戰爭勝敗的終極棋子，強韌而敏捷，是有如閃光般耀眼的英雄化身。

空氣突然帶起強烈震動，一口氣掃倒周圍的龍牙兵和魔像們。把一切粉碎再粉碎、粉碎還粉碎，化為塵埃。

戰場上空出了一塊奇特的空白地帶，但沒有人踏入其中。不論人工生命體、魔像，甚至連沒有腦的龍牙兵都理解，那裡是戰場上的蟻之地獄，只要靠近，就會不由分說地遭到粉碎。

有權利存在於此的，只有被選上的人（使役者）。

——而現在，那裡站著兩名劍士（劍兵）。

一方個子雖矮小，卻以如鐵塊厚重的全身鎧甲包裹全身的白銀劍士。因為頭盔整個覆蓋臉孔，無法看出人種與性別。武器是一把裝飾華美的白銀劍。

另一方則是帶著非比尋常的氣勢的高大青年。以雙手握持的巨劍跟對手的劍同樣無比華麗厚重，讓人只會覺得這絕非人手能打造而出。其中最醒目的部分就是鑲嵌在劍柄上的藍色寶石。

劍的顏色分別是白銀與黃金，外型與本質雖然不同，但兩把劍毫無疑問都帶著配得上英雄的光輝。但這場戰鬥本身「不合理」。劍的時代已在久遠的過去宣告終結，席捲戰場的本來應該是火器類。

那麼，他們是被持槍的人類嘲弄的存在，是跟不上時代的野蠻人嗎？

否，這才「不合理」。

「——『黑(Black)』劍兵啊，要上嘍。」

聽到白銀這方的叫陣，黃金這方回應之。

「——儘管來，『紅(Rot)』劍兵。」

下一瞬間，「紅」的劍兵隨著獅吼般的咆哮躍起。其跨步撼動大地，衝刺速度突破音速障礙。這樣的跳躍是「紅」劍兵持有的「魔力放射」技能帶來的產物，透過瞬間釋放武器或自身肉體擁有的魔力，劍士能以槍砲般的勢頭衝刺，輕鬆揮舞與其矮小身軀不甚搭調的武器。

跳躍的衝擊餘波接連轟飛落在大地的魔像及龍牙兵殘骸。若有這樣的速度、這般破壞力，想必連現代戰爭中最強悍的陸戰兵器主力戰車（MBT）都可予以粉碎。

——但如果跳躍的劍士並非常人，其對手也是到達魔人層級的存在。

隨著巨龍般威猛的戰吼，手握黃金大劍的「黑」劍兵向前踏出數步。面對以高超速度衝刺而來的對手也毫不猶豫，揮下高舉的大劍。

如果採取特攻的白銀是槍彈，那麼迎戰的黃金就是高速斷頭臺。鋼鐵彼此衝突，造成的餘波帶給周圍空間誇張至極的破壞。

「哈！這一砍太嫩啦，『黑』劍兵……！」

「唔——！」

鋼鐵與鬥魂激烈衝突，迸出火花。那裡沒有同情、沒有憎恨，有的只是拒絕彼此存在的強大意志以及與強者交手的歡喜漩渦。雙方已交劍十回合。自從這場戰爭開始，這是首次能夠交手這麼多回，讓「紅」劍兵下意識地勾起嘴角。

兩人本不存在於這個世界。他們重現了在歷史上留名，創造傳說的偉大超人。儘管已死，名號卻未曾消逝，不斷存續人們心中的英雄們，即所謂「英靈」。兩人則是英靈的分身——以被他人使役的身分現身的使役者。

第十三回合衝突——下一瞬間，世界靜止了。彼此的武器並沒有粉碎，彼此的肉體並沒有飛散，展現出藝術般均衡狀態的兩位就這樣進入了交劍對抗的狀態。乍看之下，在體格方面很明顯是「黑」劍兵有利，與「紅」劍兵相比，根本就是大人和小孩的體格差距。

但被壓制的卻毫無疑問是黃金劍士——壓制對方的，則是白銀劍士。

理由與方才相同，是出在「魔力放射」這項技能上。這回不是用於衝刺，而是把魔力用來加強自身肌肉的力量。現在的「紅」劍兵就像準備點燃火藥，暴衝而出的子彈。

「喔喔喔喔喔喔喔喔喔喔喔喔喔喔喔喔喔喔喔！」

踏出的腳沉入大地，氣勢高漲的是白銀這方——「紅」劍兵。

「黑」劍兵無法承受而被打飛，但他畢竟也是個英雄，並沒有難看地倒下，而是往後方躍開。沒有跪地，表情也沒有變化。

「紅」劍兵把劍直直挺出，露出別有意圖的笑容，就算隔著面具也可以充分感受到其中蘊含的嘲笑之意。

「這樣還算堪稱最強的劍兵職階嗎？太令人失望了。說起來，既然不是正牌，頂多只有這種程度是嗎？」

「……」

「黑」劍兵不說話。「紅」劍兵說得沒錯，自己算不上正牌英靈，自然沒道理能與真正的英靈「紅」劍兵抗衡。

儘管如此，還是不能退縮。為了拯救倒在自己身後的友人……無論如何都得一戰。

「——劍啊。」

「黑」劍兵為了打倒眼前的敵人，選擇了最好的方法。

「填滿吧。」

面對逼近眼前的死所帶來的恐懼，「黑」劍兵不為所動，淡淡地宣告。高舉頭上的大劍開始充滿橙色光芒。

「要解放寶具了嗎……哼，好啊！」

「紅」劍兵低吼般說道，聲音裡頭不帶絲毫焦慮。寶具——透過詠唱真名啟動，是使役者的必殺武器（Ultima Weapon）。

有的是單純擁有強大破壞力的武器，有的是只要使用就必定會奪去對手性命，有的儘管不是武器，卻是可以對抗任何投擲性質武器的最強硬盾牌。有多少傳說，就有多少寶具存在。

然後不論「黑」劍兵或「紅」劍兵，當然也都持有寶具。

「——好啦，主人的許可下來了。這邊也用寶具對抗吧！」

「紅」劍兵架起白銀之劍。與此同時，覆蓋其臉部的厚重頭盔一分為二，與鎧甲化為一體。

彼此的視線交錯，「黑」劍兵似乎略顯驚訝地稍稍挑眉，那是因為「紅」劍兵有著一張跟少女一樣的臉孔。通常使役者會以全盛時期的姿態被召喚出來，因此大多英雄都是經歷過一些風霜的二十幾、三十幾歲的模樣。但這「紅」劍兵明顯太過年輕，恐怕還不到二十歲。

不過，儘管面容是個可人的少女，卻藏不住其凶狠的個性……倒不如說，她根本沒打算隱瞞，瞪著「黑」劍兵的眼底交雜著對彼此鬥爭抱持的愉悅與殘忍。

「……為何卸下頭盔？」

「黑」劍兵提問，「紅」則以不耐煩的聲音回應：

「不為什麼，只是因為不卸下頭盔我就無法使用寶具。『黑』啊，你還有餘力介意這種小事？」

瞬間，以架著劍的「紅」劍兵為中心，周遭一帶全部染血。狀況還不只如此，「紅」劍兵所持的劍身被血色極光包覆，發出奇怪的聲音產生變化。

這當然不是寶具原本的模樣。原本清廉又華麗的名劍在過度的憎恨洗禮下，變成了魔人手中的不祥邪劍。

「懲罰的時間到了。你就迎接非正牌英靈該有的結局吧，『黑』劍兵——！」

「紅」劍兵舉起手中的異形寶劍。

不論誰來看，都明白那是必殺的一擊——

「……上陣。」

「黑」劍兵與方才相同，毫不猶豫地正面迎戰。對他來說，不管有沒有勝算都不重要。

——這是非做不可的事情。

「黑」劍兵如此理解。他並不是賭上性命，「說起來，他根本就沒有可以拿來賭的性命」。

橙色光芒與血色極光瞬間漲大，打旋的大氣慘叫，告知周遭兩把寶具已完全解放的事實。

這才是傳說之劍。是馳騁戰場上的英雄們握在手中，咆哮著斬殺敵人、貫穿魔性的幻想存在。

他們彼此手中握著的都是劍，他們彼此的職階都是劍兵，然後——彼此都是該打倒的敵人。

「向崇高的父親（Clarent）——」

「紅」劍兵昂揚。

「幻想大劍（Bal）——」

「黑」劍兵吼叫。

「——掀起反叛（Blood Arthur）！」

「——天魔失墜（Mung）！」

黃昏的光與紅色閃電狂奔衝突，以純粹破壞為目的的兩道怒濤閃光打算吞噬彼此。

這在人類歷史中是不可能出現的景象。生於不同時代，活躍於不同大地上的兩位英雄，正以必殺的寶具彼此衝突。

此處充滿光，殲滅了周圍一帶的所有物體。包圍此處的魔像和龍牙兵受到牽連，全部化為灰燼。

目擊此莊嚴且慘烈的光景的人都毫無例外地抽了一口氣。充滿紅橙光的這個空間，簡直就像宣告世界終結。

但事物總有結束的時候。不斷膨脹的光芒漸漸緩和下來，像塵埃那樣消失無蹤。

兩人原本所在的大地一片慘狀。

請想像一下展翅的蝴蝶，以及在地上被刻劃出那樣的蝴蝶痕跡的模樣。那是從極高空也可目視的巨大爆炸痕跡。

那麼，又有多少人會相信這樣的爆炸痕跡是揮劍所造成的呢？這一天，新的神話確實在這片土地誕生了。

傳說的聖劍與稀世邪劍帶來不可能的衝突，挖開了這塊大地。

讓兩人分出高下的不是他們的技術與力量，也不是寶具的優劣。「黑」劍兵的寶具是以他為中心，呈半圓形擴散開的黃昏色光波。

另一方，「紅」劍兵則由她手持的劍的尖端射出直線紅雷。兩者的寶具特性和彼此之間的距離分出了高下。如果「黑」劍兵再靠近個幾公尺，勝負可能會導向不同結果。

總之，勝負已決，一個使役者倒下，一個使役者跪地。「紅」劍兵因恥辱而顫抖著站起身。

她帶著必殺的意志，往倒在地上的「黑」瞪過去。

「你這傢伙，為什麼還活著……！」

寶具既是必殺的武器，同時對本人也是絕對的尊嚴代表。既然解放了真名，若不能確實殺死就會影響到自身名譽。「紅」劍兵那冠上騎士王（父親）之名的寶具早已超越了尊嚴，化為某種形式的怨念了。

因此，對「紅」劍兵來說，「黑」還活著這點就不可接受。只要手裡還握著劍，就是可恨的對象，更別說還抬起了頭想站起身子，就算砍爛他一百遍也不足以洩憤。

儘管劇烈的痛楚令身體煎熬，但對戰鬥不造成影響。既然使出那種程度的寶具，應該消耗了不少魔力；但她的主人極為優秀，即使用過寶具，也有能耐讓她可以馬上採取行動。

「『黑』劍兵，你別給我亂動，我會殺了你。不是別人，是由我來殺了你……！」

斬下首級，用劍刺穿他的心臟。這是只有自己才能擁有的權利。

「紅」劍兵踏出一步。

——總之，「我」還活著。或者該說，就只是活著。

心臟依然奏著強勁律動，體內的魔術迴路奮起，拚命要繼續「維持劍兵的身分」。但累積的魔力在方才那一擊毫無保留地四散而去，早就不足以繼續維持劍兵身分了。

包覆全身的鎧甲分解般消逝。同時，象徵劍兵身分的黃金大劍也融解在空中。

這瞬間，「黑」劍兵從世界上消失。

突然，壓倒性的痛楚席捲「原本是劍兵的自己」的意識。猛烈吐血，因為神經切斷的痛楚、肌肉撕裂的壓力、骨頭粉碎的衝擊而不禁落淚。拚命壓抑不發出慘叫，卻也無法完全止住而呻吟。

……過了一會兒，痛楚漸漸緩和，卻也無法揮劍了。說起來，對失去劍兵力量的我來說，不可能打破現狀。令咒還有兩道……但發不出聲音。不是沒有勇氣，而是物理性的痛楚本能地提出警告。要變身必須間隔一段時間以上，如果馬上變身，這副軀體會無法承受而招致毀滅。

滿載殺意的「紅」劍兵接近而來，早已無計可施。奇蹟沒有發生，不，就算手握奇蹟，到這裡就是自己的極限了。

雖然悔恨，但只能接受這個事實。

……不太有對死的恐懼感。以自己來說，就只是消失而已。不論未完成的心願或後悔，都不是什麼大不了的事。就算有，也只是為無法守護想守護的對象而感到遺憾。

即使算上這個，也不算真的非常悔恨。

對方並沒有期望自己，也沒有尋求自己的幫助，只不過這是有生以來第一次自己思考、自己決定的目的，所以會有種想要好好珍惜這個念頭的想法。

就結果來說，是沒有後悔。面對逐漸逼近的死亡，時間就像融化的糖果那樣慢慢拖宕。下意識地希望快點給個痛快吧。只要時間過得愈慢，我就愈會陷入禁忌的問答思考之中。

——啊……我究竟是為何而生呢？

沒有答案，或者更該說不想要答案。因為怎樣都不想接受自己之所以誕生，其實只是「為了被消耗」而已。

沒錯，自己的命運就是毫無作為地死去。不論該做的事、目的，全都沒有。

「——那一擊沒能收拾你，對我是無比屈辱。即使如此，我也沒打算放過你。」

「紅」劍兵以冷酷戰士的眼神看著我。就算我是個大外行，也看得出她手中的劍早已鎖定我的脖子。

「那就受死吧，『黑』劍兵。」

話語淡淡地說出口，但揮下的劍無比迅捷。就這樣，自己的視野染成一片白——

第一章

第一章

微暗又空無一物的那個房間，裡面的距離感扭曲到詭異的程度。看起來好像寬廣得令人難以置信，但又像狹小到無比壓迫。豎立於中央的蠟燭朦朧地照亮在房內的男子們的臉孔，沒有任何一件事物清楚。在彼此界線曖昧不清的那個房間裡，充滿難以言喻的苦悶氣氛。

「——回來的只有一個人啊。」

聚集在此的有三人。一個是老人，個子雖矮，但背桿依然直挺挺，臉上的皺紋有著如木製雕刻美術品的光澤。他是召喚科學部長羅克．貝爾芬邦，據說從擔任學部長以來已經在任超過五十年，但沒有定論。

一個青年點頭回應以乾啞聲音說出這話的老人。

「我拜見那場戰鬥了……景象實在嚇人，『那個』不是可以被容許的存在。」

那是一個眉目清秀的紅髮青年，從他那對帶著堅強高傲意志的眼睛以及氣質不凡的面容，一眼就可看出來自上流社會。因此，他的話語之中帶有強烈的使命感。

男人名叫布拉姆・納薩雷・索菲亞利，是降靈科學部長的繼任者，同時擔任鐘塔一級講師。

老人同意地點點頭，看向保持沉默的最後一人。那男人隨意留著一頭長髮，不悅地皺著眉頭。

「你怎麼看，艾梅洛閣下？」

叫艾梅洛的人用蠟燭的火光點燃夾在指縫間的雪茄，接著緩緩地搖了搖頭。

「我是二世。雖然很感謝老一輩的顧慮我，但煩請加上二世。如果不是這樣，艾梅洛這個名號會讓我覺得很難受。」

「失禮了。艾梅洛二世，你怎麼看？」

「……嗯，反正得改變方針了，畢竟我們失去了四十九個魔術師。雖然有一個活下來，但那傢伙應該暫時派不上用場吧。」

編組五十位魔術師，並訂立了詳盡縝密的作戰計畫。作戰開始的時候，在各種意義上戰況完美地按照預測推進，但一切都被一個「使魔」徹底顛覆了。

結果死了四十九個人，最後一個人也是勉強才報上一仇。

「多虧了他，我們才有機會反擊。『只要湊齊七名主人，我方也有機會取勝』。」

「那要派誰去？普通魔術師只會被打回家吧，托利法斯可是他們管轄的地區。」

場面沉默了片刻之後，艾梅洛二世以淡淡的口氣說出再明白不過的真相。

「我們該從外界僱用魔術師。這場聖杯戰爭擁有我們過去從未體驗過的前所未有的規模。當然，還是得想辦法從鐘塔挑出一兩個人來才行。」

另外兩人對這番話表示贊同。現在他們必須選出七個主人，但事態已經迫在眉梢，如果要從鐘塔裡面的名門挑選，那可是一件大工程。基於包括繼承、保管魔術刻印在內，以及除此之外的各種理由，到敲定為止肯定要花上超過三個月。那麼，選擇可以輕鬆僱用的自由魔術師絕對有效率得多。

「那就由老夫和艾梅洛二世一起物色『有機會』的對象，剩下的請聖堂教會派一個人吧。為了宣告我們的正當性，無論如何都需要他們參戰。」

「那麼，由我負責選定聖遺物吧。雖然事態緊急，但我會盡力收集足以成為戰力抗衡的觸媒來。」

聽到布拉姆這番話，貝爾芬邦用枴杖前端敲了一下地板。

「這跟目前世界上進行的疑似聖杯戰爭相比，在各種方面都差距甚遠。若只考慮其規模，應該在過去三度於冬木進行過的聖杯戰爭之上，二位也請多加小心。讓對方因為做出使我們鐘塔顏面掃地的事而徹底後悔吧。」

三人沒有交換眼神，逕自朝各自的方向離去。

§§§

在納粹德意志進攻波蘭，為第二次世界大戰點燃戰火的前一個晚上，日本的冬木市進行了第三次聖杯戰爭。七個使役者和七位主人為了實現自己的願望而互相廝殺到最後一組，但途中卻發生小聖杯灰飛煙滅的意外。聖杯戰爭本身在那個時間點就不乾不脆地告終了。

「問題出在那之後」。

被藏匿在円藏山洞窟的萬能願望機，大聖杯。不知道命運是在哪裡產生了變化，支持納粹德意志的魔術師發現了它，並借用軍方的力量嘗試將它移走。

儘管艾因茲貝倫、遠坂、瑪奇里三大家與帝國陸軍為了阻止這項行動而奮戰到底，但剛打完聖杯戰爭，無比虛弱的他們以失敗告終。集結三大家所有力量建構起來的大聖杯，就這樣被納粹德意志奪走了。

那場戰爭沒有記載於任何文獻，沒有留下任何影像，甚至並不存在於人們的記憶之中；但毫無疑問是軍方與魔術師之間慘絕人寰的戰爭。

那麼，順利獲得大聖杯的納粹德意志是否就能隨心所欲地統馭世界了呢？

……這樣的未來當然沒有成真。在運送到納粹德意志的途中，大聖杯離奇地消失了。到底是被帝國陸軍強行奪走？還是遭到蘇聯軍隊襲擊了呢？

不管怎樣，成為德意志第三帝國的象徵，原本應該能實現統一世界夢想的大聖杯沒有落入任何人手中，就這樣「消失了」。

負責人更迭，關係人士被送上戰場，原本應該是贏家的納粹德意志也沒有人知道大聖杯的下落——說起來，知道大聖杯這個存在的人類均不復在。隸屬於納粹德意志，自稱「千界樹」的魔術師也同樣下落不明。

大聖杯消失了。三大家的夢想，或者說偏執，就這樣煙消雲散，冬木市在和平安穩的狀態下迎接戰爭結束。

然後，小孩足以變成老人的時光流逝——

英國。在所謂魔術協會大本營的「鐘塔」，以倫敦大英博物館為據點的這個組織裡，聚集了宣稱自己才是長久以來稱霸魔術歷史的人們，以及來自世界各地充滿野心的魔術師們。

雖然一千個人裡面就有一千個人半途而廢……但總之作夢是個人自由。

至少，原本在這裡求學的獅子劫界離是這麼認為。這時肩膀傳來力道不強的衝擊，大概是因為一邊想事情一邊走路，撞到學生了吧。他原本想道歉，但只看到學生僵著臉拔腿就跑。

雖然這也是老樣子了，他還是忍不住嘆氣。

魔術師或許因為使用的藥物或魔術帶來的影響，有時外貌會變成異形般的模樣。這絕不可恥，甚至是值得驕傲，而非看低的事情。在魔術師之間，這是常識。

——儘管如此，獅子劫認為自己的待遇還是有點不公平。

他有三次只是很平常地走在路上就被警察攔下來搜身的經驗（這三次他都對警察下暗示後逃走了）。到了鐘塔之後，被擔任警衛的魔術師盤問了四次，走廊上擦肩而過的學生們投來的畏懼眼神早已不計其數。

雖然很想抗議說這是人種偏見、是歧視，但那些人一定會說——

「不是這樣，是你太可怕了。」

不覺得這樣很過分嗎？沒錯，獅子劫知道自己的臉有點凶惡，身上的穿著打扮也跟一般魔術師有些不同。但是，自己應該隨時不忘面帶笑容啊——

這麼想的獅子劫界離其實並不了解自己有多可怕。臉頰上有刀疤，眼神如剃刀銳利，身軀壯碩結實，身上穿著用魔獸皮縫製而成的黑色夾克，而且因為以獎金獵人的身分穿梭各地戰場，全身瀰漫濃厚的血腥味與火藥味。就算魔術師們都沒什麼正常的道德倫理觀念，會怕的還是會怕。

「你只要一笑，就真的很可怕。」

老人一邊高聲嘻笑，一邊安慰著不甚服氣的獅子劫。這裡是鐘塔的召喚科學部長羅克．貝爾芬邦的個人房間。

設置在房間牆壁的陳列架上，放著像是把猴子和大象合體的野獸頭蓋骨；旁邊那顆已經超過千年的卷軸也沒有妥善收藏，只是隨意擺著；在那上面看起來格外沉重的玻璃瓶裡面，用福馬林泡著有九顆頭的小蛇。

「這裡還是老樣子，無奇不有啊。」

如果自己的鑑定眼光沒看走眼，那個泡在福馬林裡的蛇應該是世界上獨一無二的玩意兒。獅子劫一邊想著這種事，一邊往待客用的沙發坐下。

「沒什麼，雖然貴重，但就只是稀奇而已，都是些為人所知的玩意兒。」

「那罐福馬林泡著的九頭蛇幼生，真的只是貴重而已嗎？」

「那是假的。」

貝爾芬邦消遣般意有所指地咯咯笑了。獅子劫只是瞥了一眼，也沒打算繼續爭論下去，不發一語地喝了口藥茶。那茶雖然辣到讓他差點嗆咳出來，但因為有消除疲勞的效果，他就乖乖喝下了。

「好了，找你來沒別的事。你聽說過『冬木的』聖杯戰爭嗎？」

獅子劫稍稍繃起了臉。

「聽是聽過。」

所謂聖杯戰爭，是為了爭奪據說可以實現任何願望的聖杯所引發的戰爭。但要是冠上「冬木的」三字，在魔術師之間就是指召喚英靈作為使役者，彼此互相殘殺到剩下最後一組人馬，極為特殊的一種戰爭。

大概是協會對東方小國的管控沒這麼嚴，這個聖杯戰爭直到打完第三次為止都沒有被發現。萬能的願望機居然在這種遠東小國的鄉下小鎮出現，開玩笑也要有個限度——魔術協會的認知頂多就是這樣。

但是呢，第三次的聖杯戰爭完全扭曲了一切，大概跟時空環境正好在第二次世界大戰前夕也有點關連，以國家出面干涉這種異常事態為契機，在冬木開打的聖杯戰爭宣告終結。同時，這種聖杯戰爭的系統運作方式也以情報的形式廣為流傳到全世界的魔術師耳裡。

以儀式的角度來看，艾因茲貝倫、遠坂、瑪奇里三大家建構出來的聖杯戰爭系統就是如此完善。

若歷史有所謂的「如果」存在，也就是說，如果第三次聖杯戰爭沒有擴大到這種程度，直到現在聖杯戰爭應該還只是侷限於冬木市的獨立儀式吧。恐怕在距今十年前就會舉行第四次聖杯戰爭了。但已經失去大聖杯的冬木，說來根本不會再有聖杯戰爭。

現在，亞種聖杯戰爭在世界各地都有可能開打。但那些基本上都是小規模，召喚出的英靈頂多五位，就算儀式本身成立，也沒能達到實現萬能願望的程度。

「那麼，你知道冬木聖杯戰爭真正的目的是什麼嗎？」

「……這就不知道了。」

貝爾芬邦勾出一個邪佞的笑容，獅子劫扳起臉，催促他說下去。

「——為了開出一個通往『根源之渦』的洞。」

「你說什麼？」

這出乎意料的答案讓獅子劫說不出話。照貝爾芬邦所說，那場儀式真正需要的不是主人，而是使役者，也就是英靈的靈魂。

利用小聖杯的力量暫時防止其靈魂回歸英靈座，並以七位英靈強大的靈魂力量打通連接根源的道路。這才是「冬木的」聖杯戰爭真正的目的。

「也就是說，現在到處看得到的亞種聖杯戰爭從根本上就，那個……不對了吧。」

貝爾芬邦點點頭。

「嗯，在最基本的點上就偏離了，只模仿了表面上『能夠實現一切願望』此一目的，說穿了還是虛假。」

「能夠實現一切願望」只是單純的捕蚊燈，就連要使役者互相殘殺這部分都沒有實質上的意義。但因為形式本身過於完善，這個部分也就被掩蓋了起來。說起來，連知道真正目的的三大家也都只能公平地參加，這一點實在只能用諷刺來形容。

獅子劫確實很驚訝。很驚訝沒錯——但那又怎樣？好啦，就算「冬木的」聖杯戰爭真正的目的是那樣，但知道真正的聖杯戰爭為何的人已經一個都不在了，大聖杯被奪走的三大家也沒有舉行第四次聖杯戰爭。

獅子劫毫無疑問是一流的魔術師，但要完全重現「冬木的」聖杯戰爭，基本上就不可能。就算是在這魔術協會大本營鐘塔擔任講師的人，也沒幾個能複製那套系統吧。

也就是說，儘管這是寶貴的知識，但作為情報沒有任何價值可言。

「……所以說，老頭，你想要我幹嘛？」

貝爾芬邦制止了急著想要結論的獅子劫。

「重點現在才要說。你知道『冬木的』聖杯戰爭裡最重要的基礎大聖杯在第三次聖杯戰爭之後就銷聲匿跡了吧……三個月前，大聖杯終於被找到了。與其說找到，倒不如說終於知道它其實是被藏匿起來了。」

「……藏在哪？」

「羅馬尼亞，外西凡尼亞地區郊外的都市托利法斯。似乎被設置在這座城市中最古老的建築千界城堡裡。」

「所以你要我去將大聖杯拿到手嗎？」

「嗯。委託的目的雖然確實類似這樣——但在那之前，有一件麻煩的事情。告訴吾等這項情報的，是千界樹一族的族長達尼克。」

「……『舌燦蓮花』達尼克？」

「對，就是那個舌燦蓮花達尼克。」

達尼克·普雷斯頓·千界樹——據說已經活了將近一百年，是千界樹一族的族長。過去曾在鐘塔爬到最高的「王冠」位階，並以二級講師身分指導元素轉換，但學生們給他的評價都很差。然而比起講師，在「政治」這方面才真正發揮了他的價值。

鐘塔常常發生派系抗爭、權力鬥爭和爭奪預算。他能夠發揮政客特有的超高段政治手腕，背叛、陣前倒戈根本是家常便飯。不管是信任的對象還是不信任的對象，都要善加利用、欺騙到底——正是一流的騙子。

「所以，問題出在達尼克身上嗎？」

這個人很有可能在跟聖杯有關的事情上安排了什麼交易，但貝爾芬邦搖搖頭，露出以這個老人而言極為罕見的表情——他不快地皺起臉，明顯表露出怒氣。

「達尼克不是問題，『千界樹一族才是問題』。」

「什麼意思？」

「千界城堡的主人是千界樹一族，然後他們叛離了鐘塔。」

這項情報在某種程度上或許比剛剛「冬木的」聖杯戰爭背後的真正目的還要嚇人得多。因為按照常理來判斷，這基本上不太可能發生。

魔術協會大致可以分成三大部門。一個是阿特拉斯院，從紀元前就存在於埃及的阿特拉斯山脈，以鍊金術為研究中心的組織；一個是徬徨海，在北歐海上附近「徬徨」，對魔術協會來說算是原形的組織；然後，最後一個是鐘塔，為魔術協會的中樞，也是最大最新的研究機關。

有些魔術師因為太特異——或者該說因為太過強大而不得不受到封印指定，便因此叛離了魔術協會。叛離這個行為本身並不是那麼稀奇，但一整族同時叛離就又是另一回事了。

「一整族同時叛離？這到底是怎麼回事啊？」

「你應該也知道，千界樹一族不是貴族（Lord）。」

魔術師的素養會受到接觸魔術的歲月——也就是本身歷史的悠久程度所左右。如果是自古以來就學習魔術的貴族，據說歷史最久的已經超過兩千年。

目前有三家大貴族，與其相關連的親族有二十家。然後，儘管千界樹一族的歷史絕對不算短，但他們並不屬於其中任何一家，也沒有絲毫關連性。之所以變成這樣，據說可能是因為過去權力鬥爭失敗，或者跟貴族三家之間不和，也有一說是因為他們的魔術迴路品質太差而被敬而遠之，但理由沒個定論。

總之，千界樹一族常被魔術名門排除在外，但他們也不會只是咬著手指旁觀。

他們捨棄了一般的做法……不靠代代累積魔術師血脈，鑽研初代選擇的魔術系統，而是用別的方式，淺而廣地集結加入一族的魔術師們。

被他們選上的不是歷史短淺、魔術迴路衰弱的族群，就是已經開始衰退，魔術迴路將隨著代代相傳逐漸弱化的族群，或者是在權力鬥爭下失敗、凋零的族群，再不然就是受到魔術協會懲罰，正被懸賞的魔術師們。也就是說，都是一群儘管遠離魔術協會中心，但還沒放棄抵達根源這個目標的人們。

千界樹一族對他們耳語：你們不想傳承血脈嗎？不想高聲昭告世界這些研究成果屬於自己嗎？不想將自己一族的名字刻劃在歷史上嗎？

千界樹一族的中間名，全都是過去被這樣吸收的一族的名字。他們連魔術刻印都不統一，就這樣持續繼承了過往一族的魔術刻印。

他們學習的魔術系統也非常廣泛，包括西洋鍊金術、黑魔術、女巫魔術、占星術、卡巴拉、盧恩符文，甚至日本的陰陽道，族內都有人學習。

話雖如此，說穿了就是把逐漸衰退或歷史短淺的族群聚在一起的集團，他們的魔術的確也上不了檯面，只會被貴族們一笑置之。

平均來說是二流，雖然偶爾會出個一流，但頂多就是這樣。就算人數眾多，也構不成威脅。當然，沒人管他們的理由之一是出自於達尼克高超的政治手腕，但他們一族唯一的好處就是人數眾多——理應如此。

「我們不知道他們是不是對此不滿，但某天他們突然說要叛離魔術協會，並說今後要以自家一族為中心，另組一個協會。」

貝爾芬邦嘆息著說：「真讓人傻眼。」獅子劫也同意這一點。既然如此明確地說要叛離魔術協會，就等於是宣戰了。魔術協會就像是被丟了手套或者在臉上吐口水一樣。

確實，只要繼續留在鐘塔，千界樹一族就幾乎不可能成為貴族。不管經過一百年還是一千年，只要沒有發生嚴重政變，他們永遠會被當成下位看待。

但若是叛離，情況又不一樣了。只要沒發生很嚴重的狀況，基本上是不可能一整族全部叛離。

……反過來說，「只要狀況足夠嚴重」，就足以構成全族叛離的契機。沒錯，舉例來說——萬能的願望機，指引通往根源之路的大聖杯之類。

看到獅子劫的表情，貝爾芬邦知道他已察覺結論，滿足地點點頭。

「沒錯，他們似乎把冬木的大聖杯拿來當成協會的象徵——倖存的魔術師傳來了這番話。」

「……倖存的魔術師？」

貝爾芬邦搔搔頭，拿出一張羊皮紙，輕輕用指頭點了一下，啟動的魔術可重現過去的影像。獅子劫是覺得拍張照片或影片就可以了，但像貝爾芬邦這樣的老人似乎無法接受攝影機這類技術的存在。

秀出的影像對獅子劫來說是司空見慣的場景。一個很明顯被拷問過的人坐在椅子上，臉上掛著魂不附體的表情望著空中，嘴裡不知在喃喃嘀咕些什麼。

「這是傳話過來的魔術師。你看到的是發現他時的狀態，現在已經給予妥善治療，正深深地沉睡著。要完全洗淨腦部，大概得花上半年時間。」

「這傢伙在說什麼？」

「『我等千界樹一族將脫離魔術協會下賤的政治鬥爭，在此地羅馬尼亞創立窮究真正魔導之路的嶄新協會。我等握有第七百二十六號聖杯，當七位英靈誕生啟動大聖杯時，就是我等踏上光榮康莊大道的第一步』……以上，不斷重複，沒完沒了。」

第七百二十六號——據說這就是在冬木觀測到的聖杯。一旦啟動這個大聖杯，估計至少在幾百年之內都有取之不盡、用之不竭的龐大魔力資源可供隨意使用，說不定真的有可能到達根源。

「……我可以問一個問題嗎？你剛剛說倖存的魔術師，對吧？換句話說，也有死掉的魔術師？」

「當然了。」

「死了多少人？」

這個問題讓貝爾芬邦猶豫了一拍，但他還是據實以告。

「四十九個人。吾等讓五十個專長『狩獵』的魔術師前往襲擊，但只有一個人活著回來。」

「——————」

嘆息究竟是從誰的口中發出的呢？

專長狩獵，就表示這些人跟獅子劫是同行。當然他們不是自由魔術師，而是專屬協會的成員，但五十個人實在太多了。也就是說，當初的目的真的是要剷除千界樹一族。

總而言之，這是一齣規模龐大的叛離劇。要是笑著帶過，協會的名譽會受損——更重要的是長達兩千年的歷史遭到踐踏這麼嚴重的恥辱，若沒有給這些人相應的懲罰則無法服人。既然是前去懲罰對方，那麼五十人算是合理的人數。

然而，意思是連這樣也不夠嗎？

「不是不夠，而是層級根本不同。那些人居然『派出了使役者迎戰』。」

貝爾芬邦的話確實足以說明這五十個人之所以被剷平的理由。

「……原來如此，那確實沒轍。」

就算五十個人變成一百個，結果也是一樣吧。對方畢竟是足以成為英靈的存在，現在的魔術師對他們來說根本就是孩童。

「老夫透過派去的使魔看到了一切。那個使役者突然出現在魔術師面前，笑著一揮手——然後就結束了。下一秒，除了一個人以外，全部的人都被長槍貫穿殺害。」

「在『羅馬尼亞』用『槍』啊……」

總之，使役者似乎已經被召喚出來了，這狀況說不定反而方便一點。

「所以老頭，既然千界樹一族召喚了使役者，那你們也以主人的身分參戰不就結了嗎？」

如果說大聖杯已啟動，那其他魔術師也應該有資格成為主人。只要派遣魔術師，召喚使役者，就能與之對抗。

「太慢了，雖然可能還沒召喚使役者，但那幫人已經『湊齊了七個主人』，派過去的魔術師獲得令咒的可能性是零。」

「……那些傢伙打算讓自己人互相殘殺嗎？」

「有可能。或者讓族內的某個人成為首領，並立刻命令使役者自殺。不管怎麼說，這樣下去吾等還是沒辦法出手介入。」

「我先聲明，要我去戰使役者的話，我可不幹。」

雖然覺得不可能，但為了保險起見，獅子劫還是挑明了說。就算徹底思考戰略、組織戰術，並且抓住幸運和奇蹟，但要打倒一個使役者基本上依然是贏面非常小的賭局，更別說有七個了，那等於是奇蹟。這才真的是——如果不去拜託聖杯殺了他們，根本不可能做到。

貝爾芬邦嘴角勾出一個邪佞的笑。

「老夫不會這樣說。老夫的委託呢，是『要你去召喚使役者參戰』。」

「……啥？」

獅子劫覺得這老頭瘋了。如果使用「冬木的」聖杯戰爭系統，最多只有七個使役者，而主人也只會有七位。

「那就是這次聖杯戰爭最值得玩味之處。沒想到可以召喚出的使役者竟然達到兩倍，也就是十四位之多。」

「什麼……？」

「最後倖存下來的魔術師在千界城堡地下室發現了沉眠的大聖杯，並成功打開預備系統。」

「預備系統……」

「大聖杯可以因應狀況，執行像是再次發配令咒一類與聖杯戰爭相關的輔助工作。雖然可能性幾乎為零，但有個機關就是當七位使役者全部由單一勢力掌握時，預備系統便會作為抗衡手段啟動。」

「……為了對抗七個使役者，可以再另外召喚出七個使役者，是這樣嗎？」

總計十四名，獅子劫非常理解這個數量代表什麼意義。

「沒錯，原本說到托利法斯，就是羅馬尼亞最優質靈脈所在的土地。我猜那裡應該以超越冬木的速度積蓄著魔力，魔力多到即使召喚十四名使役者也不會枯竭的程度。」

這個預備系統用在冬木上真的是應急的措施，畢竟一個弄不好，很有可能導致靈脈整個枯竭。

「也就是說，千界樹一族湊到了七名主人和使役者。然後——」

「沒錯，吾等也要湊到七名主人與使役者，然後與千界樹一族對抗，獲得勝利。」

「要是我們贏了，大聖杯會如何？」

「當然，獲勝之後吾等會取得大聖杯。如果可以輕鬆抵達根源的東西就擺在眼前，吾等無法確認倖存的魔術師們是否還能保持冷靜。」

……原來如此，換句話說就是「殲滅千界樹一族之後，不管發生什麼事都要自行負責」吧。要想辦法實現自己的願望也好，要阻撓別人實現願望也罷，或者——要破壞一切也是可以。當然，眼前這個老狐狸不可能沒有準備任何對策。戰爭結束的瞬間，他應該會立刻派出回收部隊吧。

但是，但是呢，要是能順利躲過回收部隊——就一定有機會實現自己的願望。獅子劫感受到一股興奮竄過背脊。老人似乎明確察覺到他的興奮之情，得意似的點了點頭。

「你要接下委託嗎？」

獅子劫還是避免立刻回答，畢竟要是毫不猶豫地接下，只會被看扁而已。

「我有幾個問題，讓我問完再決定要不要接。」

「儘管問。」

「第一個，我方主人的相關現況。」

「噢，其餘六人均已定案，也已派往當地了。分別是『銀蜥蜴（Silver Lizard）』洛特威爾・貝金斯欽、『疾風車輪』琴・蘭姆、『結合的雙胞胎（Gum Brothers）』潘泰爾兄弟，還有鐘塔的一級講師費恩德・沃・賽伯倫。吾等派出了這五人。」

獅子劫也同意這些人選。每個都是世間有名的魔術師，而且都是能毫不留情地消滅敵人，專長戰鬥的怪物。除了賽伯倫，獅子劫也有跟這些人共事過，如果要共同作戰應該不會有太大問題。

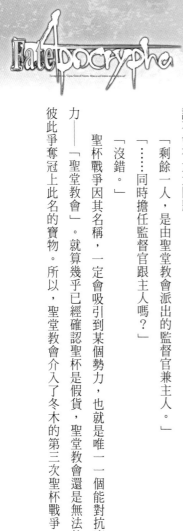

「剩餘一人，是由聖堂教會派出的監督官兼主人。」

「……同時擔任監督官跟主人嗎？」

「沒錯。」

聖杯戰爭因其名稱，一定會吸引到某個勢力，也就是唯一一個能對抗魔術協會的勢力——「聖堂教會」。就算幾乎已經確認聖杯是假貨，聖堂教會還是無法放任魔術師們彼此爭奪冠上此名的寶物。所以，聖堂教會介入了冬木的第三次聖杯戰爭。據說引介聖堂教會插手的毫無疑問就是冬木的三大家——但真相已經被埋沒了。

「……但是，這次的戰爭需要監督官嗎？」

在冬木的聖杯戰爭，需要有人公平地評斷三大家與來自外部的主人，因此會選上並不屬於任何一方的聖堂教會也是合理。

但這次情況不一樣，是魔術協會與其對抗勢力之間的爭鬥，根本不需要能中立地審判兩者的監督官。硬要說的話，他們頂多需要做些隱匿真相的工作，但如果是這樣，魔術協會根本不缺相關人才。

「不，如果吾等隨意排除教會，結果導致他們跟千界樹一族連成一氣也麻煩。這時候必須主動強調吾等才是正統的魔術組織。」

畢竟有貝爾芬邦所提到的狀況，所以這次聖堂教會還是跟「原則上」屬於同盟勢力的魔術協會兜在一起。以聖堂教會的角度來說，目前也只是牽制魔術協會吧。

「第二個問題。要召喚使役者必須準備作為觸媒的聖遺物，這個你們準備了嗎？」

貝爾芬邦點點頭。嚴格來說，觸媒並非絕對必要。在沒有觸媒的情況下進行召喚，結果將無關乎強弱，會召出與進行儀式者的精神面較多共通點的英靈。但絕大多數的主人為了避免這個狀況，都會準備聖遺物作為觸媒，以求召出想召喚的使役者。

當然，就算握有觸媒，也不保證一定可以召出想要的使役者。舉例來說，假設拿希臘的英雄們所搭乘的阿爾戈號殘骸當觸媒進行召喚，在召喚出來之前無法得知將會出現古今無雙的大英雄海克力斯、船長伊阿宋、叛徒魔女美狄亞，還是被譽為醫術之神的阿斯克勒庇俄斯。然而，某種程度上還是可以鎖定範圍。如果這個東西是在這個世界上只跟一位特定英靈有關連的觸媒──比方說在這個世界上第一隻脫皮的蛇所脫下的皮，或是某個國王穿過的斗篷一角，那麼召喚出來的英靈就不會受到共通點影響，幾乎可以鎖定是那一位。

但沒有觸媒的召喚也不是完全沒有好處。因為英靈本身在精神層面上與召喚者的共通點較多，可在短時間內建立主人與使役者之間的信賴關係。在「冬木的」聖杯戰爭，主人與使役者之間不合的狀況等於是抱著一顆致命的不定時炸彈。甚至有過直到最後的最後彼此都無法完全信任對方，結果招致悲劇收場的狀況。但以這個部分來說，只要走錯一步也有可能出現同類互相厭惡或無法信任的結果。

雖說彼此的契合度絕對不是可以忽視的項目，但不準備觸媒，只是賭一把的做法風險實在太高。

不管怎麼說，只要有觸媒就沒有問題。既然魔術協會是這麼龐大的組織，跟大多數英靈有關連的聖遺物應該都難不倒他們。

站起身子的貝爾芬邦從桌子抽屜取出一個黑檀木盒子，慎重地打開……裡面是一塊有加工痕跡的木片，沒有什麼特別值得注意的部分——但獅子劫開口的時候，感覺到自己的聲音莫名地昂揚起來。那塊木片有著某種特殊的熱度。

「這是？」

「『圓桌』。過去，許多能以一擋百的騎士們都曾聚集在這張圓桌前交流。為了守護故鄉不列顛，不是持劍，而是以話語彼此交鋒。」

「不列顛的圓桌……該不會是亞瑟王的？」

獅子劫差點忍不住伸手拿起觸媒，但急忙自己踩了煞車。圓桌武士（Nights of the Round）……不用說，當然是指亞瑟王麾下的騎士們。為了不要區分君主跟臣下，由亞瑟王提出的平等圓桌。

能夠坐上圓桌的，每一位都是傳說級的英雄。亞瑟王本人自然不用說，蘭斯洛特、加拉哈德、高文、崔斯坦、珀希瓦里……不管怎樣，以召喚使役者來說，每一個都擁有無可挑剔的知名度與強度。

「……只是，無法預測會召喚出哪一位圓桌武士，應該是跟你的性情比較搭配的英靈會出現吧。」

「沒問題。只要是圓桌武士，不論誰出來都是合格的使役者。」

「嗯。老夫可以認為你接下委託了嗎？」

獅子劫再度思考了一下。召喚使役者的準備工作已經完成，而千界樹一族利用據點在羅馬尼亞的地利之便，應該已經喚出了本國最強的使役者。但如果問說我方是否居於壓倒性劣勢，那麼答案又是否定。

七對七，以數量來看完全是公平對抗。更重要的是獅子劫有一個需要仰賴萬能願望機才能實現的願望，而貝爾芬邦也深知這一點。

——定案了吧。

獅子劫點點頭，點了根菸。他深吸一口，享受著這種毒氣填滿肺部的快感。貝爾芬邦露出不悅的表情——他討厭香菸。

「那麼，這樣就湊齊七位主人了。千界樹一族有七個主人，魔術協會派出的主人也是七個。也就是說，將會有十四位使役者同時出現在世界上，恐怕會變成規模前所未有的戰爭。與其說這是戰爭，到這種規模應該要用『大戰』來形容更貼切。」

「聖杯大戰啊——」

七對七。原本只是七組人馬互相爭鬥求生存的戰鬥，但這次真的變成了英靈之間的全面戰爭……實在不想思考將成為戰爭舞台的托利法斯在打完之後會變成什麼樣子。

「先付一半酬勞給我。只要你接受，我們就簽約。」

獅子劫的話讓貝爾芬邦繃起臉。

「事成之後再給就可以了吧？」

「這是一檔存活率偏低的工作，要趁還可以拿的時候先拿一拿。」

「哦？那你想要什麼？」

獅子劫從沙發上起身，毫不猶豫地拿起放在陳列架上的九頭蛇幼生福馬林。

「給我這個。」

「……那是假的，你真的要？」

獅子劫毫不猶豫地點頭，貝爾芬邦的臉色馬上沉了下去。也難怪，因為那罐福馬林裡面泡的是真品。就算獅子劫傾家蕩產，恐怕也拿不出這個售價的三成。

「我收下了。」

獅子劫一臉開心地收下東西，並拿走裝了觸媒的盒子。

「那麼，你準備前往羅馬尼亞吧。老夫會聯絡監督官和其他主人，等你到了，其他人應該會主動聯絡你。」

「啊，對了。老頭，監督官叫什麼？」

獅子劫正準備離去的時候，突然這樣問了貝爾芬邦。如果是跟這種戰爭有關聯的案子，很有可能是第八祕蹟會的人出面，說不定會遇到認識的人。

「我也沒有直接見過，但記得……………是個叫四郎的神父。」

很遺憾，是個沒聽過的名字。

獅子劫界離直接從倫敦搭機前往羅馬尼亞。在接受委託時，獅子劫就預料到這可能是某種狩獵工作，所以已經做足了戰鬥準備，因此很僥倖地無須浪費回家一趟的時間。

在飛機上，獅子劫把貝爾芬邦給他的記載了關於聖杯戰爭的文獻徹底讀透。包括賦予使役者的七個基本職階與其特性，以及可以強迫使役者服從、甚至迫使其自殺的執行命令權——令咒的相關資訊，還有唯一有留下客觀紀錄的第三次聖杯戰爭始末——

就在他讀完這些資料的時候，飛機抵達羅馬尼亞。現在羅馬尼亞有限制魔術師出入境，主要是為了避免弱小的三流魔術師身上出現令咒。

下飛機之後，獅子劫感到手背竄過一陣麻痺似的痛楚。低頭一看，像是刺青的花紋出現在手背上，表示聖杯認同獅子劫是主人，讓令咒顯現出來了。

雖然大致上已經預料到，但獅子劫還是安心了點。如果令咒一直不出現，那他就只能像個洩氣的皮球打道回府了。

獅子劫沒有馬上從羅馬尼亞首都布加勒斯特前往托利法斯，因為他認為應該在那之前先召喚出使役者。托利法斯是千界樹一族的領地，魔術師要在沒有使役者陪同的情況下潛入那裡根本是自殺行為。

幸好布加勒斯特本身是個擁有六百年悠久歷史的城市，也有幾條靈格較高的靈脈存在。獅子劫下午落地之後，馬上就找到那些地方，並鎖定了幾條跟自己比較匹配的靈脈。最好的選項是在史達弗洛波里奧斯教堂所管理的墓地一角，對死靈魔術師獅子劫來說，埋葬屍體的地點還是跟自己最契合。

「對使役者來說，在墳墓旁邊醒來應該會不怎麼高興就是了……」

太陽下山，夜幕低垂之後，獅子劫很快採取了行動。首先，在墓地設下隔絕外人的結界。因為只需要維持到召喚儀式結束為止，他並沒有建構太複雜的術式。

接著，用以魔術師的骨粉和血液製造而成的粉筆繪製魔法陣。在消去之中畫出四個退去法陣，並以此圍繞召喚陣，然後把水晶球放在法陣中央。雖是一氣呵成，獅子劫對這次繪製法陣的成果感到滿意。

接下來需要的就是必須獻出的觸媒以及吟唱咒文。以英雄的降靈儀式來說，這樣的法陣與物品看起來實在太過陽春，但主人不過是連接聖杯和使役者的肘釘罷了，所以沒問題。

魔法陣比獅子劫預料的還要早準備好，所以在自己的魔力達到巔峰之前出現了一段空檔。

大概是因為沒事做，他下意識點了根菸。那是台灣製香菸，恐怕很稀有，能夠從那個魔術師手中要到一包幾乎可謂奇蹟。但這菸實在很難抽。明明稀有卻很難抽，所以每次抽起這包菸時，都讓獅子劫覺得世間無常。

就像要充分體驗這種遺憾地抽著菸，獅子劫想著現在還來得及回頭。聖杯戰爭是世界上規模最小也是最大的戰爭，能獲勝的只有一組人馬……這次的狀況雖然大不相同，但不管怎麼說，阻擋在眼前的都是些任何「魔術」也起不了作用的英靈（怪物）。

他茫然想起自己的願望。這個願望其實沒有這麼宏大，如果利用萬能的願望機聖杯，應該可以輕易實現吧。對獅子劫界離來說，他並沒有那麼急著實現那個願望。更該說，因為希望渺茫——他就是接受了這一點而一路活到現在。之所以選擇離開鐘塔，轉過自由賺取獎金的生活，也是因為如此。然而到了現在，原本以為已經放棄的希望就近在眼前，就在垂手可得之處。

「……抓得到嗎？」

不知道，無法預測這場聖杯大戰會怎樣。自己可能喪命，不，應該說很可能喪命。但是……

——笑話，如果要回頭，那也不用答應了。

他很清楚打一開始就沒有退路，是自己把走過來的橋砍斷。就算可以回頭，也無法撤回了。獅子劫認為這樣就好。

他站在魔法陣前面。

時間快到深夜兩點。如果以日本的時間來算，就是草木皆休的丑時三刻（註：深夜兩點到兩點三十分之間）。對掌管死亡的獅子劫界離而言，沒有任何時間帶比現在更契合自己的波長了。

「開始吧。」

聲音裡帶著些許緊張之色，他分析自己正保持良好的精神狀態。最後再確認了一下自己所屬的顏色。按貝爾芬邦所說，千界樹一族的使役者屬於「黑」陣營，而鐘塔派遣的魔術師們的使役者則屬於「紅」陣營。

「以銀與鐵為元素，以石與契約之大公為基礎，奉獻之色為『紅』。

降臨之風以壁隔之，緊閉四方之門，出自王冠，通向王國的三岔路乃循環不斷。」

開始詠唱的同時，內臟傳來一股彷彿被他人把弄的悶痛與不快感。魔術迴路啟動，轉換大氣中的魔力，魔術刻印也運轉起來進行輔助。

全身從人身轉變為非人的狀態。獅子劫一邊自覺正變成背負世界奇蹟的裝置、機械零件，或者說齒輪，一邊為了讓循環於體內的魔力加速而踩下油門。

召喚陣散發出紅光，奇蹟終於開始顯現。但對現在的獅子劫而言，不是該去注意的事物。

「闔閉（滿盈）吧、闔閉吧、闔閉吧、闔閉吧、闔閉吧，重複每回五次，唯有，滿盈之刻要予以破滅。」

羅馬尼亞　托利法斯

§§§§

外西凡尼亞的托利法斯，是位在那個「穿刺公（Kazikli Bey）」的出生地錫吉什瓦拉北方的一座小城市。中世紀為了阻擋土耳其人入侵而建造的城牆，現在也完好地保留下來，圍繞著城堡與一部分城市。

城市大部分由將中世紀建造遺留下來的建築反覆修補、改建而成，其貴重程度絕對不比錫吉什瓦拉遜色。人口約有兩萬，勉強以小規模農業與紡織業維生。

象徵本座城市的，就是聳立在小小山丘上的白色城堡——千界城堡。這座城堡從中世紀到現在，從來沒有換過主人。托利法斯經歷了鄂圖曼帝國侵略、黑死病大流行以及現代戰爭的轟炸攻擊等各式苦難，但城堡的主人一族至今仍健在。

這族人叫作千界樹一族，是過去從北歐移居羅馬尼亞的魔術師家族。而現在，城內有著前所未有的盛況。

裡面不是只有千界樹一族的人。不知從哪找來的面容姣好的女僕們正忙進忙出，甚至提著跟不上時代的斧槍巡邏。再加上裸露的石造地板、眼睛閃閃發光的石像……

不清楚狀況的人看到，只會訝異地想說發生什麼事了——但托利法斯的純樸居民當中，不會有人做出打算踏入這座詭譎城堡這種有勇無謀的舉動。只要城堡燈火通明，甚至連深夜外出都會受到限制。

然後從幾個月前城堡的燈火久違地開始點亮，居民們彼此交換眼神並露出憂鬱的表情。那座城堡的主人，染血暴君們回來了！

居民們只能祈禱鎮上的和平，並且繼續過生活——

深夜兩點，都市托利法斯早已沉睡。睥睨都市的千界樹城堡裡，有一個房間裡的男子正透過窗戶眺望外面。望著寂靜城市的男子眼中悄悄燃燒著某種決心。

男子名叫達尼克．普雷斯頓．千界樹，是千界樹一族的族長。在第三次聖杯戰爭中，他以納粹德意志方的魔術師身分參戰，正是指示將大聖杯運往德國的人。

戰爭已經是超過六十年前的事情了。儘管如此，男人臉上還是看不到一條皺紋，從外表看起來的年紀頂多二十幾不到三十歲吧。看樣子第三次聖杯戰爭結束後，他的時間也跟著停止了。

「沒錯，一切都是為了這一天。」

達尼克的這句話真的包含了千思萬慮。畢竟從第三次聖杯戰爭結束到現在為止超過六十年的時間，都是他在不被任何人起疑的情況下慎重地籌備一切。

唯一失算就是因為「冬木的」聖杯戰爭情報擴散出去，可以成為觸媒的聖遺物在世界各地都發生了失蹤案件。古代的英雄王、持有最強聖劍的騎士王、支配大半世界的征服王等人的觸媒全都失散、不知去向。話雖如此，他命令族人花費幾十年收集而來的聖遺物，確實足以召喚出優秀的英靈，與魔術協會獨力收集的聖遺物相比也並不遜色。

今晚即將同時召喚四位英靈，這麼一來就有六人，加上因為某些因素而應該已經在東京新宿被召喚出來的刺客，就湊齊七位了。

換句話說，再過幾個小時，千界樹一族就會升起反叛魔術協會的狼煙。除了一點以外，所有事情都按照預定進行。就算鐘塔打算剷除表明叛離的我族——也毫無疑問都在預測範圍內。

包括五十個魔術師來到托利法斯，在城鎮郊外的森林待命，並且已經準備好對策，打算一夜之間分出勝負等，全都在預料之中。不過，達尼克召喚出來的使役者槍兵只花了三十秒就清光五十個熟練的獵人魔術師這點，倒是超出了他的預測。非常好。

唯一沒有預測到的意外，就是被倖存的魔術師啟動了預備系統。但就某種意義來說，這點他也早有覺悟。如果掌握了七位使役者，那麼魔術協會必定會出面妨礙。七位對七位，至少在數量上是平手。

當然，對手可是魔術協會，一定會召喚出層級相當高的英靈來。但是在這個羅馬尼亞，不會有任何英靈的知名度超過自己的槍兵。他在兩個月前完成召喚儀式，接著槍兵便善用自己的既有技能，改變了托利法斯與其周邊所有領地。

只要在這塊領地裡面，槍兵所有參數都會向上提高一階，也可以使用寶具。唯一麻煩的地方在於槍兵屬於個性有點難駕馭的使役者；但既然雙方目的一致，達尼克就樂觀地認為這點暫時不構成影響。

達尼克也已掌握到魔術協會將會派出哪些魔術師。除了聖堂教會的監督官之外，其他六人都是將自身魔術強化成專門用以戰鬥的魔術師。但在供應魔力給使役者這方面，他們則必須承受致命的不利條件。已經找出解除不利條件方法的千界樹一族毫無疑問會獲得勝利吧。

車輪的嘎吱聲讓達尼克回頭。

「──叔叔，時間要到了。」

那聲音柔和清澈，坐在輪椅上的少女露出微笑。達尼克也被少女的微笑影響，嘴上勾出了笑容。

「菲歐蕾，妳的狀況還好嗎？」

「還不錯，不過弟弟有點興奮。」

菲歐蕾．佛爾韋奇．千界樹。在千界樹一族裡面擁有數一數二實力的魔術師，也是達尼克的下一任繼承者──即被認為將是千界樹一族下一任族長的人。

一般來說，所謂「天才」大致可分成兩種：一種是擁有廣泛才能的人，另一種則是在特定領域擁有非常高深才能的人。

菲歐蕾屬於後者。幾乎所有魔術她都不擅長，但在降靈術和人體工學這方面，她的本事甚至不會輸給鐘塔的一級講師。尤其那些加入獨自調整方法所創造出來的連接強化型魔術禮裝，擁有可以讓三流魔術師打倒一流的強大威力。

血脈傳承過了好幾代，千界樹一族短時間內大概不會出現超越她的魔術師了吧。

「沒想到你們姊弟倆同時出現令咒呢。如果照原本的聖杯戰爭規則，這將是悲劇的開始。」

「……說得沒錯，應該會是那樣。」

不管是師兄弟還是親兄弟，只要彼此利害關係有所衝突就會互相殘殺，此乃魔術師的常識；但這對姊弟不是這樣，單純只是因為姊弟之間的實力相差太遠，結果八成會演變成菲歐蕾單方面屠殺恐懼的弟弟。但這依然是一場悲劇。

「我聽說魔術協會派遣最後一位魔術師過來了。」

「消息真靈通。」

達尼克苦笑。在鐘塔裡面臥底的人一個小時之前才傳來報告。

「終於要開始了呢……」

「沒錯，『黑』與『紅』使役者之間展開的聖杯大戰將於今日開戰。我們千界樹一族將會得到這個世界的神祕與奇蹟。」

「……」

菲歐蕾憂愁的臉龐並不單純因為她討厭爭鬥。她跟一般魔術師一樣曾在鐘塔學習，目前還有同學在那邊。她不是對鐘塔有什麼特別不滿之處，也並非因此就會直接與同學敵對……但心裡還是有些疙瘩。

當然，也會恐懼。在魔術師的世界裡，鐘塔是絕對性的象徵。西元元年成立的這個組織集合了各式各樣的神祕與魔術。

正可說是世界最先進的魔術機關，組織裡面有一些菲歐蕾無法想像的東西。

但也不可能因此反抗一族的族長達尼克。儘管他活了將近一百歲，肉體卻還維持在三十幾歲的年輕狀態，是擁有一族中最強大魔術刻印的怪物。反抗的瞬間會立刻被踢出族人的聯絡網路，就算逃去魔術協會，之後也只有叛徒族人的下場等著。

儘管如此，要是毫無勝算，菲歐蕾當然會出面反對。不過，她看到了那個白色的巨大祭壇——儲藏無色魔力，脈動著的大魔法陣。

「我只讓妳看，所以妳必須對其他人保密。」

達尼克這麼說，引導她來到持續藏匿的大聖杯下方。雖然還沒完全啟動，但那壓倒性的魔力跟神聖感讓菲歐蕾整個魂都飛了。

——只要有這個願望機，妳心裡的願望就能輕易實現。

她無法抗拒達尼克的低語誘惑。她也有夢想，也有靠魔術無論如何都無法實現的願望。

與同學對立說穿了只是一種感傷，並不足以對達到目標構成阻撓。菲歐蕾已經下定決心投身於與魔術協會的全面對決之中。

「那麼，就讓諸位領主參與我等召喚守護騎士的儀式吧。」

「是，叔叔。」

兩人抵達執行召喚儀式的場地謁見廳時，四位主人已經齊聚一堂。除此之外，還有一些負責處理雜務的人工生命體正默默地搬運必須用到的魔術道具。

魔法陣紋路已經刻好。材料用上熔解金與銀的混合物，因為建構了保持常溫的術式進去，現在材料還維持液體狀態。描繪得既複雜又精緻的這個魔法陣是用來一口氣召出使役者的特殊規格品。

嘈雜聲忽地停歇。看準這個時機，移動到王座旁的達尼克大大張開雙手宣告：

「──那麼，請將各自收集到的觸媒放在祭壇上。」

主人們點點頭。

第一位──戈爾德·穆席克·千界樹是個有些肥胖，一看就知道總是態度傲慢的男人。他修習的魔術是錬金術。觸媒八成是相當貴重的東西，不然就是不想讓其他主人看到，一直放在盒子裡面。

第二位——菲歐蕾．佛爾韋奇．千界樹。輪椅少女修習降靈術與人體工學。她所拿的觸媒是一支老舊的箭，前端已經變成藍黑色，大概是因為沾了血吧。

第三位——塞蕾妮可．艾斯寇爾．千界樹，修習黑魔術。大概是因為她為了提供祭品，總會剖開野獸或人類的腹部、親吻內臟，所以即使長得一副清秀模樣，全身卻散發著濃烈的血腥味。觸媒是一個玻璃瓶，瓶身沾染了汙漬，裡面似乎曾裝著某種液體。

第四位——卡雷斯．佛爾韋奇．千界樹。菲歐蕾的弟弟，修習召喚術。之所以散發一股會讓人以為他不到十八歲的孩子氣，多半是臉上的雀斑導致。他有點沒自信地一直嘀咕著召喚英靈必須的咒文。觸媒是一張老舊的紙，上面畫著人體圖，右下角潦草地寫著「理想的人類」幾個字。

然後，已經完成召喚的第五位——術士的主人羅歇．弗雷因．千界樹，在這些人裡面應該就屬他年紀最小。只有十三歲的他，站在離得有點遠的地方饒富興味地看著眼前的景象。

「羅歇，真難得你會離開工坊。」

羅歇聳聳肩回應達尼克的話。

「畢竟這是召喚英靈的儀式，一輩子能看到一次就算很幸運了，但如果能看到第二次，那我當然願意出來啊。」

他的口氣有點裝大人的感覺，但他在人偶工學（Doll Engineering）方面算是小有名氣的魔術師。然而他製作的人偶一向不注重外觀和設計，單單追求機能這點確實有些欠缺藝術性就是了。

羅歇在兩個月前幾乎與槍兵同時召喚出術士，並與他一起在城內的工坊致力於生產聖杯大戰所需要的士兵（魔像）。

「術士呢？」

「雖然忙著設計寶具，但『老師』說他馬上就過來。」

「幫我向術士致歉。那麼你就在這裡再見證一次神祕的儀式吧。」

「我知道了。」

羅歇聳聳肩。他自己基於對使役者的尊敬之情，稱呼對方為「老師」。對他來說，那個術士創造的傳說值得崇拜。少年全面信任術士，並打從心底覺得能夠在工坊協助他是件開心的事。

後來術士在羅歇身邊實體化。他披著藍色斗篷，身穿貼身的緊身衣，臉上戴著沒有眼睛也沒有嘴的面具。羅歇開心地喊了一聲老師，術士也無言地點頭回應。

達尼克確認四位召喚者就定位之後，便恭敬地朝空蕩蕩的王座鞠躬。

「那麼吾王，就此開始儀式。」

〈——嗯。〉

光粒子聚集到王座，收合之後形成一個人形。被稱為王的男子身上穿著足以與夜晚融合的黑色貴族服。與其一身漆黑的服裝相反，王的臉色慘白得嚇人，絲絹般的白色長髮隨意散著。

當他出現的瞬間，謁見廳的氣氛突然變得緊張起來。光是站在那裡就足以被壓制，只是看著他就止不住顫抖。坐在王座的這個男人絕對不是粗魯、暴力的那種類型，但只要被那對冷徹的眼睛一看，就會深深體悟到自己是多麼脆弱無力的存在。

這個王就是千界樹一族族長達尼克準備來當最強王牌的使役者——「黑」槍兵——「弗拉德三世」。

對羅馬尼亞來說，他是外西凡尼亞最大的英雄；土耳其士兵則出於畏懼稱呼他為穿刺公。但在世界上，應該是他的另外一個名號更加有名。

小龍公（德古拉）……或是吸血鬼德古拉伯爵。

當然，眼前這個弗拉德三世跟吸血鬼沒太大關連。他是個信仰堅定、品格高尚，同時曾是一國之王——雖然只是個小國——的人物。尤其在羅馬尼亞，因為他曾經幾度逼退蹂躪世界各國的鄂圖曼帝國侵略，被認定是促成羅馬尼亞獨立的大英雄。

……沒錯，只要這裡是羅馬尼亞，他的知名度就幾乎等於最高，足以與希臘的海克力斯、英格蘭的亞瑟王匹敵吧。

槍兵瞥了達尼克一眼，充滿威嚴的聲音便在謁見廳迴盪。

「好，呼喚即將成為孤手足的英靈們吧。」

「遵命。」

達尼克恭敬地行禮，告知四位主人。

「那麼，我等千界樹值得誇耀的魔術師們，開始吧。在這場儀式結束同時，我等將踏上無法回頭的戰爭之路──都有覺悟了吧？」

四位主人不發一語，表露出絕不退卻的意志。

謁見廳的氣氛再次變化。主人們集中精神，只有這個時候能夠抵抗於王座上見證著的穿刺公的壓力。

召喚使役者本身雖然比平常一些複雜怪奇的大儀式要簡單許多，但畢竟是召喚英靈這種極度神祕的行為，一個弄不好自然就會導致自身喪命的結果。

不能盲目地亂衝，也不能愚蠢地因為恐懼而裹足不前。現在需要的是舉槍對著自己的太陽穴，迅速扣下扳機的冷漠與大膽。

「以銀與鐵為元素，以石與契約之大公為基礎，奉獻之色為『黑』。

降臨之風以壁隔之，緊閉四方之門，出自王冠，通向王國的三岔路乃循環不斷。」

雖然沒有預演過，但吟唱分毫不差地同步了。

每吟唱完一節，魔法陣的光芒便加速增強。暴衝的魔力蹂躪、凌辱著四人。但連在這四人之中較為低階的卡雷斯都穩穩地站著，毫不猶豫地繼續吟唱。

「——宣告。

汝將己身交付於吾，吾將命運交付汝劍。

若願遵循聖杯之倚靠，若願遵從此意此理，應當回應吾之宣告。」

吟唱與竄流在魔術迴路內的魔力搭配，招攬存在於「座」的英靈。對受到神話與傳說刻劃的至高存在們訴說。

「——在此誓言，吾乃成全萬世一切的良善之人，吾乃散播萬世一切的邪惡之人。」

三人分秒不差地停止吟唱。只有卡雷斯一人看準這個空檔，唱出這兩節。

「——然而，汝之瞳應當讓混沌矇蔽眼界。汝！受狂亂之枷鎖束縛己身之人，吾乃其掌鍊之人。」

這一段狂化的追加吟唱會使他召喚出的英靈或多或少被瘋狂所囚禁。弱小使役者可以透過變成狂戰士(Berserker)的方法獲得強韌的身體能力。

然後進入最後一節。

儘管四人都身陷魔術迴路暴衝帶來的痛楚與迴路或許會失控的恐懼之中，他們卻彷彿等不及這一刻到來。這場儀式就這麼足以讓人昂揚。不過，還是要宣告，為了獲得最高等級的神祕，將之掌握在手中。

光芒填滿、奇蹟充實，超越魔術的超常存在——也就是英靈即將被召喚來到這個世界上。

「——汝身著三大言靈之七天，自抑止之輪現身吧，天秤的守護者！」

宣告此語的同時捲起的狂風讓人工生命體們急忙蹲下，羅歐則用手遮住了臉。槍兵、達尼克以及術士則都受到涼風吹拂般怡然地承受著。

就這樣，「他們」於地上顯現。

編織得複雜精巧的魔法陣散發刺眼的強光，奇蹟瞬間具現化。以人類幻想為肉體，雖身為人卻達到非人領域的英雄們。

暴風減弱為徐徐和風，炫目的光芒衰退成朦朧的靄光。然後，魔法陣上出現了四個人影。

一個是穿著白色洋裝的纖瘦少女，手中握著巨大戰鎚，以空蕩的眼神緩緩地環顧四周。

一個是穿著華美的中性少年。四人之中，只有他帶著滿臉笑容，看著執行召喚的主人們。

一個是手握弓箭的青年，身上披著翠綠色斗篷，單膝跪地表示服從。

最後一人則是身上穿著光輝閃耀的全身鎧甲，背上揹著一把巨劍的青年，銀灰色頭髮在和緩的風中搖曳。

「喔喔……」

某人發出感嘆，達尼克也不禁被這陣仗吸引目光。接著，使役者們齊聲宣告七位使役者與七位使役者將互相殘殺的淒絕慘烈的聖杯大戰——戰火即將開始的話語。

「遵從召喚所邀造訪於此。我等乃『黑』的使役者。我等命運將會與千界樹共存亡；我等之劍亦為汝等之劍。」

在布加勒斯特，史達弗洛波里奧斯教堂的墓地這邊，獅子劫界離也成功召喚出了使役者。

「——所以，你就是我的主人嗎？」

全身被鋼鐵覆蓋的小個子騎士這麼問。雖然隔著頭盔，但清澄透徹的聲音很明確地傳了過來。獅子劫點點頭，伸出手。

「我是你的主人獅子劫界離，多指教。」

「……這裡是墳場？你還真挑了個噁心的地方召喚耶。」

伸出的手被忽視了。獅子劫搔搔頭辯解。

「不，這樣說我很冤啊……畢竟對我來說，這裡就像是我的主場嘛。」

「你是在墳場出生嗎？」

「我的少年時代跟屍體一起度過。」

說到這個份上，騎士也理解地點點頭。

「原來如此，你是死靈魔術師啊。」

「答對了。你是劍兵……沒錯吧？」

看到他手中的騎士劍，獅子劫這麼問了。

「當然，要是你看到我還以為是刺客或術士，那我覺得你的眼睛跟腦袋應該有問題。」

「我覺得穿著鏗鏗鏘鏘的厚重盔甲，直接正面突破砍爆對手的刺客也不錯喔。」

世界上似乎真有這種刺客。

「……我該不會抽到一個沒腦袋的主人吧？」

「才不呢，劍兵，你抽到了一個最棒的主人。我獅子劫界離有自信是配得上你的一流主人。」

「喔……耍嘴皮子是一流的，這點不知道是不是好事呢。」

「是說劍兵，能不能先告訴我你的真名……應該說，為什麼我明明是主人，卻看不到你某些部分的參數啊？」

一般來說，當主人與使役者面對面的時候，應該可以獲得某些程度的情報。那些是肌力或耐力之類的參數，以及持有技能等貴重資料。當然既有技能或寶具一類還是必須親眼看過才會更新情報，但在安排戰略上，這些資料還是非常重要的參考。

然後，這些主人會最先確認的，當然就是自己召喚的使役者相關資料。主人必須在熟知使役者的能力狀態下思考如何應付戰局，安排對策。

獅子劫雖然可以看到眼前這個騎士的基礎參數，作為英靈特質的既有技能和寶具資料卻被遮蓋，完全讀不出來。

「八成是這頭盔造成的，我拿下來。」

劍兵這樣說完，覆蓋臉孔的頭盔就分解開來，與盔甲組在一起。看到「她」露出來的面孔，獅子劫張開的嘴合不起來。

「女人……嗎……？」

不，也可能是少年。不管怎麼說，都是個看起來很年輕的人。獅子劫沒有發現，因為太出乎意料而不禁吐露的低語似乎立刻惹毛了她。

「不准再說第二次。」

「……妳剛說什麼？」

蘊含殺氣、冷漠到極限的低語讓獅子劫也回過神。

「下次再叫我女人，我就會無法克制自己。」

劍兵以炯炯有神的雙眼表現殺意。獅子劫的本能告訴自己，看樣子她是認真的。

「……抱歉，我道歉，我不會再說第二次。」

獅子劫舉起雙手老實地賠罪。劍兵的臉雖然氣得皺在一起，但好像因此稍微平復了一些。她深呼吸一口氣，以略微不悅的表情嘀咕。

「我原諒你。然後你記好了，別再提起這個話題。」

「ＯＫ。所以說，妳的真名到底是啥——」

「嗯？主人，怎麼回事？雖然不知道你用了什麼觸媒，但應該本來就是鎖定我召喚的吧？所以我不用說真名——」

著它。

「噢，呃，觸媒是這個。」

獅子劫避開正慢慢解除的魔法陣，並將觸媒扔給她。劍兵抓下觸媒，一臉疑惑地看著它。

「這是啥？」

「你們那票騎士使用的圓桌。」

劍兵原本已經平復的情緒急速降到谷底。她咂了嘴，毫不猶豫地用手中的劍把那個——想必不會再出現第二塊的聖遺物砍了。

「……喂。」

劍兵如字面所述，用護腳把砍成粉碎的東西踏爛。

「可恨！沒想到我竟是透過這種東西召喚出來的！」

那表情很明顯是打從心底憎恨、厭惡圓桌。獅子劫覺得事有蹊蹺，圓桌對騎士們來說應該是議論風發的場所，雖然最後圓桌騎士們彼此分崩離析、對立，但這應該也不是出於他們的本意。如果說，她真的這麼憎恨圓桌本身——

獅子劫猛地推測出她的真名。如果有憎恨圓桌的騎士，那就是對騎士王明確抱著反叛意志的唯一騎士。

「劍兵，妳的真名該不會是『莫德雷德』吧？」

獅子劫的問題讓劍兵稍稍繃起臉，大概是覺得剛剛的反應讓獅子劫推敲出自己的真面目這點有些丟臉吧。

儘管如此，她還是以堅毅的態度回答。

「——沒錯，我叫莫德雷德，是騎士王亞瑟．潘德拉岡唯一且正統的繼承人。」

「……妳不是反叛了嗎？」

獅子劫的指謫讓劍兵的臉立刻泛紅，並說：

「嗯，沒錯，我確實反叛了。那個王直到最後都沒有認可我的能力，不論劍技、執政手腕，我都跟王同等——不，我應該超越了王。但那個王只因為我的出身，就抗拒我繼承王位。」

那冷淡的聲音絕非因為她不再激昂，而且相反，足以讓她全身顫抖的憤怒與憎恨就潛藏在她體內。

她的出身——據說莫德雷德是亞瑟王與其親姊姊莫歌絲之間產下的亂倫私生子，這點實在太過致命。

「所以我以反叛的方式終結一切，讓那個王知道其治世沒有任何意義。」

沒錯，按照傳說，確實是莫德雷德把亞瑟王逼上了死路。即使被聖槍貫穿，莫德雷德還是給了亞瑟王致命一擊。

瀕死的亞瑟王打算把聖劍歸還到湖裡而前往妖精鄉(亞法隆)，而莫德雷德則在卡姆蘭之丘喪命，流傳後世的只有反叛騎士的惡名。

「嗯，這麼說來，劍兵，妳的願望是成為王嗎？」

對被否定王位繼承權的莫德雷德來說，成為王想必是希望利用聖杯的力量實現的願望。但莫德雷德卻以傲慢的口氣回應獅子劫的問題。

「不，不對，我沒意思靠聖杯的力量成為王。就算這樣當上王，父王也一定不會認同我。主人啊，我的願望是想挑戰選定之劍，只有這樣。」

「……選定之劍，就是亞瑟王從石頭裡面拔出來的那把劍嗎？」

劍兵點點頭。沒錯，亞瑟王因為在少年時期成功拔出國內所有大力士都挑戰失敗的那把石中劍，而獲得了成為王的資格。

如果莫德雷德也可以拔出那把劍，就代表她確實被認定為擁有成為王的資格。但是，她的願望有一個致命的缺陷。

「——是說，我可以問一個問題嗎？」

「可。」

「如果聖杯實現了妳的願望，但妳卻拔不出來怎麼辦？」

沒錯，既然是挑戰選定之劍，當然有拔不出來的可能性，畢竟是挫敗了全國男人的劍。就算是繼承亞瑟王血脈的莫德雷德，也不一定就能成功拔出。

「主人，你這問題很蠢。『我不可能拔不出來』！」

但劍兵抬頭挺胸如此斷言。從她的聲音裡傳來的壓迫感確實帶著足以為王的氣魄，她說不定真的可以輕易拔出那把劍。

「那麼主人，事不宜遲，快給我指示吧。該幹掉的敵人在哪？」

獅子劫稍稍安撫了一下以雀躍的聲音詢問的莫德雷德。

「妳沒聽說『欲速則不達』這句成語嗎？」

「干我屁事，我可是為了砍爆七個敵人而被召喚出來的耶。」

看來聖杯有給她關於此次聖杯大戰的基本知識。

「是這樣沒錯，但我們還不清楚敵對的七人是怎樣的對手。」

從天空傳來的小小振翅聲讓兩人抬起頭，一隻灰色的鴿子停在樹梢。無法看出任何情緒的鳥類特有的眼睛骨碌碌地轉個不停，接著吐掉口中啣著的紙張後，鴿子彷彿完成任務般飛走了。獅子劫撿起紙，劍兵也興致盎然地看了過來。

「使魔嗎？」

「似乎是，說現在想立刻見我們。」

「誰啊？」

「跟我們利害關係一致的一群人。」

獅子劫一把捏爛只寫著「明天早上九點　錫吉什瓦拉　山上教會」的紙條。

§§§

既壯觀又壯麗，既莊嚴又凜然。形容這幅光景的話語，就算堆疊一百種讚美的形容詞也不足夠吧。

「黑」劍兵、「黑」弓兵、「黑」槍兵、「黑」騎兵、「黑」狂戰士、「黑」術士，除了在新宿被召喚的刺客之外，六位使役者齊聚在這謁見廳。

在聖杯戰爭開打的狀況下，兩位以上的使役者存在於同一空間的情形並不多見。不管是結為同盟或展開戰鬥，頂多只會同時出現兩到三位，而且通常彼此會認定對方隨時可能開始廝殺而戒備著。

他們接受新的聖杯戰爭——聖杯大戰的狀況，很爽快地允諾共同作戰。

「啊，是不是自我介紹一下比較好啊？可以吧？開始嘍！我是騎兵使役者，真名叫阿斯托爾弗。那你呢？」

——騎兵使役者阿斯托爾弗搶在任何人之前先開口了。

在他身邊的使役者，有著沉穩風貌的青年雖然有點吃驚，但還是微笑回應他。

「我是弓兵使役者，真名為凱隆。」

「謝謝你，『凱隆』。這段時間就多多指教了！」

騎兵伸出手，弓兵一臉困惑地回應。

「騎兵，不要用真名，要用職階名稱呼。」

達尼克一臉嚴肅地制止騎兵。騎兵這才說著「啊，對喔」並點點頭，轉向身穿白色洋裝的使役者。

「那妳呢？」

「……」

使役者沒說話。她搖搖頭，表現出拒絕的意思。

「噢，抱歉抱歉，妳沒辦法說話就沒轍了呢。呃——她的主人是誰啊？」

騎兵看了主人們一圈，發現對自己的視線產生反應的卡雷斯。

「欸，那邊的主人，她的真名是什麼？」

「啊，呃，那個——」

突然被騎兵逼近的卡雷斯慌張地想著要怎麼應對，但他八成是抗拒不了騎兵那簡直是望穿秋水的注視眼光，小聲地說出狂戰士的真名。

「……弗蘭肯斯坦。」

「原來如此。那麼，弗蘭……不對，狂戰士，請多指教嘍。」

狂戰士使役者——弗蘭肯斯坦對於自己的真名洩漏一事發出略顯不滿的低吟聲。

然後，騎兵的目光轉往最後一位使役者——劍兵身上。

「所以，你的真名是？」

「慢著，劍兵，你不要說。」

在劍兵回答之前，他的主人戈爾德就制止了他。戈爾德宣言般告知包含達尼克在內的所有人。

「我沒有意思向達尼克以外的人公開這位使役者的真名。」

謁見廳瞬間騷動起來，塞蕾妮可用冰冷的聲音詢問：

「——公開真名是事先討論好並決定的事項吧？到這時候才反悔，實在太令人不愉快了。」

「當時的我還沒獲得觸媒。」

戈爾德一邊說一邊寶貝地抱著盒子，似乎連觸媒是什麼都打算徹底隱瞞。

「戈爾德叔叔，隱瞞真名真的這麼重要嗎？」

戈爾德一臉嚴肅地點頭回應菲歐蕾的問題。

「……洩漏我的使役者真名會造成致命性的影響，所以我希望愈少人知道愈好。」

對使役者來說，真名是必須盡量隱瞞的情報。畢竟不管是多麼聲名遠播的英雄，最終大多以慘死結束生命。

洩漏真名就等於把導致自己死亡這項致命的弱點暴露出來。

如果是被下毒殺害，那只要想辦法下毒就好；如果是被箭射死，那朝他射箭便可；如果特定部位是弱點，那專打該點就好。

就算找不出足以致命的弱點，但像是擁有龍因子的英雄就不擅長面對屠龍武器；就算沒辦法這麼剛好持有這類武器，只要將情報洩漏給其他主人，就很有可能被針對性地安排對策。

當然，也有即使洩漏真名也毫無影響的英靈。騎兵阿斯托爾弗就是典型的例子。

達尼克瞥了弗拉德三世一眼，弗拉德三世帶著爽朗的笑容對達尼克點點頭。當然，身為達尼克使役者的弗拉德三世已經知道戈爾德召喚的「黑」劍兵是什麼人。因此，以嚴厲聞名的王才會一副不在意小事的態度點頭應允。

「——好，就破例准許你們。」

聽到族長達尼克這番話，戈爾德露出滿足的笑容。

「王啊，在此誠摯地感謝您。那麼我們先失陪了。」

挺直背脊的戈爾德帶著劍兵，堂而皇之地離開謁見廳。看著他們離去的塞蕾妮可不滿地嘀咕。

「不過就是召喚出劍兵罷了，有什麼好囂張的。」

「那個原本就是這種生物。」

達尼克帶著苦笑小聲說道。戈爾德是過去在鍊金術上曾與艾因茲貝倫家齊名的穆席克家繼承人。說起來，穆席克家之所以納入千界樹一族，就是因為身為魔術師的血脈已經衰退。

對過去的名門來說，納入千界樹一族想必相當屈辱吧。戈爾德從小就被父母教導穆席克家是多麼優秀的鍊金術大師。到了三十六歲還無法區別夢想與現實，只有過去「曾是」名門的自尊培養得非常優秀。

在穆席克家納入千界樹一族之後，第一個出生的小孩戈爾德是久違誕生的一級魔術師這點，大概也大大加強了他們之於血統認知上的尊嚴吧。

說起來，他確實是一位優秀的魔術師。他是在此次聖杯戰爭中提議採用幾乎等於犯規的干涉系統方式──也就是分割魔力管道，並將之實現的人。

不管魔術協會派遣的魔術師有多優秀，召喚使役者、提供魔力給他們就是一項麻煩的限制。光是不會受到這個限制就能大大縮減實力差距，更何況千界樹一族因為坐擁豐厚的魔力，甚至可以讓使役者隨意濫用寶具。戈爾德的功勞絕對不容忽視……甚至大到不得不容忍他傲慢的態度。

戈爾德意氣風發地回到房裡，再次與劍兵面對面。劍兵壯麗又威風凜凜的身影，讓戈爾德不禁看得出神。雖然戈爾德幾乎百分之百確定，但為了保險中的保險起見，於是問道：

「劍兵，回答我一件事。你的真名是齊格菲沒錯吧？」

得到肯定的點頭回應，戈爾德的歡喜之情達到頂點。

齊格菲——德國的國民級大英雄。在許多傳說中分別有不同形象，其中最有名的應該就是英雄史詩《尼伯龍根之歌》了。身為低地國王子的他完成許多冒險，最後甚至得到屠龍者的稱號。

直到他在全身唯一的弱點——背部承受叛徒的一劍為止，他在任何戰爭之中都從未吃過敗仗，就這樣喪命了。

他的手中握有尼伯龍根一族的聖劍巴爾蒙克，並用這把劍斬殺邪龍（法布尼爾）。被邪龍之血濺滿全身的他，因此變成刀槍不入之軀。

但如此尊爵的勇者身上卻帶著一個致命的弱點——在龍血濺滿全身之際，一片菩提樹葉偶然落在他的背部，因此被蓋住而沒有染血的部分。這裡毫無疑問就是齊格菲的必死弱點。

戈爾德煩惱了起來。雖然獲得最強使役者值得高興，但跟齊格菲背部弱點有關的傳說也是人盡皆知。這太過致命又太過明顯的弱點，究竟有沒有辦法隱瞞到最後呢？

「劍兵，從現在開始，除了使用寶具以外你都不要說話。只有我允許的時候，你才可以開口。」

戈爾德先以讓劍兵閉嘴的方式盡可能減少洩漏真名的機會。他展示了一下手背上的令咒，強調這個命令必須嚴格執行。但他的眼中透露些許畏懼，真的能用這麼高傲的姿態對待那位大英雄嗎——這麼做真的會被允許嗎？

另一方面，戈爾德心中那種「反正就是使役者罷了」的既定觀念仍揮之不去。他們只是因為有了自己（主人）才得以生存的過客罷了。

有些緊張的時間在房間流逝。

「……」

過了一會兒，劍兵點點頭表示理解，也代表他接受了戈爾德下達的命令。齊格菲不僅是王族，也曾以一軍將領的身分留下幾則傳說。但他同時是個不斷被他人拜託、受他人請求的英雄。

收到命令不准說話，且這項命令確實有其緣由的話，那他不會有意見。只要能實現自己的願望，無論什麼樣的命令他都不覺得痛苦，也願意執行。

——如果這時候就算主人使用了令咒，齊格菲也堅定地反對到底，那麼之後的命運或許就會有不同的結果。齊格菲身為使役者劍兵，選擇了服從；戈爾德也認為自己身為主人而讓使役者屈服於自己之下。

到後來，兩人之間的認知偏差將造成無法挽回的後果。

另一方面，在謁見廳裡，主人和使役者之間開始彼此交流。

「我是你的主人，請叫我菲歐蕾，多多指教。」

「黑」弓兵畢恭畢敬地用雙手捧住菲歐蕾伸出的手。

「謝謝妳，菲歐蕾。身為妳的使役者，我會好好表現，不辱凱隆之名。」

「……」

菲歐蕾困惑地不發一語，看著弓兵的臉。

「怎麼了嗎？」

「啊，不，你真的是凱隆呢。雖然我理解這點——」

「但有些難以置信嗎？」

聽到臉上永遠掛著微笑的弓兵這麼說，菲歐蕾微微點了點頭。

「這很合理。因為正常來說，我應該要以非人姿態被召喚出來。」

凱隆——教導過以海克力斯為首的許多大英雄的半人馬族第一賢者。

上半身是人類，下半身是馬身的他以大地與農耕之神克洛諾斯為父、女神菲呂拉為母，是貨真價實的神靈存在。但是，他不小心被九頭蛇的毒箭射中，為了逃避中毒的痛苦，捨棄了不死之身，因此喪失原有的完整神性，變成可以作為英靈被召喚出的對象。當然，以原有的半人馬姿態也可以作為使役者接受召喚。但是——

「但是，要是被看到我那個模樣，就幾乎可以確定我的真名了。請妳諒解。」

看到半人半馬的外型，應該不會有人不去聯想到半人馬；而說到有名的半人馬英雄，也會第一個想到凱隆；再加上手上握著弓箭，就更不用懷疑了。畢竟凱隆可是高掛空中的射手座的原型英靈。

因此，凱隆在接受召喚的時候才會以人型示人，代價是一部分的參數能力降低，但並不會影響到弓術。

「嗯，我當然明白。」

菲歐蕾連忙點頭。沒錯，確實他的外表是個神色穩重的青年，除了服裝打扮帶有古風，完全沒有能讓人猜出他是大賢者凱隆的因素。

但是直接與他面對面的菲歐蕾現在光是不要被他的氣勢所震懾就已經用盡了全力。

他身上的氣息簡直像廣大深邃的森林，清新冷冽的空氣深深包圍著渺小的自己——

「當然，純粹以話語請求妳信任我是很簡單的事情，但我是弓兵使役者，請務必到戰場上欣賞我的弓術，我必定會證明我足以匹配妳。」

「……好的。弓兵，我會期待。」

菲歐蕾羞赧地點點頭，跟弓兵一起離開了謁見廳。

「狂戰士，我們也走吧。妳要靈體化，懂嗎？」

「……啊啊……嗚嗚……」

「黑」狂戰士同意卡雷斯般低聲沉吟，化為一陣粒子消失了。

卡雷斯擦擦汗，呼出一口安心的氣。看來召喚對他造成不少消耗，果然佛爾韋奇家的才能全都跑到姊姊（菲歐蕾）身上去了。

很遺憾的是，因為卡雷斯身為主人的合適度偏低，再加上他召喚出來的狂戰士……也就是人工生命體弗蘭肯斯坦屬於比較接近現代的傳說，所以即使用上狂化咒文加強能力，參數層面上也沒什麼突出之處。話雖如此，她真正的價值在於獨特的技能。

說穿了，達尼克並不期望卡雷斯和狂戰士能有什麼表現。狂戰士在戰鬥時原本就不受控制，只會瘋狂地戰，直到自己死亡為止。如果藉由令咒善加利用，可以在戰場上極盡破壞之能事，並且有機會在混亂之中打倒眾多敵將。達尼克認為自己要好好抓出使用這招的時機。

卡雷斯憔悴地離開謁見廳。

「好了，騎兵，我先帶你熟悉這座城堡。你屬於好奇心旺盛的類型吧？」

塞蕾妮可這番話讓「黑」騎兵不好意思地搔了搔頭。

「喔，妳知道啊？所以我啊，不是很想靈體化呢──」

「……沒關係。這樣的話，就幫你準備一個房間吧。」

「真的嗎？哎呀，我真幸運，碰到一個明理的主人！」

騎兵像跳舞一樣轉圈，舉高雙手歡呼，純真地為自己能實現願望而高興。

騎兵介意的點在於若他持續實體化將會對主人造成魔力負擔吧。儘管有聖杯支援，但要讓神祕持續具現化，還是會帶來相當程度的負擔。

更重要的點在於，除了戰鬥之外，使役者就算維持靈體狀態也不會有任何問題，但這說穿了只是主人這方面的想法。使役者之中也有因自己重獲新生而高興，毫不在意會對主人造成負擔，希望能持續實體化的人。

騎兵使役者阿斯托爾弗是個充滿好奇心的存在。如果主人塞蕾妮可允許──應該說就算不允許——他想立刻衝出城堡，到城鎮上玩個痛快。

查里大帝十二勇士之中，阿斯托爾弗是屈指可數的美青年，性格開朗快活，甚至傳說他根本沒有理性。看到他實際的模樣除了意外，也能了解所謂傳說多少都會扭曲真相。阿斯托爾弗可愛的外表充分落在主人塞蕾妮可的喜好範圍內。

「好了，老師，儀式結束了，我們也回工坊去吧。」

「……就這麼辦。」

羅歇跟他的使役者「黑」術士也離開了謁見廳。

達尼克目送主人們離去之後，令人工生命體們也退下。等到現場只剩下兩個人，他對王座上的槍兵說：

「這麼一來就有六位，刺客應該再不久也會抵達。」

劍兵、弓兵、槍兵、騎兵、狂戰士、術士、刺客。如果是過去的聖杯戰爭，他們每一位都將仔細推敲戰略，並以安排好的戰術投入作戰。

但此次戰爭的規模不可相提並論。因為戰力不是一位，而是七位，所有使役者的基本職階齊聚一堂。在「冬木的」聖杯戰爭系統下，一向很難撐到最後的狂戰士、術士、刺客等職階也能發揮真正的價值。

舉例來說，由羅歇先行召喚出來的術士已經著手生產超過一千尊魔像。分成小型、中型、大型的各種魔像正殷切期盼上戰場的時刻到來。

當然，它們無法對抗使役者，但要絆住對方則綽綽有餘，而且在面對術士或刺客這種不擅長近身戰鬥的使役者時，說不定還有機會以小吃大(Giant Killing)。

「……達尼克，你知道孤現在是怎樣的心情嗎？」

達尼克雖然一看就明白槍兵臉上微微帶著愉快的笑容，但他還是刻意反問：

「不，我這樣渺小的魔術師，就算再怎麼深思熟慮也無法追上號稱『小龍公』的您的想法吧。」

槍兵突然不悅地瞥了達尼克一眼。

「達尼克，若服從變成盲從，表示你只有這點程度。尊稱孤為領主的你是孤的主人，孤是使役者，這個部分無可否認。」

「……是。」

做得太過火了啊——達尼克在心裡咂嘴。話雖如此，槍兵……弗拉德三世過去曾是支配這羅馬尼亞的一國之君。就算是遠離塵世，可以面不改色做出喪盡人倫之事的魔術師，也不會吝嗇於表達敬意。

當然，是因為有「令咒」這個絕對性的上下區分才能維持彼此之間的關係。就是因為手握危急時可以勒住對方的項圈，達尼克才願意展現自己的忠誠。

「達尼克，孤花了半輩子從土耳其手中保住了這個國家。雖然身為一個王，孤能做的都做盡了，但還是有不足之處。」

「那是什麼呢？」

「『人』，足以託付大軍的將領不夠。孤把一切都花費在作戰並獲勝上面；換句話說，除此之外就什麼也做不到。但孤並非無能啊，只是單純地——」

「時間跟人力，兩樣都不夠。」

達尼克的話讓槍兵滿足地點點頭。

「然後孤終於獲得無可替代的『人』了。六位英靈，而且其中的劍兵——居然是齊格菲。在孤所知範圍內，他可是最棒的勇者！」

——沒錯。除了戈爾德之外，只有達尼克和槍兵知道劍兵是何方神聖。戈爾德的觸媒是染血的菩提樹葉，雖說大概是靠著過往友好的艾因茲貝倫的關係拿到，但沒想到竟然可以獲得這樣的聖遺物，運氣可不是普通地好。

「不只是劍兵，希臘的大賢者凱隆、查里大帝十二勇士之一阿斯托爾弗、弗蘭肯斯坦博士瘋狂的產物狂戰士，還有術士使役者亞維喀布隆。雖然個性古怪扭曲，但那個男人造出的士兵（魔像）可是無上的戰力。」

「他們都是您的屬下、您的將領。」

「——嗯，真遺憾。要是有他們，孤就不會被幽禁在那座城堡裡了。」

一四六二年，匈牙利國王馬加什認定弗拉德三世協助鄂圖曼帝國而將之逮捕，並監禁了十二年。

為國而戰的功績全部蒙羞，等發現的時候，自己已經被當成渴求鮮血的凶神惡煞流傳於世，簡直無比屈辱。

「但這也是如夢似幻的遙遠過往，孤必須思考的是現在，孤那染血的可悲名號。」

「請放心，只要打倒總共七位使役者，萬能願望機大聖杯就會啟動，想必能夠實現您的願望。」

恢復自己的名聲——是槍兵使役者弗拉德三世的願望。他想洗刷已經傳遍世界的「吸血鬼德古拉」汙名。

他並不打算否定自己走過的路。儘管度過與土耳其交戰卻被監禁這麼多年的不幸時光，但他只認為這就是人生。然而，自己的名字卻在與自己毫無關連的情況下蒙羞，他無論如何也無法接受。

槍兵賭在這場聖杯戰爭上的氣魄在所有使役者中應該是數一數二。達尼克也喜歡他這麼執著的態度。

「剩下就是刺客使役者了。達尼克，記得是在東方小國被召喚出來的？」

「嗯，本來是該在倫敦被召喚出來的使役者，但畢竟對我們來說那裡是敵軍地盤，因此選了對那位英靈來說靈脈契合度高的地方召喚。」

「叫什麼名字？」

「——開膛手傑克。一百年前，讓英國動盪不安的連續殺人魔（Serial Killer）。」

§§§

羅馬尼亞　布加勒斯特

二十世紀初期，羅馬尼亞首都布加勒斯特曾被人們稱為「小巴黎」。但經歷過第二次世界大戰的轟炸、兩次大地震，以及獨裁者希奧塞古的誇大妄想都市開發計畫，當時許多秀麗的建築物都遭到破壞。當然，並不是所有建築物都被破壞，若開車經過貫穿都市南北的維多利亞大道，還是可以發現保留了幾座老舊市街的古教堂和歷史性的重要建築物。

但是，獨裁者給羅馬尼亞帶來的傷害卻不只這些。

「似乎叫作希奧塞古的孩子們呢。」

女性以遠離塵世般的甜美聲音呢喃。她是一個只要臉上露出帶有些許憂鬱的表情就可以讓男人們神魂顛倒的魅惑女性。但奇怪的是，原本應該聽著她那甜美音色的「某人」卻不存在於她的身邊。

擦肩而過的人疑惑地看向對著空氣呢喃的她，雖然也有年輕人盤算著要搭訕她，但八成是感受到她眼神裡帶有的那種瘋狂，所有人都被她震懾，很乾脆地放棄了。

「沒錯，就是這樣，真傷心——我還不到那種程度。只是當我察覺的時候，就變成那樣了。」

女人像是在跟誰交談一樣說著。希奧塞古的孩子們是獨裁者希奧塞古留下的負面遺產之一。過去羅馬尼亞曾立法禁止避孕和墮胎，並強制人民至少必須生下五個小孩。

結果，父母養育不起的小孩成了流浪兒童，與犯罪和人口販賣掛勾。儘管革命終結了獨裁政權，然而已經出生的生命卻無法恢復原狀。他們幼小的生命被黑手黨或權力人士吞噬，倖存下來的也會從被吞噬的一方轉變為吞噬他人那一方。

女性一邊跟只有她看得見的某種東西交談，一邊搖搖晃晃地走在夜晚的布加勒斯特。妙齡女性落單——根本就是誘引犯罪的捕蛾燈。

事實上，已經有兩個年輕人跟蹤她。兩人看準警力單薄也沒什麼路人經過的時機，一口氣縮短彼此的距離。

女性踩著輕飄飄的腳步，甚至貿然轉進大樓之間的小巷。跟蹤她的人已經不打算只是搶走她的包包了，就算一個觀光客失蹤，也沒人會想找出來。兩個人打算搶走女性的錢、身體以及人生——將所有東西搶奪殆盡，往女性的肩膀伸手過去。

——就算在這種地方大聲尖叫，也不會有人介意。

男人們這樣想——但他們萬萬想不到女性也是這樣想的吧。

對女性來說，需要的活人只有一個，另一個則不需要……被女性漠然認定為「不需要」的那一方真的「很幸運」。

伸出手的男子「咦？」了一聲。不知為何，伸出去的手沒有接觸到女性的肩膀，他瞬間以為自己是不是想抓住幽靈而嚇出冷汗，但在確認噴發而出的鮮血跟疼痛不堪的手腕切面之後，他才明白自己怎麼了。

噢，看樣子手腕被砍斷了。正當男子想歪頭思考為什麼的時候——才發現事情有多麼嚴重。

「啊嗚咿咿啊啊呀啊啊啊啊！」

發出慘叫的瞬間，疼痛再度撲了過來。這次的痛楚雖然只有些許，但隨之而來的失落感非常可怕。畢竟，「不應該掉出來的東西」正從被割開的腹部不斷掉出來。

接著一道可愛的聲音「嘿」了一聲……這位男性真的很幸運。從活下來的另一人的立場來看，就算散盡所有家當也想換成頭被砍飛當場死亡的下場吧。

「……咦？」

偶然沒被選中的男子呆茫地佇立當場。另一個男子伸出手的瞬間，手臂就被砍斷、腹部被割開、頭還被砍飛了。根本搞不清楚怎麼回事，沒道理也該有個限度，思考完全停止。

「啊……」

過了一會兒，他終於發現自己不過是被捕蛾燈引誘的蛾。撲向光源的蛾最終只有一死的下場。

兩腿之間傳來冰冷觸感——男人甚至沒發現那是什麼，就轉過身背對女性逃跑了。

不，他想逃跑。

在他轉身的瞬間，被一條伸出來的腿絆倒。雖然連忙想起身，但很快就被某人按在地上。

按倒他的不是女性，她依然以茫然的態度看著男子。那麼用一隻手按著自己的到底是誰？

「媽媽（主人），這個要怎麼辦？」

——說不出話。

以清亮澄澈的聲音說話並單手按著男子的是一個小孩。男子瞬間放心下來，鼓起渾身力量抓住纖細手臂，打算一把將之甩開。

小孩的纖細手臂卻文風不動。男子已經拿出真本事把那隻手臂握得不能再緊了。儘管如此，小孩的手臂還是如鋼鐵般一動也不動。

男子毆打小孩，透過拳頭傳過來的柔軟觸感證明這隻手臂並不是義肢一類的玩意兒。既然這樣，為什麼自己使盡全力揮出的一拳動不了她那纖細手臂分毫？

男子沒用地發出慘叫，從口袋掏出刀子捅向小孩的手臂。他也顧不得丟臉不丟臉了，就是想盡快從這異常狀況下逃脫，接連捅個不停。

捅、捅，拚命地捅。但是為什麼、為什麼——為什麼連個傷痕也沒有啊！

「哎呀，是說，妳不痛嗎？」

女性的提問讓小孩回過頭。男子沒有察覺小孩的動作，只是一股腦地捅著。

「沒事喔，人家是使役者嘛，一點也不痛，但是我覺得他有點煩耶。」

「那妳可以稍微砍砍，但不可以砍喉嚨喔，不然他就不能說話了。」

「媽媽（主人），我知道了。」

小孩點點頭取出刀子，並且遵照主人的指示，切斷男子的手筋，讓他停止煩人的捅人動作，還讓胸部、脖子、大腿、臉部一帶染出了不至於致命的血泊。

「好了好了，妳等一下。」

女性制止非常精確地揮舞刀子的小孩，叫喚了男子。

「我說——你有很多伙伴對吧？他們在哪裡？能不能告訴我在哪條路上，以及是哪一棟建築物呢？」

男子完全喪失戰意，面對女性提問，接二連三說出真相。總之不管怎樣都好，只要有自己可以做的事都很樂意去做，即使要他舔女性的鞋子，他也會毫不猶豫照辦吧。

女性一邊聽男子說著一邊在旅遊導覽書上確認他所說的地點，接著嘀咕了一聲「好」之後，拍拍小孩的肩膀。

「傑克，『妳可以吃了喔』。」

可以……吃了？

男子不知道這話是什麼意思，忍不住想詢問。名叫傑克的小孩探頭看向男子的臉——下一秒男子發出淒厲慘叫。傑克雙眼不帶任何感情，用刀子挖出了他的心臟。比起痛楚，那簡單俐落的程度更讓人難以置信，簡直像摘下花朵、踩死螞蟻那樣無所謂。

傑克吞下男子的心臟。男子看著她，想著原來自己的人生這麼簡單就結束，並絕望地死去。

「媽媽（主人），我們之後該怎麼辦？」

「剛剛那個男的不是說了他的伙伴在哪裡嗎？我們就去那裡吧。」

「可以吃很多嗎？」

「我想妳可以吃到很多。」

女性——六導玲霞摸了摸天真地感到開心的傑克的頭，傑克則瞇細眼睛任她撫摸，完全不像才剛剛肢解一個人並挖出另一人心臟的怪物。

「那我們走吧。」

「嗯，掰掰。」

傑克對著兩具屍體揮揮手。隔天，兩具屍體被發現；除此之外，兩人的伙伴也全數在平時聚會的酒吧遭到殺害。雖然警察認為這是黑手黨之間的抗爭，但有一件事情很奇怪，那就是十五具屍體都毫無例外地「被挖出了心臟」。

覺得事有蹊蹺的報社寫出「開膛手傑克重現江湖嗎？」之類的可笑報導。但無論警方還是媒體，都沒有發現數天前在日本也發生過極為相似的案例。

第二章

第二章

就這樣，千界樹一族召喚的「黑」使役者們在千界城堡齊聚一堂。雖然已經把可以想到的有利條件都收集到手，但還是不容大意。

弓兵與槍兵不斷和千界樹的魔術師們討論，花時間擬定對付敵方使役者的策略。

至於騎兵，儘管主人塞蕾妮可嚴正制止，還是不斷跑去托利法斯城鎮地區玩耍。幸好他知道召喚時穿著的服裝太過顯眼，起碼會換上給人工生命體的樸素衣服。

還有術士，在千界城堡建構工坊的他完全投入於生產魔像。術士以職階技能「設置陣地」形成的這間工坊最適合建造魔像，算是一種製造工廠。雖然防衛能力在平均水準之下，但這裡擁有一天可以製造出三十尊魔像的能力，而現代的魔術師花上一年都不見得能製造出一尊同樣的玩意兒。

現在，有兩個男人在工坊裡隔著桌子面對面坐著。以靈樹製造出來的細長木魔像將杯子放在兩人面前，動作非常流暢，完全看不出元素魔像常有的笨拙感覺。

達尼克一邊啜飲端到面前的紅茶，一邊望著忙碌不已的工坊……話雖如此，在工坊內忙進忙出的不是人，而是魔像們。有呈現人類外型的，也有像蜘蛛那樣長了很多腳的，這些魔像們正忙碌地打掃工坊、整理用具。

「……達尼克閣下，之前要求的材料什麼時候才會送抵？」

達尼克以笑容回應術士的問題。他需要的是用來當作魔像內臟的寶石，以及用在外表上的羊皮紙。兩種他都要求至少要有八百年歷史，且需要的量非常大，即使是血緣遍布全世界的千界樹一族也很難搜索到。

「應該已經送達了。因為不能透過鐘塔，準備起來比想像中花時間，關於這點我向你道歉。」

魔術協會本部鐘塔有各式各樣的魔術道具流通，只要有錢、有關係，無論八百年的寶石還是一千年的羊皮紙，都可以輕易取得。

既然千界樹一族現在已經反叛魔術協會，就不能再利用這條通路。只能用別的通路或者匿名下訂，再不然就是去找流入黑市的東西。不過要大量取得又不被人懷疑，無論如何都需要花點時間。

「還好，已經湊到一定數量了，所以問題不大。剩下就是——」

剩下就是寶具。「黑」術士亞維喀布隆自豪的A級對軍寶具「王冠・睿智之光（Golem Kether Malkuth）」。

「我的寶具一旦完成召喚，就持續需要無窮無盡的魔力，是徹底的貪吃鬼。因此，無論如何都需要爐心。」

「嗯，這點我明白，但我們選定『爐心』時必須審慎為之，那不是隨便就會有的東西。」

術士點頭同意達尼克所言。

「確實，我似乎有點焦急了。總之，現在我先著手鑄造爐心以外的部分，並盡可能調整成可隨時投入的狀態。」

「這要花多久時間？」

「若進展順利，大概三天吧。」

「……那就沒問題，有勞你了。」

達尼克離開工坊的同時，羅歇剛好回來，手中抱著大量羊皮紙和寶石。

「老師，東西送到了。」

「非常好。事不宜遲，準備大量生產吧。」

「是！」

羅歐以尊敬的眼神看著自己的使役者術士。若按平常的主人和使役者之間的關係來看，這兩位的主從關係呈現顛倒狀態。若使役者生前為王，為了不刺激他們的自尊，確實有些主人可能會刻意以臣下態度相待；但術士既不是王也不是騎士，生前的他不過是一介哲學家，就只是個普通的魔術師（術士）罷了。

但考量到兩人的生平，就可以明白這樣的上下關係很合理。

羅歐．弗雷因．千界樹。以人偶工學的魔術師來說，弗雷因家算是小有名氣的一族。他們會把剛出生的嬰兒交給魔像照顧，在成長到可以移植刻印的年紀之前幾乎不曾離開工坊，父母也不會見到小孩，連教育都完全交給魔像。

就這樣，這一族的小孩都與魔像非常親近，認為有著人類外型的人偶可以靈巧地活動、說話、不分晝夜地工作乃理所當然的常識。

在這樣的奇特教育方式下培育出來的是不以人，而是以魔像為生活基幹的魔術師。明明不記得父母的長相，卻能鉅細靡遺地記住照顧自己的魔像的模樣細節。

羅歐也是這樣，他對人類沒興趣，不管對方是多優秀的魔術師也沒興趣。當然，他還是可以跟他人交談，也會與別人交易，甚至還曾為了搶奪寶貴的材料而與對方廝殺。

但那之中沒有任何人與人之間或者魔術師之間的心靈交流。羅歐並不是那種假設狗或貓開口說話就會想跟對方交心的類型。

但眼前這位「黑」術士是例外中的例外。

亞維喀布隆——又名所羅門．伊本．蓋比魯勒，十一世紀的詩人、哲學家。出生於西班牙馬拉加的他是把古希臘、阿拉伯、猶太等地區的學問與智慧帶進歐洲文化圈的人。他並沒有像劍士或王那樣顯赫的功績，也沒有做出流傳千年、歷久不衰的藝術品。

但他被譽為中世紀末期歐洲文藝復興的起點人物之一，建立起從希伯來文的「接受」這個單字衍生出的卡巴拉概念——也就是魔術基礎之一，毫無疑問是給世界歷史以及檯面下世界的魔術師歷史帶來極大影響的「英雄」。

因為他身體虛弱、性格厭世，所以極度厭惡與他人接觸。當然，他還是擁有可與他人交談的理性，但那之中完全不存在感情。他以魔術師身分窮極了某種魔術，因此不必煩惱家中其他鎖事。

羅歇之所以會稱呼術士為「老師」並如此尊敬他——是因為亞維喀布隆是比羅歇自己更優秀的魔像名門。

事情就是這樣，性格應該古怪又厭世的術士和主人羅歇之間建立了圓滑的人際關係。對剛出生就與父母分離，持續製造魔像的羅歇來說，尊敬或信任的判斷基準只有製造魔像的本事。

「老師，羊皮紙要貼在哪裡？」

「……以大型魔像來說，概念上最好把紙當作補強關節用，使用水銀的時候要小心謹慎。」

「好的！」

儘管少年俐落地工作著，仍不忘以崇拜的眼神追著術士的一舉手一投足。

對羅歐來說，術士就是最理想的教師；對術士來說，羅歐也是最理想的主人。

——至少目前是這樣。

§§§

「黑」的七位與「紅」的七位。

這天，使役者已全數出場，雙方編制完善。以一擋百的英靈有十四位，在曾進行過多次的聖杯戰爭之中，毫無疑問屬於最大規模。

但是，不管怎麼說，這樣的規模實屬異常。原本冬木的大聖杯是用來讓七位使役者互相競爭的，即使修改過系統，這異常狀況還是會讓管理系統的聖杯扭曲。

所謂監督官也只能從外側加以干涉。不管有沒有監督官，聖杯都會以自身的邏輯召喚出負責擔任審判（裁決者）的使役者。他們不會加入任何一方，只為守護「聖杯戰爭」這個概念而行動。

這次的聖杯大戰聚集了太多怪物，實在不能當作什麼事都沒有。

因此，在「黑」勢力與「紅」勢力之間，幾乎都認定裁決者一定會被召喚出來。

——幾天之後裁決者就會被召喚，出現在我們面前。

「黑」劍兵——齊格菲。

「黑」弓兵——凱隆。

「黑」槍兵——弗拉德三世。

「黑」騎兵——阿斯托爾弗。

「黑」狂戰士——弗蘭肯斯坦。

「黑」術士——亞維喀布隆。

「黑」刺客——開膛手傑克。

「黑」的使役者已經全數明瞭，那麼，與之對抗的「紅」使役者又都是些什麼來頭的英靈呢？他們有辦法對抗羅馬尼亞的大英雄弗拉德三世和不把任何攻擊放在眼裡的大英雄齊格菲嗎？

若有人說不可能，那只能說這個人太小看魔術協會了。這個組織繼承了自遠古綿延不絕傳承下來的魔術奧祕，說到把英靈召回現世的觸媒可是多如繁星。

受僱於魔術協會的魔術師之一，獅子劫界離召喚出來的是反叛騎士莫德雷德，擁有配得上「紅」劍兵這個職階的實力。

獅子劫現在正帶著靈體化的她往錫吉什瓦拉山上的教堂前進。錫吉什瓦拉是在十二世紀，由於撒克遜人入侵而形成的都市。就算放眼整個歐洲，也很難找到保留這麼多中世歐洲影子的城市。

而這個錫吉什瓦拉乃是最接近托利法斯，且位在不會被千界樹一族與其使役者察覺我方氣息的邊界上都市。以這裡作為據點，確實是個聰明的選擇。畢竟屬於千界樹領域的托利法斯太危險，但布加勒斯特又離得太遠了。

雖然獅子劫不能確定對手的使役者狀況，但跟自己相同顏色——也就是「紅」使役者這邊，似乎多少可以感覺出有沒有被召喚出來。劍兵很明確地說，其餘六個職階的使役者已經全部被召喚出來了。

既然千界樹一族從很久之前就著手準備了，那麼應該可以想成他們已經將所有使役者召喚出來了吧。也就是說，戰鬥幾時開打都不奇怪。

總之，獅子劫為了前往指定地點，正一步步在有天花板的樓梯往上爬。據說這有一百七十二階的樓梯也跟山上教堂一樣，同屬錫吉什瓦拉的名勝。

靈體化的劍兵忽然跟獅子劫說：

『……主人，我有事要拜託你。』

「喔，啥事？」

『買衣服給我。』

這說意外確實很讓人意外的要求令獅子劫一時說不出話。

「……為何？」

『靈體化讓我有點坐立難安，沒有用自己的雙腳走在地面上，總覺得很不踏實。而且，我現在這個樣子也沒辦法走在白天的街道上。』

劍兵說的確實有理。基本上她不可能穿著那身衣服，不對，那身全身鎧在眾目睽睽之下出現。當然，聖杯戰爭一般來說都是在晚上開打，若說不需要普通的衣服確實也是不需要──

『主人，拜託你啦，我相信我的主人不是連買套衣服都捨不得的小氣鬼。』

「……拿妳沒辦法耶。」

獅子劫不禁嘆氣，這劍兵真的挺任性。但現在時間是早上九點，應該沒有服飾店這麼早營業，所以他決定先答應劍兵在會面結束之後會去購買。

爬完樓梯之後，眼前出現一座形似火箭的教堂。獅子劫確認周遭沒有其他人影，用手推開門的同時也再次確認現在是早上九點，自己有準時赴約。

推開厚重的門板入內，就看到中殿另一頭──祭壇前面有一名男子。見他即使看到獅子劫出現也不吃驚的態度，想必就是招待獅子劫來這裡的人。

「──歡迎。」

獅子劫微微舉起手，露出笑容。

「有人約我來這裡，所以是你找我來的對嗎？」

「嗯，當然是的。」

獅子劫點點頭，一邊走在中殿上一邊低聲對靈體化的劍兵說：

『……劍兵，這邊有使役者嗎？』

『不……我沒察覺到，但是感覺不太舒服。主人，最好小心點。』

儘管沒有察覺使役者存在，卻有不太舒服的感覺——獅子劫對這個說法心存狐疑，但他現在也沒有餘力多去琢磨。

獅子劫坐在前排長椅上，近距離確認之下才發現邀他來的人比想像中年輕，恐怕不超過二十歲。從他身上穿著的神父服裝來看，應該就是聖堂教會派遣過來的神父吧。

那張純真少年般的臉上展露出一個成熟的微笑。

「你好，我是言峰四郎，擔任此次聖杯大戰的監督官一職。」

——聽到這個名字的瞬間，獅子劫腦裡閃過某種東西。但那實在太細微了，是一種就算忽略也不會構成太大影響的不協調感，所以他暫且不予理會。

「我是獅子劫界離，自我介紹就容我省了，反正你也調查過了吧？」

「是，你說得沒錯。」

獅子劫覺得他那張笑臉超級有鬼，那是達觀的笑，不是一個還不到二十歲的人該露出的笑容。

「你不讓使役者實體化嗎？」

「呃，也沒——」

『主人，讓我實體化吧……有種不好的預感。』

這句話促使獅子劫立刻連上線，「紅」劍兵——莫德雷德立刻隨著金色粒子出現，彷彿要護衛獅子劫般毫不大意地戒備周遭。

「哎呀……」

四郎輕輕用手指按了按雙眼，並繃起臉。

「怎麼了？」

「不，沒什麼。那麼也讓你看看我的使役者好了——刺客，實體化吧。」

「明白了，吾主。」

突如其來的聲音把獅子劫嚇慘了，整個人彈了起來。刺客就在他原本坐著的長椅旁邊實體化。

「嘖！刺客啊……」

刺客在現界的時候會獲得職階技能「斷絕氣息」。只要在靈體化的狀態下使用「斷絕氣息」，除非由刺客方主動採取攻擊，否則不會被他人察覺。

「吾乃『紅』刺客，多指教了，獅子劫來著的。」

一股甜美香氣飄來，全身穿著漆黑洋裝的頹廢美女臉上帶著淺淺微笑，用指頭撫過獅子劫的手。

「……我才要請妳多指教。」

獅子劫僵著臉乾笑，跟她拉開了點距離。說到刺客，在「冬木的」聖杯戰爭通常是召喚哈山．薩瓦哈出來。那麼，她也是其中之一嗎？

獅子劫直覺認為這個刺客不一樣。山翁（哈山）是純粹的刺客，他們靠著鍛練肉體與精神獲得技術，並憑藉技術殺人；但眼前這位女性實在沒有那種感覺。她適合的不是暗殺，是謀殺，而且是靠一句話、一個眼神就會有人擅自殺了她鎖定的目標。

「——討人厭的女人。」

獅子劫打從心底同意莫德雷德嘀咕的這句話。

「刺客，妳不要為難獅子劫先生。」

「懂，吾懂喲。」

刺客「咯咯」笑著，放過了獅子劫。

「好了，事不宜遲，報告一下現況吧。千界樹一族已經湊齊六位使役者，分別是劍兵、弓兵、槍兵、騎兵、狂戰士、術士……只有刺客似乎還沒跟他們會合。」

「有沒有已經知道真名的對象？」

「很遺憾，現階段還沒有把握到任何一位。不過，畢竟沒有直接對戰過，要說當然也是當然；但已經大略確認了六位的基本參數。」

四郎從懷裡掏出一份文件，獅子劫先謝過之後接下，並簡單掃視內容。上面只記錄了六位使役者的基本參數，雖然既有技能和寶具這些重要的項目都是空白，但還是可以從基本參數推敲一二。

會是強敵的果然還是劍兵、弓兵、槍兵這傳統三騎士，三位使役者的參數都極為優秀。狂戰士也不出所料，為了補強弱小使役者而加以狂化；即使如此，能力上也屬於較為弱小的類型，應該不至於構成太大威脅。騎兵和術士這邊比起參數，可以使用的寶具和魔術會是更大的問題，現階段無法評論。

「獅子劫先生，你對於對方的真名心裡有底嗎？」

「……有一位算是有，但你也大致預料到了吧。」

四郎苦笑著點點頭。

「也是，畢竟這裡是羅馬尼亞，不太可能不叫出本地英雄應戰吧。」

沒錯，如果在冬木市也就罷了，但在這羅馬尼亞舉行的聖杯大戰，沒道理不召喚本國內知名度極高的英雄應戰。

「——瓦拉幾亞公王弗拉德三世，既然不在我方陣營裡面，那毫無疑問是被千界樹一族召喚為使役者了。」

英靈弗拉德·采佩什，當土耳其侵略羅馬尼亞之際，利用游擊戰術一路奮戰到底的大英雄。雖然一方面因身為德古拉伯爵的原型而聲名遠播，但在羅馬尼亞當地還是強調他身為英雄的一面，知名度補強程度幾乎可謂最高等級。問題在於他會以哪一種使役者職階現界——

「……我想應該是這個槍兵吧，畢竟英靈弗拉德三世幾乎沒有跟劍、弓有關的傳聞，然後不用考慮狂戰士和刺客，也幾乎不可能是術士。這麼一來，就只剩下騎兵或槍兵其中一個。但在有知名度補強的情況之下，騎兵的參數整體來說稍微偏低。如此一來，這個參數高到不像話的槍兵最有可能了。」

四郎也點點頭，表示他抱持相同意見。

「槍兵是弗拉德三世，這項情報就有相當程度的價值，總比七位全都真面目不明來得好多了。」

「所以說，我們這邊的使役者怎麼樣？」

「挺不錯的，獅子劫先生的劍兵相當優秀，而且我能斷定槍兵和騎兵都擁有可以和弗拉德三世對抗的力量。」

「──哦～～」

看來魔術協會也挖出了相當強的英靈。既然四郎都可以如此斷言，那不是擁有相當高的知名度，就是有超越知名度的強大力量吧。

『該不會是父王……』

劍兵以其他人聽不見的微小聲量嘀咕。

（放心吧，不太可能……應該啦。）

──獅子劫希望如此。要是真的發生那種狀況，開打之前就確定會空中分解了。

「總之，因為獅子劫先生召喚出劍兵，所以我們也湊齊了七位使役者。那麼──可以請你告訴我劍兵的真名嗎？」

四郎說完，刺客跟著嘻嘻笑了一聲，同時劍兵身上的氣勢也顯露劍拔弩張的敵意。不論是要求表明真名的說法還是刺客的笑聲，似乎都讓她非常不悅。

「啊……無論如何都得說嗎？」

「——嗯，如果不想說，那要請你告訴我不願意透露的理由。這次我們是伙伴，既然彼此都把性命交給對方，不覺得表明真名比較好嗎？」

「這個，命是可以託付啦……但真名喔……」

說來真名對使役者來說是最重要的情報，當然不可能隨意透露。一旦知道真名，必然就會知道寶具為何、弱點是什麼，甚至連擅長什麼都會洩漏出去。

「而且既然我們要共同作戰，就必須請你告知劍兵使用的是什麼樣的寶具。然而一旦知道寶具是什麼，就幾乎等於洩漏了真名，一樣意思。」

四郎的建議非常合乎道理。雖然合理，但說起來獅子劫有種強烈的感覺，跟這個四郎——以及刺客站在共同陣線上是一件非常可怕的事情。

那是一種莫名又有點讓人發冷的感覺，是在戰場上的熱氣絕對不會有的謀略氣息。獅子劫背對兩人，把臉貼近劍兵的臉進行念話。主人與使役者之間可以在不發出聲音的情況下做出某種程度的交流。

『主人，你打算怎麼辦？我先說我不要。』

『我有同感。妳的理由是？』

『……直覺。』

『妳的直覺可以相信。好，決定了。』

獅子劫舉起文件，背對兩人準備離開中殿。

「哎呀，你要去哪？」

「嗯，我們打算自己行動。幸好我的使役者是劍兵，就算單獨行動，也不會有什麼障礙。」

七職階的使役者之中，劍兵被譽為最優秀。只要有那麼高的參數與攻擊力，不管與哪一種使役者對戰，敗北的可能性都很低。

「嗯，也就是說你沒意思要跟我們共組陣線？」

「你們已經聚集了六位使役者吧？再加上如果依你所說，槍兵跟騎兵那麼優秀，應該更沒有問題了吧？」

「真沒辦法……的確是這樣沒錯……」

四郎顯得有些困擾地搔搔頭，刺客則稍稍吊起了眼，臉上表情滲出些許不快。

「——也就是說，閣下不需要吾等協助？吾等已經獲得托利法斯的許多情報啊。」

「怎麼可能不想要？情報當然愈多愈好，就算要我花錢買也可以啊。」

這句話讓刺客更是不悅地吊起眼，四郎出面制止她。

「我們會定期提供情報給你。雖然很想跟你一起作戰，但實在遺憾。」

四郎小聲表示遺憾。

獅子劫離開教會之後立刻讓劍兵靈體化，然後直直地走向樓梯，連滾帶爬似的衝了下去。

「劍兵，有人追過來嗎？」

『……沒有，但刺客有可能靈體化之後跟蹤過來，所以不可大意。只要她發動攻擊，那瞬間我就會砍爆她。』

「畢竟現在是白天，我覺得這個可能性不高就是了……我有種太不祥的預感了，還是快快離開這裡吧。」

『我有一件事想提醒，可以嗎？』

「請說。」

『那個「紅」刺客有著「跟母親一樣的氣息」。如果只是遭到背叛還算小事，怕的就是直到最後對方背叛了都不相信，落得曝屍荒野的下場。』

莫德雷德的母親——不用說也知道，就是亞瑟王的親姊姊莫歌絲。對莫德雷德灌輸竄奪王位、打倒亞瑟王等事的她，據說是個實力與梅林相當的魔術師。

既然劍兵都說「跟母親一樣」，想必是個深思熟慮的謀略家吧。

『……總之，不要接近刺客比較好。』

獅子劫走下樓梯之後，總算呼了一口安心的氣，並且讓劍兵再次確認周遭沒有使役者的氣息。

『話說，主人。』

「怎樣？」

『……嗯，該怎麼說，總之知道我的主人不是會奉承心術險惡之輩的人，我感到放心了。只有一點喔，就只是稍微安心了點。』

她以略顯猶豫的口氣稱讚了獅子劫，看來決定拒絕四郎的提案帶來的好處很多，畢竟藉此獲得了使役者的信賴。

「那還真是謝謝妳啦。好啦，我們去托利法斯吧，最糟的情況就是要跟所有使役者為敵，妳不介意吧？」

聽獅子劫這麼說，劍兵高聲回應。

『交給我啦，主人。我可是莫德雷德，唯一超越父王的騎士啊！』

原來如此，獅子劫在心中理解了。據說召喚使役者時，比較容易出現跟召喚者精神層面類似的對象。她確實跟自己很相似。

——尤其是過分自信這一點。

「傷腦筋，他們應該是察覺了些什麼。」

「但四郎，你不是應該能看穿那個劍兵的真名嗎？」

刺客這麼問，四郎則困擾地搔搔頭。

「並沒有，那個劍兵似乎擁有可以遮蔽真名的技能或寶具。雖然我可以讀出參數，但除此之外的就——」

「吾認為不確定因素還是盡早排除比較好。就算現在行動也不遲，派人去處理一下是否也是個方法？」

「不不，還是別吧，現在就起內訌太早了。」

四郎乾脆地拒絕了刺客毫不留情的提議。

「他們不是同夥啊。」

「但基於我們利害關係一致這一點，還能算是同夥。等打倒『黑』使役者們之後再處理就行了。話說刺客，妳的寶具怎麼樣了？缺少的材料應該全部補齊了吧。」

「嗯，只剩下執行使之作為寶具成立的儀式，有個三天就足夠了。」

「了解，也就是說大概在三天後可以進攻托利法斯。」

「在那之前應該只能利用鴿子收集情報了。」

兩人突然停止交談，往門看過去。這時突然有人打開門闖了進來。看到來人身影，四郎等人放鬆了警戒。

「這可不是術士嗎？怎麼了？」

被以術士稱呼，身穿中世紀歐洲風格瀟灑服裝的時髦男子大步走在中殿上，誇張地張開手大聲說道：

「『——一匹馬！一匹馬！我用我的王國換一匹馬！』」（A horse A horse My kingdom for a horse）

沉默了一會兒，四郎戰戰兢兢地——覺得有些抱歉地開口。

「……這是你寫的詩嗎？」

他的話讓術士失望地垂肩感嘆。

「太荒謬了！活在現代，竟然不知道我的傑作戲劇啊！『主人』！請務必讀讀這本書！」

術士這麼說完，遞出一本厚重的精裝書。看樣子是他自己掏腰包從書店買來的，書名是《莎士比亞大全集》。

「紅」術士，威廉．莎士比亞，是世界上最有名的編劇，沒聽說過他的人都不免會遭到譏諷為無知。據說只要追溯現代文藝作品的源流，就一定會接觸到莎士比亞的相關作品。

但他剛剛所說的話有一點必須注意。術士稱四郎為「主人」，他叫了身為刺客主人的四郎神父為主人，而且四郎和刺客都不覺得這個稱呼有哪裡不對。如果他所言屬實，就表示四郎已經擁有兩名使役者了。

這種情況雖然不是不可能，但畢竟屬於異常。在過去的聖杯戰爭之中，從來沒有出現過一個主人擁有兩位使役者的情況，基本上都會因為魔力枯竭而自滅吧。如果目前的狀況屬實，這個叫作四郎的男子身上到底存有多少魔力呢？

「就算有聖杯支援，還是不會給吾等與閣下的作品相關的知識。吾知道的頂多只有『歷史上有名的作家』而已。」

刺客的話讓術士仰天長嘆。

「喔喔，亞述女王啊，別說這麼傷心的話。對我莎士比亞來說，這句話等於否定了

我的人格啊！」

「——哎，對閣下來說或許是如此吧。但術士啊，閣下特地實體化跑過來是有什麼事嗎？」

刺客這個問題讓誇張地嘆著氣的術士戛然而止。

他咳了一聲，有些尷尬地說：

「嗯，是啊，就像『情人與瘋子有著紛亂的思緒（Lovers and madmen have such seething brains）』這句話所說，狂戰士這種存在有時候會做出常理難以想像的事情——」

「……狂戰士暴動了嗎？」

術士以「不不不」否定了四郎的問題。

「不然是怎麼回事？講清楚說明白。」

不耐煩的刺客扳起臉逼問，術士便露出一個有如宮廷小丑那樣的諂媚笑容，高聲宣告：

「狂戰士開始朝托利法斯前進，看來他已經選定必須收拾的對象了。」

「什——」

「……哎呀，這可頭疼了呢。」

刺客說不出話，四郎則以悠哉的口氣嘀咕。

「總之我先讓弓兵追上去，但成功阻止的機率是一半一半——不，我想應該會以失敗告終。」

「術士，這一點都不好笑。」

刺客苦澀地嘀咕。這也是當然，雖說「紅」使役者們齊聚，但並不代表已經準備好開打聖杯戰爭。更別說千界樹一族與其使役者們坐鎮難攻不破的千界城堡，還準備周全地守株待兔，即使狂戰士單槍匹馬殺進去，也不會造成任何影響，只會白死一個使役者罷了。

「主人，該如何處置？吾的寶具還沒準備好，在這種情況下進攻實屬有勇無謀，只能捨棄他了吧。」

「『亂事已經發生，任其發展下去吧！』（Mischief, thou art afoot, Take thou what course thou wilt）……大概就是這樣。」

「——嗯，換句話說，是術士你慫恿的對吧？」

四郎這句話讓術士立刻停下誇大的舉止，並尷尬地別開視線。

「閣下說出托利法斯的位置了嗎？閣下真是——！」

「喔喔，我莎士比亞實在不忍看見不斷尋找反叛對象的可悲狂戰士如此苦惱啊。」

對術士莎士比亞來說，世界就是一段驚天動地的故事；不，應該說「必須是驚天動地的故事」才行。他打從心底愛著非凡存在，並追求這些人所編織出的故事。

因此，對他來說些許欺騙和慫恿都是「合理」，一切都是為了完成美妙的故事。

「閣下真是個令人頭疼的人物啊……」

術士毫不介意地對嘆氣的刺客說：

「我這種人就是所謂的麻煩製造者，或是騙徒吧。」

「……沒辦法，請弓兵在後方支援狂戰士，不過嚴令弓兵要是發現狀況陷入不利就要撤退。那名狂戰士是絕對阻止不了的，即使用上他主人的令咒，過了一段時間也只會重複同樣的事情。」

「我知道了，就派使魔通知弓兵吧。」

「接下來，我必須以監督官的身分收拾狂戰士所經之處的殘局，所以暫時什麼也做不了。術士，要麻煩你安分點喔。」

四郎既然是監督官，自然就得用上全力處理隱匿魔術的工作。假設狂戰士直直往托利法斯衝去，途中很可能會被一般人撞見。如果他靈體化就沒什麼問題，但監督官認為實在不能指望那個狂戰士會有這種程度的理性。

「喔喔，了解了，吾主啊……」

四郎像是要鼓勵沮喪的術士，以柔和的笑容告知：

「術士，你安心吧，戰爭馬上就會開打。七位『黑』使役者和七位『紅』使役者會相互廝殺到最後，最大規模的聖杯戰爭——也就是聖杯大戰就要開打了。這場戰爭，想必可以大大滿足你渴望故事的欲望。」

§§§

就這樣，七位「黑」使役者和七位「紅」使役者齊聚後過了一天。策劃脫離鐘塔的魔術師一族千界樹，以及無法原諒千界樹一族的作為，以奪回大聖杯為目的，為鐘塔所僱用的魔術師們。

沒有和平投降，沒有交涉的餘地，是徹底的殲滅戰，瘋狂的彼此殘殺——話雖如此，就像一般的大規模戰爭那樣，開端都非常平靜。

獅子劫界離跟「紅」劍兵花了一晚抵達托利法斯，獅子劫盡可能安撫想快點上戰場的劍兵，先以調配好的藥草醒神之後，開始準備建設工坊。

雖然他也想過租用飯店的一間房來作為工坊使用，但飯店是最容易被鎖定的地方。不管怎麼改造，飯店房間仍舊非常脆弱。世界上就是有認為既然對方把飯店的一間房當成工坊，那直接毀了整棟飯店即可的人存在。

「……即使如此，也不是這樣吧。」

劍兵一臉失望地抱怨。獅子劫按照約定，在錫吉什瓦拉的服飾店幫她買了現代風格的服裝。現在明明是秋天，她卻穿了一件露肚子的小可愛背心，然後外面只套了一件紅色皮夾克，光看都替她覺得冷。不過，對身為使役者的她來說，氣溫冷熱其實不構成任何影響。

令劍兵意志消沉的，是獅子劫選來作為「工坊」的場所。劍兵生前也有與魔術師交流過——畢竟她的母親就是個魔術師，所以她自認很清楚魔術師們有多奇異、偏執又利己主義。

然而，即使如此——

「居然選地下墓地當據點，沒人搞這招的啦……」

也難怪劍兵要怨嘆。周圍只有蠟燭跟被蠟燭火光照亮的白骨山，然後再過去一點像是祭壇的地方擺了兩個睡袋，看樣子幾乎確定要睡在這裡了。

「別嫌棄了，這麼上等的靈脈可是很少見喔。如果在這邊，應該也對妳恢復魔力有十足幫助。」

「我說，問題不是靈不靈脈啦。」

「喔，那妳是怕了？」

劍兵以彷彿擬鱷龜的表情對理解似的一個擊掌的獅子劫怒吼：

「才不是！我只是不能接受被帶到這種地方！我好歹是個騎士耶！應該就算不是騎士，正常人也會抗議吧！」

「唉……好啦，妳可以用那個睡袋，畢竟那個貴了五千圓，應該比較好睡。」

「……」

劍兵無力地垂下肩膀。她跟魔術師相處這麼久，學到了一句至理名言，就是凡事不強求。

不過劍兵也很清楚，獅子劫不是隨隨便便就選上這裡當作工坊——就是這樣才更不爽。畢竟他修習的是死靈魔術，自然跟墓地、停屍間一類充滿人類死亡氣息的場所比較契合。

這座地下墓地有好幾個出口，只要不是所有出口都被封鎖，要逃離就很容易；一旦有什麼狀況，也可以往地面打個洞逃跑。同時因為出乎意料地寬敞，不容易直接被炸掉活埋。要炸掉這裡，首先得準備相當程度的炸藥或者建構極為高端的術式，只要小心警戒，應該不必擔心這方面的問題。

只要能忍受這裡是地下墓地，其實是一座相當牢靠的城堡。

獅子劫首先在地下墓地的出口附近張設了探測結界。雖說這裡是工坊，但不過是個暫時性據點，所以獅子劫決定等確定要在這裡進行長期抗戰，而且有閒暇的時候，再來設置陷阱。

接著，他從背包取出玻璃罐。原本只是呆呆看著他做事的劍兵似乎也被這東西勾起了興趣，從他的背後探頭過來。

「……蛇嗎？」

「對，這個是泡福馬林的九頭蛇幼生，找遍全世界也只有兩個的貴重寶貝喔。」

「喔喔，你要用這個做什麼？」

「妳忘了嗎？我可是死靈魔術師，當然是要拿來加工啊。」

「……加工？」

獅子劫慎重地從玻璃罐中取出九頭蛇，放在地上。正當劍兵沒想太多，打算摸摸看的時候，獅子劫馬上厲聲喝止。

「別動！不准碰。」

「……！幹嘛啦，碰一下又不會死。」

看劍兵嘟著嘴，獅子劫嘆了口氣，開始解釋：

「我說劍兵啊，妳應該擁有關於海克力斯傳說的知識吧？那麼說到九頭蛇的話？」

「……擁有九個頭。」

「除此之外呢？」

「吐息帶有劇毒……啊，原來是這麼回事。」

「沒錯，九頭蛇體內充滿劇毒。如果在成體附近，就算只是呼吸也會導致肺部潰爛。不過這個只是幼生，而且是屍體，所以不要直接碰到就不會有事。」

當然，劍兵跟一般人不一樣，就算碰了也不至於喪命。不過九頭蛇畢竟是魔獸，所謂君子遠離危險，這句話還是有其箇中道理。

獅子劫戴上厚重手套，慎重地用小刀割下每一個頭，接著將這些頭一一泡進紅黑色的液體裡面。

「你在做什麼？」

「要是再長一點，就可以做成箭啊。只有這點大的話，頂多只能做成小刀了吧。」

「喔……要花點時間嗎？」

「大概要花上三小時，要是妳在完成之前沒事做，就先睡一覺吧。」

劍兵沒有選擇睡覺，而是在獅子劫身邊蹲了下來。

「好玩嗎？」

「普通，不過是分解又加工一類的，說不上好不好玩吧。」

劍兵一副沒趣的樣子撐著臉。獅子劫本想叫她去睡覺以節約魔力，但也很確定就算說了她也不會照辦。

獅子劫用鑷子夾起方才泡進液體中的九頭蛇頭，拿到蠟燭上面烤過。這是很基本卻非常危險的作業。

「……我說主人啊，你想靠聖杯實現什麼願望？」

獅子劫手上一邊做著只要一個不小心就會因九頭蛇毒而致死，非常需要集中精神的作業，一邊回答劍兵隨口問的問題。

「如果是向大聖杯許願，那我希望我們一族可以繁榮。畢竟是魔術師嘛。」

聽到這平凡到不能再平凡的願望，劍兵顯然覺得很沒趣。魔術師希望一族繁榮，說當然確實是理所當然。

「什麼啊，沒意思。」

「妳傻了不成，繁榮很重要喔。要是有小孩，就可以繼承自己的夢想，畢竟人類的壽命很短暫啊，連兩百年都活不到呢。」

「小孩不見得會繼承你的夢想喔。」

「這是基於妳的經驗嗎？」

劍兵馬上露出不滿的表情，獅子劫苦笑著說「抱歉啦」表示賠罪，但她沒有接受道歉，直接默默鑽進睡袋裡面了。

使役者不需要睡覺，但就抑制魔力消耗這點來說，也不是完全不需要。尤其「紅」劍兵……莫德雷德雖然擁有其他使役者難以望其項背的力量，代價就是需要非常大量的魔力。只要能夠控制消耗量，當然是盡可能控制一下比較好。不過，現在的她只是鬧彆扭罷了。

獅子劫一邊進行加工作業，一邊咬著肉乾和水果當餐點。他默默工作，並不時瞄向劍兵，那裡有的只是一張帶著稚氣的少女睡臉——這個事實，讓獅子劫的心情不禁黯淡下來。

反叛騎士莫德雷德。在最後的最後，讓亞瑟王光榮的傳說蒙上一層陰影的稀世大惡徒。

在本國留守的她利用亞瑟王出兵遠征的空檔教唆國內士兵，並成功竄奪王位。遠征返國的亞瑟王連休息的時間都沒有，就與莫德雷德率領的軍隊不停交戰，這就是在卡姆蘭進行的一大決戰。

有名的騎士幾乎都已不復存在，亞瑟王與莫德雷德在熊熊燃燒的戰場上一對一決鬥，儘管亞瑟王的聖槍先鋒之槍貫穿了莫德雷德，但她還是以最後的力氣給了亞瑟王致命傷。

亞瑟王命令最後陪伴自己的騎士貝迪維爾將聖劍歸還湖之精靈後，有一說是王就這樣死去，也有一說表示王回到妖精鄉亞法隆治療傷勢了。

但另一方面，莫德雷德卻只簡單留下在那場單挑之後死亡的寂寥記述。想想也是，畢竟莫德雷德是背叛了傳說中的騎士王——直到現在仍名留千古的不列顛大英雄亞瑟·潘德拉崗的大壞蛋。

「——好，這樣九個頭都弄好了，剩下就是身體了。」

獅子劫自言自語，沉浸於思考之中。雖然因為他是召喚者，或許多少有些偏心，但如果問他莫德雷德跟亞瑟兩人之中比較願意追隨誰，他會毫不猶豫選莫德雷德吧。手握聖劍，徹底表現出光明騎士道的王；跟利用王不在的時間教唆士兵反叛的扭曲騎士，當然是後者比較有意思啊。

獅子劫不知道莫德雷德究竟是愛還是憎恨父親(亞瑟)。愛與憎恨是相鄰的感情，但毫無疑問她受父親的影響很深。

所以她才反叛，儘管不清楚她是為了想成為像父親那樣的人還是為了否定父親的作為——先不論善惡，這確實是很有勇氣的行為。

「……確實不是不懂我會召喚出這傢伙的理由啊。」

獅子劫露出自嘲的苦笑。像自己這種人，當然不可能召喚出正統圓桌武士，叫出反叛騎士只是剛好而已。

加工完畢的獅子劫鑽進睡袋，一路睡死到深夜。

深夜的托利法斯一片寂靜，民眾家中的燈光均已熄滅，也看不到任何一家二十四小時營業的店。

只有路上的路燈照耀著夜晚。話雖如此，燈光有些黯淡，與一整片黑暗相比，顯得太過薄弱。

莫德雷德跟獅子劫出來尋找可以進攻千界城堡的起點。如果是一般聖杯戰爭，基本上都會先去找出主人魔術師的工坊所在地，但這次不需要這麼做。

因為已經確定他們的據點是那座城堡，所以不需要找。無論主人還是使役者，應該都不會輕易離開那座極為堅固的城堡。換句話說，不攻下那座城堡就沒什麼好說，因此要找出能夠從遠方好好觀察城堡的地點。

千界城堡位在托利法斯東北角，周遭有三公頃左右的森林圍繞。托利法斯整體呈現由西向東往上攀升的台地地形，位在東北角最高處的城堡可以望盡整座托利法斯市。

因此，獅子劫和劍兵先從城堡南方這邊開始找起。希望能找到一座較高的建築物，離城堡不算近，但也不至於遠到看不清楚的位置是最好。

「那一棟怎樣？」

劍兵手指的方向有約百年前建造的托利法斯市政廳。這棟維也納分離派的建築物整體由直線和平面構成，鋪設色彩鮮豔的幾何花紋磁磚的屋頂給人非常深刻的印象。

這是一棟貴重的藝術品，也是歷史悠久的建築物——但對兩人來說，這裡除了是絕佳的監視地點之外，什麼都不是。

「很好，上去確認一下吧。」

獅子劫這麼嘀咕完，就莫名其妙被劍兵揪住衣領。

「……喂。」

「不是要上去嗎？」

獅子劫有股不祥的預感，於是扭動身子想要掙脫，但徒勞無功。劍兵喊了一聲，就使出「魔力放射」技能，一鼓作氣躍上屋頂。落地的瞬間，脖子感受到一股沉重的壓力，讓獅子劫有種意識好像要飛走的感覺。

沉默了一會兒，獅子劫猶豫要不要教訓一下得意洋洋的劍兵——

「下次別這樣。」

結果只是這樣簡單叮嚀。點頭表示知道了的劍兵臉上毫無反省之色。

「是說主人，這邊怎樣？」

「這個嘛……」

要觀察城堡確實不會離得太遠，也不至於近到會讓對方輕易察覺，照理說應該是絕佳的監視地點——

「這邊不行啊。」

獅子劫嘆氣說道，劍兵也不爽地點頭同意。兩人來到屋頂的瞬間，好幾隻疑似某種鳥的東西一口氣從城堡飛出來。獅子劫仔細觀察屋頂上的磁磚，就發現上面已經施加了探測用結界。

「劍兵！」

在獅子劫命令之前，劍兵已經全副武裝準備迎戰。

「……那是老鷹嗎？」

畢竟現在是大半夜，就算獅子劫是魔術師，也只能掌握對方些微動作。但是他身旁的劍兵則以超乎常人的視力明確地看出來襲者為何。

「不對，那是——魔像！」

外型像蜻蜓的石造魔像一邊降低高度一邊襲擊過來。敵人從空中、四面八方攻來，劍兵躍起後先迅速收拾一尊，並把最近的石像當跳板，砍掉剩下的兩尊。

「混帳，還有其他敵人！」

獅子劫的提醒讓劍兵落地後也毫不大意地架起了劍。他說得沒錯，人形、非人形的魔像從四面八方湧出，看樣子是擬態在附近建築物的屋頂上。而且不只如此——手握斧槍的人們不知何時聚集過來，已經跟魔像一起包圍住了兩人。

不，這些要說是人，感情似乎太淡薄了點。更重要的，這些人的長相簡直會讓人誤會他們全是兄弟，根本是同個模子刻出來的。

「應該……不是人類，是人工生命體吧。」

「……！」

聽到獅子劫嘀咕，劍兵顫了一下身體。

「怎麼了？」

「沒什麼……主人，給我指示。」

「我的魔術威力不太足以對抗魔像……人工生命體交給我，妳去處理掉魔像們。」

「收到！」

劍兵以子彈般的勢頭踏碎屋頂磁磚，襲向魔像們。即使是用石頭或青銅打造的堅固魔像，仍逃不了像紙片或木材那樣被粉碎的命運。

一尊巨大的魔像打算以其無比龐大的身軀壓潰劍兵，但劍兵只消大喝一聲，將下沉的身體往上一彈，就直接打飛了石造魔像。

她作戰的方式跟騎士優雅華麗的劍術表現相去甚遠，甚至根本算是狂戰士，或者可說是野獸。她以單手揮舞本應以兩手操控的劍，原以為會用空出的那隻手揮拳攻擊，沒想到她竟然擲出劍，直接貫穿從空中襲來的魔像。

劍兵接下一尊魔像揮出的拳頭，接著大吼將魔像扔出去，撞上在空中被貫穿的另一尊魔像後兩者粉碎。劍兵接住隨著碎片落下的劍，再次急馳而出。

另一方面，與人工生命體對峙的獅子劫從懷中取出大型散彈槍。雖然緩緩逼近的人工生命體們沒什麼感情，但在看到那把大型凶器的瞬間，仍反射性地停下腳步。

沒沒無名小廠製造的中折式雙槍管的削短型（Sawed-off）散彈槍，把槍托和槍管都削成極短，雖然便於攜帶以及在室內使用，但也導致有效射程變得很短。

然而對死靈魔術師獅子劫界離來說，槍枝原本的性能優劣跟他要不要拿來當武器使用沒有任何關連。

「接招吧。」

獅子劫隨意朝人工生命體扣下扳機，打從一開始就沒有瞄準，重點只在自己手中握著槍枝而已。他手上的散彈槍撞針等部位已經施加了咒術處理，所以比起槍枝本身，裡面的子彈才是關鍵。

要是看到他裝在槍管裡面的子彈，不論誰都會嚇到僵住吧。「用人類手指加工做成的子彈」，已經不是「喜好詭異」一句話可以打發掉的。

北歐的盧恩魔術裡面有一種叫作魔力彈(Gandr)的魔術，這種魔術只要用手指著對方就可以施加詛咒，但若灌注強大魔力，也能發揮出槍彈般的物理威力。這種結合魔力彈跟死靈魔術的手指槍彈，雖然速度頂多只到亞音速，卻可以像蛇那樣探測前進方向上的體溫，並修正軌道。

然後當槍彈抵達心臟的同時，詛咒就會爆發，是真正的一發必殺「魔彈」。

射出的子彈勾勒和緩弧線，轉瞬間撂倒好幾個人工生命體。開了兩槍之後，獅子劫重新裝填子彈，而人工生命體們也像是不打算錯過這個大好機會般撲過來。獅子劫先停下重新裝填的動作，從懷裡取出個奇怪的東西。那是有點萎縮的紅黑色物體——魔術師的心臟。

獅子劫把手中的玩意兒往人工生命體群聚的位置一丟，那東西「啵」一聲，掉在人工生命體旁邊，下一秒猛烈膨脹爆開，塞在裡面的魔術師牙齒和指甲一類物體刺進人工生命體內，他們就像被下了毒痛苦不堪，隨後死亡。

雖然死靈魔術師很多，但可以把魔術師或野獸的身體部位加工到這麼凶殘的程度並專門拿來戰鬥的，應該只有獅子劫界離一個吧。

人工生命體雖然擁有一定的戰鬥能力，但獅子劫身為專門賺取獎金的魔術師，這些對手不過是小兒科；而劍兵似乎也一樣。

「——主人，我收工了。」

「喔，辛苦妳啦。」

劍兵打碎最後一尊魔像之後回來，看到屍橫遍野的人工生命體，不禁發出感嘆：

「你這死靈魔術師挺能打的嘛。」

「畢竟經歷過不少生死關頭啊。」

獅子劫說著撕下粉碎的魔像碎片上的羊皮紙，紙上寫滿了指令(Command)。

「……很有歷史，應該有八百年以上了。」

在魔術的領域，時間擁有極為重要的價值。愈有歷史的東西，神祕性就愈強。舉例來說，就好像每繼承一次魔術刻印就可以增加一些成果進去，變得更強大。如果是擁有八百年以上歷史的羊皮紙，就能打造出可輕易屠殺一兩位熟練魔術師的魔像。

但是——

「劍兵，妳覺得這些魔像怎樣？」

「我是第一次跟這類玩意兒交手……意外地挺能打的，最後一尊甚至跟我來往了三招啊。」

「嗯，現代魔術師就算窮盡畢生精力打造，頂多也只能製造出跟妳交手兩招的魔像吧。」

當然，還是會有例外。世界這麼大，如果真的用心去找，說不定可以找出能打造足以與使役者匹敵的魔像的魔術師……但獅子劫不認為千界樹一族裡面有這麼高竿的魔像鑄者，頂多到羅歇．弗雷因．千界樹那樣的程度罷了。他打造的魔像確實非常優秀，但只要劍兵出手，應該一擊就會粉碎，更別說根本不可能造出這麼多。

……這麼一來，就可以推斷打造這些魔像的「不可能是現代魔術師」。

獅子劫想更仔細點調查羊皮紙而把臉湊過去，瞬間一股熱氣衝了過來。

「好燙！」

他急忙往後仰，放掉手中熊熊燃燒的羊皮紙。不只是獅子劫手中這張，在場所有羊皮紙全數起火，連魔像們都迅速風化，變成塵埃消失。

「喂，你沒事吧——？」

「啊——有點痛，混蛋，準備真周到啊，線索消失了。既然對方已經在這裡守株待兔，就不能拿來當據點用了。」

千界樹一族應該預測到有人可能想把此地當作據點，畢竟托利法斯本身只是個小都市，確實應該認為他們會在足以成為攻略城堡要衝的地點安排一定程度的人手。加上他們不只安排了一兩人，而是投入大量以高度技術製造的人工生命體和魔像。而且如果還在不知所措，對方這下想必會派出使役者迎戰吧。

獅子劫認為現階段似乎只能利用使魔遠遠觀察了。

「那我們只能快快回去了吧。」

「不過，倒是有件事情可以確定。」

「什麼？」

「敵方的術士或者有可能是別種職階，對面七位使役者裡面有一個擅長製作魔像的英靈。」

光是有這些資訊就可以充分縮小範圍。魔像本身雖然沒什麼稀奇，但跟魔像有深刻關連到足以成為英靈的存在則是少數。

「這麼說來，我有種被人監視的感覺，你有察覺嗎？」

在回去工坊的路途上，劍兵突然想起來後告知，獅子劫也點點頭表示同意。應該是用了遠視的魔術或透過共享使魔知覺的方式觀察我方吧。藉由旁觀自己跟劍兵作戰，來調查我方的戰力狀況。

「總之有那個頭盔就可以保住我們想隱瞞的資訊，不至於洩漏出去。妳暫時不要卸下喔。」

劍兵擁有的寶具之一「隱不貞之盔（Secret of Pedigree）」可以隱蔽一部分參數情報。雖然基本參數、職階技能等這類通用情報無法隱瞞，但包括真名在內，寶具、既有技能等重要關鍵都可徹底隱蔽，是個很便利的寶具。

但在這種狀態下，她就無法啟用最強的寶具。話雖如此，畢竟她的寶具是對軍寶具，確實是該當成對付強敵時的必殺王牌使用。既然要用，那就該是打定主意要讓對手從這個世界上消失的時候。

「戰鬥之外的時候可以卸下吧？」

「嗯，那樣無所謂。」

劍兵開心地吹了個口哨。當然，這不是說洩漏情報無所謂，但看來那副頭盔必須在跟盔甲成套裝備的狀態下「脫掉」才會真的解鎖情報。也就是說，當劍兵脫下盔甲、換上現代衣服，但手中沒有持劍的時候，即使沒有戴著頭盔，隱蔽資訊的功能還是持續生效中。

於是劍兵速速換上之前那套便服，呼了一口氣。

「妳還是覺得那身盔甲穿了很難過嗎？」

「其實習慣了之後就還好，但解放感還是不能相提並論啊。」

劍兵大大伸了一個懶腰，接著踏出輕快腳步在街道中央轉來轉去。獅子劫心想：也許是戰鬥後她的情緒比較亢奮吧。

正在轉圈的劍兵忽地停下腳步，轉過頭來說：

「對了，主人，你覺得我怎樣？」

「啥？」

「我想問你覺得我的戰鬥表現如何啦，雖說對手不是使役者，沒辦法充分發揮實力就是了。」

「喔喔，這個啊……嗯，只能說完美，讓我充分拜見妳之所以是劍兵的緣由了。」

這句話讓劍兵挺起胸膛，滿意地點點頭。

「不過妳最後不是猛力把劍丟出去嗎？有這樣的喔？」

「主人，你傻耶，關鍵是打贏就好了吧。使用劍技不過是戰鬥過程中的一個選項，如果是為了獲勝，不管要捶、要踹、要咬，我都會用上。」

「……我完全同意。」

看到劍兵跟自己個性這麼相似，獅子劫不禁想遮起眼。

§§§

千界城堡的謁見廳裡，「黑」術士正透過猶太教燭台（Menorah）的燭火，旁觀魔術協會僱用的獵犬（主人）以及他所召喚出的「紅」劍兵實際作戰的模樣。影像如電影那樣投射在牆壁上，千界樹一族的主人與其使役者也都聚集在此，一同看著。

除了達尼克以外的主人似乎都被「紅」劍兵激烈的戰鬥所震懾。即使透過影像也可明確感受到壓倒性的氣勢。儘管身材嬌小，但巨大的鋼鐵團塊勁勢猶如砲彈，接連粉碎魔像們。「黑」術士製作魔像的技術絕對是超一流，那些魔像應該擁有與低階使役者抗衡的實力。

但這些魔像卻在一招之內，最多三招就被打趴。

「只能說不愧是劍兵吧。」

貫徹臣子姿態的達尼克聽到「黑」槍兵這麼說，也點點頭應和。

「肌力B＋、耐力A、敏捷B、魔力B……除了幸運以外沒有C以下的參數，確實與劍之英靈非常相襯。」

尤其肌力B＋這項參數根本可謂破格，＋是可以在短時間內讓數值變成好幾倍的稀少參數。除此之外，反魔力和騎乘的等級也有B，換句話說，這個劍兵頑強到必須使出A級魔術才總算能對其構成傷害。

據說在已經進行過三次的冬木聖杯戰爭中，劍兵都能殘存到最後。這似乎代表劍兵擁有能夠應付各種各樣狀況的萬能強度，但看到剛剛的作戰姿態，的確也可以理解箇中原因。

「更需要注意的，是他能隱蔽部分參數。」

雖然身為使役者的槍兵看不出來，但身為主人的達尼克可以讀出其他使役者的參數。儘管如此，達尼克卻怎樣也讀不出既有技能和寶具的相關資料。雖然覺得好像在哪裡看過他所使用的能力以及手中那把劍，卻有種連想起這些都受到阻礙的感覺。

雖然不知道這是對方的既有技能還是寶具造成的影響，但應該是以某種形式體現「隱瞞自己的出身」這種傳說內容吧。不管怎麼說，都是個很棘手的對象。

「其他人有什麼想法？劍兵啊，你可以勝過他嗎？」

劍兵默默地點頭回應槍兵的問題。他基於戈爾德的命令，即使在王的跟前也貫徹不說話的態度。

「大賢者啊，你怎麼看？」

弓兵露出平穩汪洋般的的笑容回答：

「毫無疑問是個難纏的對手吧。但我想只要能夠明白其寶具性質，應該就不是太大問題。」

槍兵滿足地點頭。

「叔叔，你知道主人是誰嗎？」

達尼克點頭回應菲歐蕾的問題。

「嗯，潛藏在鐘塔的族人有傳來情報。獅子劫界離是專門賺獎金的死靈魔術師，不只鐘塔，不管誰的委託都接的自由業者。」

「用魔術賺錢的骯髒商人啊。」

戈爾德不屑地說。對他來說，魔術是一種研究，不管怎樣都不該拿來賺錢，這點對其他主人來說也一樣，大家眼中不是出現強烈的輕蔑之情就是帶著困惑。只有活了將近百歲的達尼克和專門以黑魔術中的咒殺為業的塞蕾妮可冷靜地評估獅子劫的實力。

「很強。」

「……看來是這樣呢。」

說起來，死靈魔術是跟屍體一起發展起來的魔術。讓單純的殭屍或者拼接身體部位形成的怪物復甦的這種魔術，自然需要大量屍體以供利用。

那麼，該怎麼取得大量屍體呢？答案不是去墓地或停屍間，而是上戰場。因此，一流死靈魔術師不會去墓地，而是不斷上戰場。欣喜若狂地跑去革命或政變引發的大量屠殺地點收集屍體，可以說是死靈魔術師無可避免的命運。

自古以來，戰火從來沒徹底消滅過，死靈魔術師也總是與危險為伍。一般魔術師很可能進行有機會危害自身生命的危險實驗，也可能碰上召喚出來的生物暴衝反咬自己，因而必須與之一戰的狀況；但不會有多少魔術師樂意投身毫無道理可言的真正戰場。

獅子劫界離——獅子劫一族儘管出身於魔術不甚發達的極東地區，但也代代相傳，至今已是第七代。第六代獅子劫燈貴的論文在鐘塔獲得極高評價，大家當然以為兒子獅子劫界離也會走上研究這條路，但他才上學不到三年就從鐘塔休學了。

在那之後，他走上了一邊在戰場上取得屍體，一邊討伐離群的異端魔術師以賺取獎金的道路。

雖然動機不明，但他使用的魔術跟本人的個性，似乎很適合擔任獎金獵人。十年過去，獅子劫界離在檯面下的魔術師之間已是無人不知、無人不曉的人物。

但這並不代表他脫離與鐘塔之間的聯繫，這次應該也是接受了高額報酬之類的僱用條件吧。說到底，鐘塔派來的魔術師們立場幾乎都相同，唯一的例外只有來自聖堂教會的言峰四郎神父。除了知道他隸屬於第八祕蹟會，其他經歷一概不知。當然，聖堂教會裡面也有千界樹一族的人臥底；儘管如此，還是一概探不出個資的人，不是位居重要地位就是經歷真的一片空白。

排除實力為未知數的四郎神父，其餘六位主人都是一流之上的超一流。千界樹這邊能以魔術師能力抗衡的大概只有達尼克和菲歐蕾。但很可悲的，這些魔術師為了活用使役者，必須提供自己的魔力作為代價。

千界樹一族則不受到「這個限制」。他們雖然是握有令咒的主人，但把提供魔力的管道轉往其他地方，藉此避免被使役者吞掉魔力。

當然為了保險起見，還是保留了最低限度的魔力供應——使役者現界時使用的這個部分還是由主人直接供應。也就是說，讓英靈現界的時候，最基礎的部分由主人負責，其他如寶具、自我治療、使用魔術等造成的魔力消耗，都由「其他地方」負責供應。

透過這個方法，可以大大彌補原本存在的實力差距。愈是一流的魔術師，就愈會使用需要消耗大量魔力的魔術，某些情況下，甚至可能發生必須跟使役者搶魔力用的尷尬狀況。

只花了不到十天準備就認為能打贏這場聖杯大戰可是大錯特錯。千界樹一族——不，達尼克在冬木市展開的第三次聖杯戰爭結束之後，就一直為這場戰爭進行準備。

「——快要開戰了。」

「黑」槍兵低聲吐露，在場所有主人、使役者都表達了無言的同意。他們心裡正有種東西躁動著，告訴他們戰爭的開端。

離真正全面性的戰爭開打應該沒有多少時間了。位在聖杯大戰中心的，是被召喚出來的十四位使役者，以及兩大組織千界樹一族和魔術協會。這應該是參與這場戰爭的所有主人、使役者相同的見解吧。

——然而，就在這一天，一段命運開始轉動了。

感覺搖晃得非常厲害。魔力從裸露的神經洩出，靈魂熔化、融化、分解。意識明明如此鮮明，能用來思考的東西卻明顯不足。柔弱的本能正悲痛地訴說些什麼，但對「他」來說，那不過就是細微的野獸叫聲。

無法認知、無法思考，也無法建構邏輯；無法主張自我，無法斷言自己活著。

即使如此，只要還在大地上就能有所得，例如情報以及時間。只要能接收情報並有時間整理它們，就可以從中產生知識。所謂知識，至今為止都只是把像雲朵一樣難以捉摸的感覺用一個詞的形式成立。

——我，活著。

單純的真相。明明連哭鬧不停的嬰孩都能下意識理解這種理所當然的事實，他卻直到現在都不知道自己活著。

時間流逝。

取得情報。

獲得知識。

擁有自覺之後，這個輪迴就以異常快的速度運轉起來。原本「他」就是以魔術迴路為基礎誕生的生物，對知識這種東西的理解力非比常人。

有人類經過、有伙伴經過、有怪物經過。

人類只是毫不關心地看著自己們；伙伴們則是把淡薄的感情投射在目光上看著自己們；怪物的反應千奇百怪，有的不抱任何興趣、有的以憐憫的態度凝視、有的甚至興致盎然地打算著手調查。

即使這樣，仍沒有任何變化，只有情報與知識的輪迴不斷反覆。

原本跟破銅爛鐵一樣雜亂的知識，現在已經有如圖書館藏書那樣整理、分類，乾淨整齊地堆疊起來。但是，儲存愈多來自外界的情報，心中那股翻攪的感覺就愈強烈。

他下意識不去面對這個部分，繼續收集更多情報，但——愈收集、愈理解，那種感覺就變得愈強大、膨脹，無法忽視。

如果把自己的內心加以數值化，「那個」已經占據了六成左右。儘管面對那已經無法忽視的東西，他所做出的選擇依然只是保留。

不能責怪他的行為沒有勇氣，因為行為本身有沒有勇氣必須在認知勇氣為何之後才能成立。因此，他不認為自己的行為是膽小，只是下意識地選擇忽略。

——命運流轉、變動、扭曲、失控。

他眼前站著一個人類跟一個怪物，兩者都是經過自己面前好幾次的對象。

其中一位記得叫作羅歌，或是主人。

另一位是術士，或是老師。

「——來試試加入魔術迴路吧。」

術士這麼說，羅歌點點頭回應。

「那就使用這裡的人工生命體……」

他審慎地思索這對話內容，魔術迴路——使用魔術時必須的模擬神經，自己等人工生命體便是以此為核心構成肉體。那麼，加入又是什麼意思？

一股蟲子爬過脊椎般的寒氣竄過，下場毫無疑問只有一死。

「使用」這裡的人工生命體——使用，也就是消耗。使用之後可以有所獲得，相對地也會有所失去。

從鑄造以來，在各種狀況下都保持一定頻率的心跳聲被這還不到一分鐘的對話徹底擾亂。

搜索過去的對話，術士跟羅歇曾談論過幾次魔像的話題，與其說那是人造生命，更像是以泥土或石頭建構的機械人偶。要在那上面加入魔術迴路的理由——是為了造出可以使用魔術的魔像。

創造伴隨著消耗，如果要創造的是「能夠使用魔術的魔像」，消耗的想必就是「擁有魔術迴路的人工生命體」了。

他終於理解這股寒氣是什麼了。

消耗是一種消滅，消滅即代表「死亡」。雖然他知道有這個詞，但從沒有理解過。

「總之先拿三個來用用吧，呃……這個、這個，和這個。」

自己被點名了。鮮明的死亡像是要讓他窒息一樣，用力掐住他的心臟，原本刻意忽略的那六成發出嚴厲警告。

——你會「死」。自出生以來就被關在這座魔力供應槽裡，活著沒有任何意義，只是因為剛好被選上，只因為這樣的原因而被消費。

兩人離去，他確定離自己死亡的時刻來臨還有一些緩衝時間。

絕望襲來，一直忽略不看的是這個，就是這個啊。出生沒有意義，存在意義沒有啟動。

儘管如此，他也沒辦法哭鬧悔恨，只能用空虛的雙眼看著。

……不，真的是這樣嗎？

他思考著，拚命想著，自己真的「什麼也做不到」嗎？是不是他擅自認為什麼也做不到呢？現在，自己就做到了其他個體做不到的事情……至少他獲得情報並加以思考後，為得出的結論而恐懼，他已經做到這些了。

那麼，再往前，再往前一點看看。

為了供應魔力給使役者們而被關在水槽裡面的「他」萌生自我意志只是單純的偶然，他被點名也只是單純的偶然。

然而，這兩種偶然重疊在一起，就有了與命運相等的重量。

——動啊。

有生以來第一次，動了一根手指。動了動手，握緊拳頭，想舉起手臂。

——動啊。

再次確認狀況，理解自己為了能高效率地供應魔力而被關在翠綠色的保存溶液裡。

總之先把沒有運作的存在意義放到一邊，讓當下的目的明瞭一點。必須逃離這裡，而且是立刻。

——動啊！

動起雙手，粗魯地敲打強化玻璃，但馬上就發現這行為沒意義而作罷。自己能做出的物理衝擊無法擊破這片玻璃。

他思考了一會兒，掃描了一下自己的魔術迴路。吸取大氣中的魔力（瑪那），供應使役者現界時所需魔力的他，已經準備好可以啟動迴路了。

「——理導（Straße）／開通（Gehen）。」

切斷供應，以自己知道的語言驅動自身的神祕，希望得到破壞的結果。用雙手接觸強化玻璃，流入體內的魔力找到釋放點後，立刻往手掌衝了過去。

掌握接觸的玻璃是哪種礦物，將魔力轉換成能以最理想又最小的力量破壞，雙手充滿光芒——強化玻璃就像輕木板那樣脆弱地粉碎了。

下一秒，身體被往外推，跟原本被隔絕的世界接軌。儘管被碎玻璃割傷背部，他還是被推出了通路——推到現實世界來。

好痛苦，不太對勁。抓著胸口，想開口卻發現自己打不開。取下塞在自己口中像呼吸器那樣的東西後，再次吸一口氣。

「……咕、啊……！」

他嗆了一口，喉嚨有股燒灼般的痛楚，吸入氣味強烈的氣體，覺得肺部好像痙攣一樣疼痛。

無力地揮動雙手雙腳。儘管達到了目標，但他想起還沒有完成最終目的。

要快逃，快點，盡快！

決定目標之後想站起身——才發現「站起來」這個行為並未滲透全身。虛弱地想站起來，只換得可笑地滾倒在地的結果。這樣應該無法走路，於是只能以雙手撐地，驅動身體。

稍稍往前了一點。告訴自己要冷靜，並用手肘撐地抬起上半身，腳掌貼地，脆弱的腳踝發出慘叫——不管，緩緩伸直膝蓋。

然後踏出了一步。

每踏在地面上一步，重力就會壓迫身體。一直有種被人壓著的痛楚，沾黏在身上的液體也讓人感到不快。

雖然呼吸總算平穩下來，但他不知道該往哪裡去。只知道要是繼續待在這裡，下場就是死路一條。

呻吟洩出，眼角滾下淚水，經歷這麼多苦難，換到的只有幾步路而已。

快走，離開這裡——有種把所有人生花在這麼簡單的行為上的徒勞感，激勵快要萎縮的自己，專注在「走」這個動作上。

拚命忍住想回頭看看究竟是什麼在低聲呢喃的衝動，他知道那呢喃是什麼、有什麼意義，也知道自己只能忽視，更重要的是繼續往前，這就是一切。

手撐在牆上，專注地一步又一步往前，不知何時離開了自己原本所在的房間，來到一條鋪著石地板的走廊。腳底開始流血，跟嬰兒一樣柔軟的腳板剛剛才第一次踏上大地，當然很容易因為一點小碎石就割傷皮膚。

血流出來，感覺到痛楚，與泡在溶液裡面天差地遠的情報量軋磨著腦袋。因為大氣過於濃厚，肺部始終有種被壓迫的痛楚。

這副原本應該沒有「設計」來行走的肉體，究竟走了多遠呢？走廊彷彿長到無限延伸，完全沒有任何變化。他意識到自己再也走不動，虛弱地蹲下。

呼吸很淺，心臟狂跳，完全不適合活著的肉體別說是走了，甚至拒絕站起來。熱量壓倒性不足，手腳末稍冰冷得無法自己。視野朦朧、遠方傳來聲音，無法合理思考，除了因一步步接近的死亡感到絕望之外，什麼也做不了。

——如此無意義的生命，如此無意義的存在。

無意義地被產下，無意義地死去。面對這麼殘酷的真相，只能不住顫抖。

討厭。雖然不知道討厭什麼，總之覺得很討厭。害怕閉上眼睛，因為覺得閉上之後就再也不會醒來。害怕睡著、害怕被黑暗囚禁、害怕世界。不可怕的只有自己，因為自己什麼也沒有。一無所有，沒有染上任何顏色，透明無色，只是這樣的自己——

「……？」

心臟突然跳了一拍。

他發現身旁有其他存在，不知道是什麼時候來到附近。腦子陷入極度混亂，恐懼至極的他甚至抗拒認知眼前有其他人的這項事實。

視野捕捉到對方，並且感覺自己正被看著。覺得該逃跑，卻無計可施。恐懼讓身體瑟縮，彷彿要壓潰自己的沉默促使心臟狂跳到無法承受的程度。就在此時——

「你怎麼了？這樣會感冒喔。」

對方拋出的話語並不是足以撕裂自身的侮辱，而是擔憂他的溫暖關懷。

他反射性抬起頭，兩者對上眼。

呼出微弱的嘆息。他看過那張臉，是臉上帶著痛切的表情瞥了自己一眼的怪物之一。記得叫作騎兵。

「會感冒喔。」

對方微笑著重複說道。他雖然不知道該怎麼回應才好，但至少知道騎兵確實在等待他回答。

該怎麼回答才好呢？要說什麼才合乎時宜呢？

「……………我……」

反射性地以乾啞的聲音低語。騎兵似乎沒能聽清楚，便把臉湊了過來，豎耳傾聽。自己什麼都不知道。該相信什麼？該採取什麼行動？不知道、不知道，什麼都不知道——

意識斷線，理解到自己似乎要昏倒了而感到害怕。儘管只是走了幾步就這麼痛苦，但他還是打從心底……希望能夠，活下去。

「黑」騎兵阿斯托爾弗思考著，該拿這個蹺縮在城堡走廊上的男子怎麼辦。他心裡已經認定要幫助對方，但他煩惱的是該怎麼幫助才好。

「總之先移走吧。」

只要決定要做什麼，他的動作就很快。先脫下披風裹住對方，接著一把扛起。儘管騎兵身形較為瘦小，但畢竟是個英靈，要他扛起一個人類只是小意思。

但他煩惱起該帶去哪裡才好。分配給自己的房間不考慮，因為大概每過幾個小時就會被主人塞蕾妮可叫出去一次。雖然自己是她召喚出來的使役者，但騎兵還是不免覺得有必要這樣糾纏嗎？

「騎兵大人。」

聽到聲音回過頭，就看到兩個人工生命體以不帶感情的眼光，直直往自己扛著的男人瞧。

「術士大人正在尋找逃走的人工生命體，您心裡有沒有底？」

「沒有喔。」

他甚至想都沒想就秒速回答。人工生命體又瞥了他扛著的男人一眼，點點頭說「這樣啊」之後，轉過身去。

「你們也加油吧～～」

騎兵充滿感謝之情，對著離去的人工生命體揮揮手。

雖然不知道原因，但知道術士在追查這個人工生命體的話，就更難幫助他了。即使想要找人商量，但劍兵從沒搭過話，不知道個性如何。槍兵則是一副不在乎人工生命體的態度——也就是說，他不會去追查，也不會出手相助吧——狂戰士不考慮。

這麼一來，能夠仰賴的使役者只剩下一個人。騎兵往凱隆的房間過去，敲了敲門表示到訪。

「弓兵，我是騎兵，你房裡有沒有別人？」

「騎兵？不，沒有其他人。」

那就好。騎兵開門入內，弓兵看到他肩上扛的男子，立刻察覺是怎麼回事，領著兩人往床鋪過去。

「他是術士正在追查的人工生命體吧。」

「我想應該是。」

騎兵把人工生命體放在床上後，先取下自己的披風，接過細心的弓兵遞給他的毛巾，把人工生命體骯髒的身體擦乾淨，再幫他穿上借來的長袍。人工生命體的表情看來痛苦，呼吸也很急促。

「弓兵，你應該很懂醫術吧？幫他看一下。」

「好的。」

「黑」弓兵凱隆學習了諸神授與的各種智慧，為半人馬族第一賢者，也是教育海克力斯或伊阿宋等希臘英雄的老師。

在他教導的對象之中，包含被後世譽為醫神的阿斯克勒庇俄斯；因此，他當然非常熟悉醫術。

弓兵掬起昏倒的人工生命體手腕把脈後，將手放在他的心臟上方。作為弓兵受過鍛練的銳眼，仔仔細細地觀察著人工生命體的身體。

「看樣子魔術迴路差點失控。他破壞玻璃槽的時候使用了魔術，剩餘的魔力大概在血管裡面暴動吧……再加上一個很單純的原因，就是過勞。」

「過勞？」

「我想他自出生以來從來沒有『走』過，就連自食其力站起來都屬第一次吧。」

「是喔……那他算是剛誕生的嬰兒了。」

人工生命體原本是鑄造完成就能立刻活動的生命體，如果打造的方式夠完美，就不會因為壽命到了而死亡。但也許是誕生方式本身於天理不容，所以人工生命體大多抱有一些肉體上的缺陷。

這個人工生命體應該天生體質孱弱，或許與他不是造來作戰，而只負責供應有關。儘管身上擁有一流魔術迴路，卻沒有強壯到能活用它的身體。

若要使用魔術，即使迴路能夠承受，過度虛弱的身體也無法承受。

「不要用魔術就沒問題嗎？」

「算是這樣沒錯……只不過，他也無法正常活下去，最多應該只能撐個三年。」

房間陷入一片沉默，三年這太過殘酷的詞語，連騎兵都不禁失落地垂肩。過了一會兒之後，騎兵彷彿想化解尷尬地開口說：

「……不好意思，弄髒你的床了。」

「這是無所謂……但我想問一個問題，你為什麼要幫助他？」

弓兵這麼問，騎兵毫不猶豫地回答：

「因為我想幫助他啊。」

他完全不抱任何特殊想法，只是因為想幫助所以出手幫助。既單純又理所當然，因此除了騎兵以外的人都很難做到。

「術士似乎正在追查他喔。」

「啊哈哈，不關我的事——」

騎兵滿臉笑容舉高雙手，而弓兵儘管嘆息，也認為騎兵的判斷是對的。戰勝雖然重要，但現在還沒被逼到必須拋棄英靈本分的程度。應該幫助他、放他一條生路才是。

「……我會空出這個房間一段時間，雖然我覺得不會有人來，但有人敲門的話，別應門。」

「謝謝你，那就暫時借用了喔。」

離開房間之前，弓兵忽然問起騎兵：

「你打算負責到最後嗎？」

被這樣問到的騎兵，看了看躺在床上的人工生命體，並想起剛剛扛著他時那股令人絕望的輕盈。一邊顫抖著抱住頭的雙臂跟枯枝一樣細，連站立、行走這麼基本的動作都歪歪倒倒的天生脆弱身軀。

就算順利逃出這座城堡，能不能好好活下去都是個問題。所謂負責任，是指對他的人生負責。但很遺憾，騎兵沒辦法陪他度過三年時光；就算想，聖杯大戰應該也不會維持那麼久。好了，要幫助他到什麼程度——才算符合自己「想幫助他」的願望呢？

騎兵不知道，但他早已決定不知道的時候，就隨著心裡想的去做。保護人工生命體，順應他的想法、幫助他。

「我會幫助他到我能接受的程度，不會拋下他不管。」

弓兵離去後，騎兵將手按在人工生命體的額頭上嘀咕：

「起來喔，你早就醒了對吧？」

聽到這句話，睜開眼睛的人工生命體搖搖晃晃抬起上半身，以充滿不安的眼眸看著騎兵。騎兵覺得他這個樣子，就跟無處可逃的小動物一樣。

「嗨。」

騎兵總之先打招呼，但只收到沉默作為回應。

「呃……是說。」

「——」

「嗯，該怎麼說明呢……唔——」

「——」

騎兵歪了歪頭，這種時候該怎麼解釋才能讓對方知道自己是伙伴呢？猶豫了一會兒之後，騎兵用雙手圈住人工生命體的脖子，把他的頭拉到自己胸前，對他說：

「這樣能理解嗎？這裡沒人會傷害你。我之所以在這裡，是為了實現你的願望。」

「……？」

不懂，人工生命體無法理解騎兵在說什麼。並不是聽不懂他說的話，是不懂他在想什麼。

「說說你的願望吧。」

騎兵在耳邊呢喃，人工生命體開始思考。願望、願望、願望——自己真的有權利把心願化成言語說出嗎？

自己是那麼無力，而且一無所有；沒有過往累積的歷史，不過是個供應魔力的裝置——而且現在還放棄了這個使命。

但這樣的他，仍懷有一樣不符身價的欲望。那對他來說是一項過於宏大的願望、夢想，也不指望有人幫他實現。不過，他認為只是說說，應該不要緊吧。

開口，驅動到目前為止幾乎用不上的發聲器官。那雖然是一個帶來痛楚的動作，但他還是勉強說出了「願望（話語）」。

「救、我。」

騎兵聽到他的願望後輕佻地回答：

「好啊，我會救你。」

回應的速度快到不容片刻，甚至讓人懷疑他到底有沒有思考過。覺得不敢置信的人工生命體看著騎兵的臉，騎兵則露出純真的笑容。

「你不是說了『救我』嗎？而我聽到了。我好歹是個英靈，所以我無論如何都想幫助你。」

你願意，幫助我嗎？我可以實現願望嗎？可以相信你嗎——不，不是這樣，是我想相信你。人工生命體如此祈願。

對這個人工生命體來說，第一個相遇的對象是「黑」騎兵——天衣無縫的勇士阿斯托爾弗這點，究竟是多麼幸運的一件事呢？

騎兵自信滿滿地說：

「好啦好啦，我們先一起想想如果要幫助你，那麼該做些什麼吧。啊，對了，就算你再傻也不可以全權交給我處理喔，畢竟在思慮不周的這點上，可是沒人能跟我『黑』

騎兵阿斯托爾弗相提並論啊！」

人工生命體睜圓眼睛，接受了騎兵所說的話。他那讓人懷疑他很愚蠢的純真態度，令人工生命體滿心感動。

——這一天，命運開始轉動了。

§§§

鐘塔為了誅殺千界樹一族而選出的七位魔術師——其中一位，由聖堂教會派遣過來的監督官四郎神父，面對五位主人恭敬地跪著。

這裡簡直像國王的謁見廳，四郎與主人之間隔著一段距離；而且不只如此，五人面前拉下了一道薄薄的布簾阻擋視線，四郎只能看到模糊的影子。

「……快報告。」

四郎滔滔不絕地告知在薄布簾另一邊的主人們：

「——戰況完全是我方居於優勢，敵軍的七位使役者中已有五位被打敗，但我方的七位仍然健在；逃跑的主人也已抓到，希望尋求指示。」

過了一會兒，一道悶悶的笑聲響起。

「當然殺，殺，殺了算了。我們收下頭，身體拿去餵野狗，扔掉會腐爛的內臟，我們只需要頭就可以領取獎金。」

「……明白了。話說各位，是否考慮過我之前的提議呢？」

布簾另一頭忽然安靜下來。跟前一次立刻被高聲拒絕相比，這次對方似乎願意考慮看看。

「我們信任你，但沒必要那樣做。我們是主人，必須好好操控他們使役者。」

「不用擔心，我會負起這項責任。」

「……所以就是不需要嗎？」

四郎沒有忽略這個問題裡頭帶著之前未曾有的情緒。軟弱，或者說厭戰，把責任推給別人的安心感——

「這是當然。」

四郎強而有力的話語，使布簾另一端竊竊私語了起來。四郎依然跪著，等待他們討論完。

「……不了，那種做法還是太危險。為了安全起見，保持分散應該會比較好。」

「明白了。」

他們是說為了安全起見，但說起來那個並不是可以交給別人的東西；然而沒有理由就無法拒絕這項提議。他們之間的常識已經崩離得差不多了，四郎認為應該再找機會推一把就成。

「那麼，我先告辭，各位請慢聊吧。」

四郎行了一禮後離去，被布簾遮住的這些人開始閒聊起來。熟練的魔術師也深知沒有一般人的這一面，就無法融入人類社會中。他們聊著無關緊要的動物和失敗話題一類，確實很享受著和平。

「——沒成功，看樣子必須再讓狀況更有變化一些。」

見四郎聳聳肩，處之泰然地這麼說，「紅」刺客忍著笑回應：

「吾就說吧，打賭是吾贏了。」

「沒辦法，只能把那瓶葡萄酒給妳了。但是，妳聽好嘍，那是第八祕蹟會的前輩給我的東西，只是很有歷史，並非蘊含了什麼特殊魔力。」

「吾很清楚酒這種東西能有多少程度的神祕，吾只是想要享受一下富貴。」

「……原來如此。」

四郎忽然看著刺客，理解般點點頭。

「你是在『原來如此』什麼？」

「不，我聽說聖杯戰爭的使役者中，有些討厭靈體化，並且會積極地睡覺、進食。而這些使役者，多半是王族英靈。」

「——喔。嗯，的確是這樣。王基本上比任何人都優秀，並且想要的比任何人都多，這就是王者的宿命。」

「嗯，但也有些王崇尚儉樸吧？」

「那是因為那些人獲得了權力這種比任何事物都必要的東西，所以才有餘力玩這類小把戲。王者基本上都是暴虐，應該說不能不暴虐。」

說到這裡，刺客突然閉上了嘴，但四郎的表情沒有變化。她的邏輯非常完美、完善，沒有發表異議的餘地。

「不，抱歉，說這些給你聽也不是辦法。」

「不不，我很習慣執政者的思維模式……呵呵。」

四郎一副覺得很有意思的樣子咯咯笑了。

「怎麼了？」

「嗯，愈想愈覺得現狀令人愉快。如果立場相反，講這些確實太早；我是使役者，妳則是主人的話，這就是當然的道理。然而，實際上相反……聖杯戰爭的使役者系統，有時就是會製造出這種絕妙的狀況。」

「——嗯，的確如此。雖然吾習慣被他人服侍，卻不習慣服侍他人。現在開始也不算遲，要不要交換？」

四郎搖搖頭回應。

「我可是敬謝不敏，畢竟妳是相當凶殘的暴君啊。」

這句話令刺客顏色不深的眼眸閃爍淘氣光芒，低聲說道：

「世上最古老的毒殺高手可不是叫假的喔，你真的有辦法控制吾塞彌拉彌斯嗎？」

——這是四郎召喚刺客的時候，她說出的第一句話。

四郎微笑，再次說出他的答案。

「亞述的女王啊，我在由十四位使役者進行的這場聖杯大戰之中，所追求的不是勝敗，而是其他目標。妳願意協助我嗎？」

刺客聽他這麼說，呵呵大笑。

「沒錯，就是這個！吾當時心想你在鬼扯什麼呢。老實說，當下吾也想過快點找到另一個傀儡（主人），並且交換過去啊。」

「現在妳覺得呢？」

「到現在你還要問這個？主人，你很『有趣』。你的願望就是吾的願望，因此吾不會猶豫是否要協助你。」

一隻灰色的鴿子橫過正打算道謝的四郎面前。她雖然是刺客，但同時也是術士。

「雙重召喚（Double Summon）」——是一種能同時保有刺客與術士兩種職階，非常稀有的技能。

因此，「紅」刺客擁有術士才可操使的使魔。

按照傳說——她才出生沒多久就被母親拋棄，是由鴿子們養大。即使長大成人，鴿子依然是她的朋友。

她的真名為塞彌拉彌斯，是世上最古老的毒殺者。被她下毒殺害的，是她的丈夫尼諾斯王，把她從第一任丈夫翁涅斯身邊搶過來的人。在那之後過了幾十年，她以亞述女王的身分君臨天下。

「有通知來了，看樣子吾等的狂戰士快要抵達托利法斯，弓兵和騎兵也都已經準備好作為第二波跟上。」

「——哦，騎兵也去了？」

四郎和刺客都知道弓兵追蹤上去，但看樣子連騎兵也加入戰局。

「似乎是跟著弓兵去了……反正那個騎兵八成想順便把把同鄉的弓兵吧。」

刺客的聲音帶著幾分險惡。四郎也多少感覺到，那個看起來一點都不像王，豪放磊落的騎兵跟以亞述女王身分君臨天下的刺客，彼此之間其實相當合不來。如果今天不是打「聖杯大戰」而是「聖杯戰爭」，他倆一定會一開始就起衝突。

又一隻鴿子降落下來，刺客接收完鴿子的聯絡後露出淡淡笑容，看了看四郎。

「——四郎，看樣子你最警戒的對象也抵達了。」

聽到刺客這麼說，四郎原本那像是眺望遠方的悠然自得的眼神，突然浮現明顯的敵意。

那敵意並非出自憎恨，而是因為對方乃這世界上唯一一位四郎無論如何都必須擊潰的存在。

「裁決者——是吧。」

「嗯，已經確認那傢伙潛入羅馬尼亞了。」

鴿子形成的情報網廣布羅馬尼亞，裁決者已現界，並且潛入這決戰國度(羅馬尼亞)時，身為「紅」刺客尖兵的鴿子們，就會嗅出使役者無法徹底掩蓋的魔力奔流。

「該怎麼辦？」

「——殺掉吧，最壞就算只能拖延時間也好。」

「那就是槍兵了。如果騎兵也在，是想讓這兩人搭檔。」

「紅」的七位使役者中，除了單獨採取行動的劍兵以外還有六位，其中槍兵和騎兵與其他相比就是所謂破格的英靈。特別是騎兵在這羅馬尼亞的知名度，也不會比弗拉德三世差到哪裡，他正是世界級的英靈。

「我不認為騎兵會接受這項任務。即使是主人的命令，但他是那種『不要就是不要』，實際上很有英雄風範的男人呢。」

騎兵不是像狂戰士那樣的反叛英雄，但也壓根不是服侍王的騎士。只要他不滿，即使是王的命令他也公然無視；而他再度拿起武器，則是為了替被殺死的朋友報仇。

四郎認為這樣個性的人，不可能接受要跟槍兵聯手撲殺一個裁決者的命令。

「但若是主人的命令，槍兵不會反駁什麼，僅只遵從罷了。」

另一方面，要用一句話比喻槍兵，那就是「武人」。只要是主人下達的命令，他壓根不會有想要違背的念頭。

「──嗯，那麼就下令給槍兵吧。」

四郎透過槍兵的主人對使役者下令。

「通告『紅』槍兵，遵從『紅』刺客的引導，前往抹殺裁決者。又，可依自身判斷啟用寶具。」

沒過多久，就收到槍兵「了解」的簡短回應。

就這樣，探查到她已踏入羅馬尼亞的「黑」與「紅」兩陣營，都立刻採取了行動。

「黑」為了確保自己的優勢，「紅」則將裁決者視為最大的敵人。

第三章

第三章

「聖女心中只有善良、謙虛、誠實、質樸，以及信仰。只有這些。」

——某神學者的話

盧昂　老集市廣場

……叫罵如同遙遠國度的歌聲，並不會令人太介意。如果要說不痛，其實是騙人的，但並不是無法忍受的程度。

心裡不覺得害怕，而壯志未酬或悔恨這類情緒，則早在決定投入戰鬥時便已拋棄，再也沒有找回來過。

因為不喜歡被拖拽，所以直直地向前走。下意識摸了摸胸口，但原本在那裡的十字架已經被沒收；沒了寄託心靈的東西，讓人有點難過。正當這麼想著的時候，一位英國人奔過來，恭敬地遞出看起來應該是臨時刻出來的木製十字架。小聲地道謝之後，對方淚流滿面地跪了下去。雖然很多人叫罵，但也有人為了自己而哭泣。

如果叫罵是遙遠國度的歌曲，那悲傷就像母親的搖籃曲。

雙手被反綁在背後一根很長的木棍上，綑綁的人可能認為絕對不可以被掙脫，因此綁得非常牢固。但她心想，都到了這步田地，也沒必要逃跑。

主教朗讀完最終判決內容，火把就被丟了過來，在腳邊開始延燒。對於認為肉體消失最是恐怖的人來說，這應該是最嚴重的刑罰方式吧。

火焰漸漸灼燒皮膚、烤焦血肉、焚化骨頭，不斷反覆唱頌著神與聖母之名。

——妳的祈禱是虛偽的。

幾度如此遭到彈劾、咒罵，她只覺得這非常不可思議。因為，祈禱沒有真假之分，祈禱只是祈禱，不會因為祈禱的對象不同而改變本質。

雖然很想這樣說，但喉嚨發不出聲音。眼前突然閃過以往的情景，純樸的村莊、平凡的家族，以及拋下這一切離開的愚蠢自己。

愚蠢嗎？嗯……或許很愚蠢吧，因為「打從一開始就知道會有這樣的結果」，自己比周遭的任何人都更理解這個下場。

——要是假裝沒看見，就可以不必迎來這樣的結局。

沒錯，如果摀上耳朵不去聽那個聲音，拋下應該會喪命的士兵們嘆息之聲，過著理所當然的日子，應會理所當然地結婚，並與丈夫、孩子一起度過餘生吧。她也知道，自己其實有這樣的未來選項。

但是她捨棄這個未來，奔向了另一個。

她選擇了手中握劍、身披盔甲、掌握旗幟、坐於馬身，在最前線奮戰。

——妳應該知道會有這個結果吧？

知道，當然知道。她知道只要持續戰鬥，這天終究會到來。所以，就算有人叫罵自己愚蠢也沒辦法，但是她絕對不允許自己嘲笑自己愚蠢。

「但還是有因此得救的性命，所以這條路絕對不是錯。」

不論過去的情景、不可能發生的未來，或者殘酷的現實，在她的祈禱之前，都毫無作為地散失而去。

專注祈禱、奉獻，如果每個人都要咒罵自己做錯了，至少自己不可以背叛自己。

不眷戀另一條路，也不渴望將來，只想靜靜地睡去。

儘管自己身在殘虐且悲慘的光景之中——直到最後，少女心中仍然不抱一絲悔恨，只是清廉地祈禱著。

——主啊，我將獻身予祢——

最後一句話。意識斷絕，從各種痛苦中解放。

少女的夢到此結束，現實探出頭來，然而還沒結束。少女的夢的確結束了，但聖女的夢現在才開始。

——開始搜尋。

——搜尋完畢。

——一項符合。

——體格適合。

——靈格適合。

——血統適合。

——人格適合。

——魔力適合。

——開始執行因附身而暫時封印人格，與植入（Install）英靈靈格。

——獲得原本人格同意。

——開始將素體保存（備份）至其他領域。

——完成植入靈格，開始配對體格與靈格。

——賦予職階技能。

——開始植入所有英靈的情報與現代必要知識。

——保存至其他領域完畢。

——職階技能賦予完畢。技能「聖人」……選擇製作聖骸布。

——植入必要情報完畢。

——配對作業完畢。

——所有工程完畢。

——使役者職階，裁決者，現界完畢。

睜開眼，這並非尋常召喚手段。過去從未發生過與現世連結如此薄弱的召喚，或許原因出在這次的聖杯戰爭……叫作聖杯大戰的這場戰役太反常了吧？

現界本身勉強完成，規格也沒有太大問題，但這副軀體毫無疑問是個「法國人少女」，再進一步說，她其實也記得這位法國人少女大部分的記憶。與其說是一副肉體裡面有兩個人格，也就是所謂的雙重人格，還更像是兩個人格已經合而為一了。或許因為這個少女充滿感性，且信仰深厚，所以完全接納了寄宿於自己體內的聖女。

「……蕾蒂希雅，容我暫時借用妳的身體了。」

少女如此稱呼身體的主人。

然後找出第一件該做的事，就是跟朋友打聲招呼。少女下床，搖醒在旁邊床上睡著的朋友。有點起床氣的朋友聽到少女的呢喃之後總算揉了揉惺忪睡眼，醒了一半。

「嗯…………什麼？」

儘管少女聽到那愛睏的聲音，心裡覺得吵醒她很過意不去，但還是明確地告知：

「從今天起，我要離開一段時間。」

朋友應該還無法理解這句話的嚴重性吧，只是隨口「好啦好啦」地應聲完就要滾回被窩裡面——過了幾秒，才整個掀開被子彈起來。

「妳胡說什麼啦！」

「不好意思，我知道很突然，但我沒時間了。」

「不是啊，什麼叫作沒時間，太突然了吧！為什麼妳可以在『晚安，明天見』之後立刻說這種話啦！」

面對困惑的朋友，少女表示「這是一趟長途旅行」、「無論如何都得去」以及「不用擔心」。朋友張口結舌地聽她說，呆了一會兒，之後才理解地點點頭。

「我知道了……如果無論如何都得去，那也沒辦法。」

「嗯，我會跟老師說明。」

「好……那，晚安。」

「嗯，晚安。」

少女沒有以魔術對朋友下暗示，但身為使役者裁決者的她，擁有讓第三者相信自己所言的能力。

告知教師與同學自己要出外旅行，並讓他們理解是一趟非去不可的旅途。雖然這種做法有些蠻幹，但少女也知道這是無可奈何，只能嘆口氣掃掉心中雜念。

幸運的是，這副身體的少女原本就是住在學校宿舍，跟雙親離得很遠。因此就算進行最多一個月的旅程，也應該不至於被發現。

將必要的換洗衣物、護照、教科書裝進包包裡，少女離開了宿舍。這個出借身體的宿主——蕾蒂希雅還是個學生。原本出身農村的少女，其實沒有機會學習讀寫，所以在聖杯強行植入的情況下，獲得現代語言的相關知識，老實說真是一種很奇妙的感覺。

「——話說回來，反常也該有個限度吧。」

本來裁決者應該不需要借用他人的身體，而會像一般的使役者一樣被召喚，在即將成為戰場的都市現界才對。

儘管如此，這次卻以附身在他人肉體上的形式被召喚，而且召喚出來的地點竟然是自己的祖國——現在還保留過去影子的法國。

說起來，裁決者通常會以第八位使役者的形式被召喚出來，但這次她是第十五位使役者。在過去執行的各種各樣聖杯戰爭中，應該屬這次的規模最大了。

不知道是因為這次是有史以來最大規模的聖杯戰爭才出現意外狀況，還是有其他理由。

少女下定決心，不管怎樣，既然都以裁決者身分被召喚出來，只能排除萬難執行任務了。

少女的真名是貞德·達魯克，身為使役者的職階是「裁決者」。沒有主人存在，是聖杯戰爭的絕對管理者。

裁決者就這樣一路搭深夜巴士抵達機場，並從那裡飛往羅馬尼亞的布加勒斯特。如果她能夠靈體化，長途跋涉的問題就會更好解決，但似乎做不到。無可奈何之下，只能自費（嚴格來說，是花蕾蒂希雅的錢）購買機票。光是想到之後是不是該跟聖堂教會或魔術協會請款，就讓她感到有點鬱悶。

她在飛機裡面整理了一下獲得的知識，目前已經理解作為戰場的地點，是羅馬尼亞的小都市托利法斯。那片土地的管理者（Second Owner），正是主辦此次聖杯大戰的千界樹一族。與之對立的，是被宣告叛離的鐘塔魔術師們。當下的問題在於不是七位使役者互相爭奪，而是即將以七位使役者對七位使役者這種異常規模開打的戰事。

光是兩個使役者對打造成的餘波，都可能造成周圍建築慘遭蹂躪的結果；一旦規模變成七對七——兩方陣營全面抗爭，光想像究竟會造成多嚴重的破壞都令人無比憂鬱。

或許自己以裁決者身分召喚出來就是基於這個理由吧？因為規模太大，大聖杯擔心中途發生什麼意外而召喚了自己……？不確定，現在應該還不到歸納的時候。

總之先去羅馬尼亞的托利法斯，其他等到了之後再說。

算上轉機、等轉機等等的時間，少女抵達羅馬尼亞首都——布加勒斯特的亨利・科安德國際機場時，前後花了一天半以上的時間。抵達的時間是下午，天氣很遺憾地是陰天，被一大片黑灰色的厚重雲層覆蓋的天空，真的很符合「泫然欲泣」這種形容吧。儘管已經獲得相關知識，但以最新建築技術建造的機場，看在少女眼中仍是非常新奇。

或許是因為一直坐著，覺得腰部有些痠痛。漫長的空中旅程大概有一半時間拿來思考此次聖杯戰爭，另一半則用在祈禱這段旅途平安無事。多虧身為使役者獲得的知識，讓她知道飛機是一種什麼樣的交通工具，但知道相關知識，與實際搭乘又是兩回事。老實說，雖然在知識層面上能夠理解那麼大的鐵塊為何能在空中飛行，但情感層面上真心不想理解。

……還好沒有墜機。

手中提著包包，踏著輕快腳步的少女，對群聚在機場的扒手們來說，應該是絕佳的獵物。但不知為何，扒手們都沒有找她下手的念頭，他們沒有無賴到會用骯髒的腳踏進清澈水塘。

托利法斯在布加勒斯特的東北方，必須找交通工具搭了過去。看是搭巴士，或者搭便車——

「……唔。」

踏出機場的一瞬間，好幾道視線貫穿裁決者。

但在她可以搜索敵人的極限領域，也就是以自己為中心半徑十公里的範圍之內，感受不到使役者的氣息。

儘管裁決者的搜索能力強大到連刺客的「斷絕氣息」都無法生效，但依然抓不出什麼，只有感覺到視線的話——

「……千里眼魔術，不然就是使魔了吧。」

可以看到遠方的魔術大體來說有兩種方法。一種是使用千里眼魔術，透過水晶球或鏡子一類的東西觀察遠處的方法。只要有某些媒介，就可以在安全的工坊內監視外界，所以大多數魔術師都有學習這種魔術。

另一方面，使魔則是在小動物或自身肉體上動點小手腳，藉此創造仿製生命體的魔術。跟主人之間連接了因果線（Line），可彼此共享五感，這也是普通魔術師都會修習的初級魔術。

裁決者張望了一下灰色天空，發現無數鴿子正目視著這邊。看來，那些鴿子應該就是使魔……但不知為何，這些鴿子的眼中卻看不出知性的光輝。一般來說，魔術師會將自身的頭髮或血液分給使魔，因此即使使魔無法說話，還是應該能夠感覺出某種程度的知性。

儘管如此，這些鴿子的眼神就只是單純的鴿子，但牠們很明確地在觀察自己。難道是給鴿子下了暗示並加以操控嗎……為什麼要用這麼兜圈子的方法？

裁決者狠狠地往遠見魔術看過來的方向以及鴿子們瞪了過去，雖然這一瞪沒有灌注任何魔力，但視線應該已經將自己的意圖傳遞出去。

被遠見魔術觀察的感覺消失，鴿群也一口氣鳥獸散。

確認結果之後，裁決者吁了一口氣。

……基本上，裁決者不會參與聖杯戰爭。但因為處在必須審判違反規則的使役者或主人立場上，自然必須有一定程度的戰鬥能力。

很少有人會經歷過兩次，甚至三次聖杯戰爭。就算有，基本上也沒有人經歷過裁決者顯現的聖杯戰爭吧，所以對方應該是想掌握裁決者的實力。

「這麼一來，下判斷就變得更不容易了呢……」

這次聖杯大戰對裁決者來說，有一個部分非常有利。十四位使役者分別以七對七的方式歸屬兩個不同陣營「黑(Noir)」和「紅(Rouge)」，這就代表至少可以避免十四位使役者零散地分頭行動。

光是想像十四個使役者隨性地大鬧，就覺得根本是惡夢一場，一個不小心甚至可能徹底毀滅整座都市。

「總之得想辦法前往托利法斯……」

她嘀咕著尋找開往托利法斯的巴士，但這裡似乎沒有車直達托利法斯。唯一的方法就是先前往中繼地點錫吉什瓦拉，接著再往托利法斯去。

但是下一班開往錫吉什瓦拉的公車要明天才來，裁決者在無可奈何之下，只能到處詢問有沒有車要去托利法斯，有的話願不願意順路載自己一程。

結果，一個頭戴獵鳥帽、臉上掛著眼鏡的削瘦老人回應了她：

「我確實打算去托利法斯一趟。」

「這樣的話──」

「但那裡跟錫吉什瓦拉不一樣，不是什麼觀光勝地，除了有一座很大的城堡之外什麼都沒有，而且那座城堡還是私有土地禁止進入。我是覺得弗拉德三世的老家錫吉什瓦拉還比較有學習歷史的價值啦……」

「不，因為我有親戚在托利法斯等我，能不能麻煩你？」

「如果是這樣那我就懂了，不過前座我要放置易碎物品，只能讓妳坐在後面的貨台上，可以嗎？」

「你願意讓我搭車就夠了，坐貨台也不要緊，謝謝你。」

「記得向神禱告不要下雨喔。」

老人讓她上了後方貨台後笑著說。

「好的，我知道了，我會祈禱。」

裁決者認真地點點頭回應。的確，會不會下雨只能祈求上天保佑了。

不斷響起像是踢飛空鐵罐的「喀啷」一聲，貨車總算穩定下來開始前進。裁決者一邊感受車輛帶來的震動，一邊望著流逝而去的布加勒斯特的風景。

車子「叩」地大大晃了一下，排氣管開始排出黑煙。

「……果然還是跟馬不太一樣呢。」

雖然同樣是交通工具，但馬那種生物性晃動跟汽車這種機械帶來的高頻率小幅震動還是不盡相同。或許因為速度和耐力較優，因此犧牲了舒適度。裁決者回想起過去跟她一同馳騁沙場的白馬，那是一匹好馬……但在康白尼的那一戰失蹤了，想來不是被殺，就是被騎走了吧。

車速漸漸加快，放在貨台上的幾個木箱也「喀噠喀噠」地搖晃起來。速度意外地跟馬差不多，但應該只是現在搭乘的這輛卡車性能在平均以下吧。用馬來比喻的話，就是即將邁入高齡階段。

但畢竟車子跟馬不同，不會半途疲累喘不過氣，目前卡車正以悠哉的速度往托利法斯前進。

「爺爺，大概多久之後會到托利法斯？」

裁決者詢問駕駛座上的老人，他一邊哼著歌一邊回答：

「嗯——照這樣開應該十二個小時左右吧。」

「需要這麼久嗎？」

「沒辦法，因為途中會休息。」

「……原來如此，如果是這樣的確沒辦法。」

裁決者儘管有點意志消沉，突然想到一件事，從包包中取出教科書。

「像我這樣的農家子弟也可以接受教育……這個世道很好。」

聖杯雖然有植入在現代生活所需的必要知識，卻沒有告知教科書的所有內容。裁決者附身的少女教育程度，同時等於她擁有的知識極限。

「……完全看不懂。」

雖然有預感會惡戰苦鬥好一陣子，但裁決者還是認真面對起數學教科書。

§§§

外西凡尼亞高速公路

外西凡尼亞高速公路是通往托利法斯的唯一國道，不僅電車網路沒有鋪設到這一帶，連前往高速公路終點托利法斯的車輛都寥寥可數。一字排開的路燈有一半以上故障，加上沒有任何駕駛提出抗議，因此政府也決定節約預算而放置不管。

只有淡淡的月光根本無法照亮道路和路標，只能仰賴柏油路面的感覺，來確認是否開在正確的道路上。

——按照「鴿子」傳回的通知，裁決者不知為何沒有靈體化，似乎利用了搭便車的手段前往托利法斯。

因此無須追蹤，只要在這條路上埋伏，裁決者搭的便車遲早會通過這裡。實體化的「紅」槍兵為了執行任務，一直等在這外西凡尼亞的高速公路上。

槍兵從不去思考接收到的命令好壞，也刻意不思考這些命令將令事態怎樣變化。對他來說最重要的，就是遵從召喚出自己的主人命令。

儘管如此，他還是對這項命令抱持了些許疑問。因為目標不是敵方主人，不是敵方使役者，甚至不是為了補充魔力而去大量殺害無辜人士。主人的命令只是要他去誅殺第十五位使役者——應該是負責審判這場戰爭的裁決者，實在令他不得不歪頭費解。

說起來，裁決者不會支持任何一方。他們只會叮嚀違反規定者，並給予懲罰，是為了避免聖杯戰爭本身無法成立而存在的使役者。

或許想藉由排除裁決者，來避免因為違反規定而受到懲罰吧……就算是這樣，採用的方法也太無腦了。但除此之外，又很難找到必須排除裁決者的理由。

儘管如此，命令就是命令。「紅」槍兵不會反駁，應該說，他不會有想反駁的念頭。

如果主人叫他殺——那麼他該做的，就是執行一個都不留的全面殺戮。

一隻鴿子停在槍兵肩膀上，抽出鴿子嘴喞的紙條後，鴿子就迅速飛走了。這鴿子應該是那刺客的使魔吧。在「紅」陣營裡面，若要說術士是個特異使役者，那麼刺客也不遑多讓。那位亞述的女王，儘管以刺客職階現世，卻保有能以術士身分活動的極為稀有技能「雙重召喚」。利用這點，就可以讓刺客補足術士沒能以術士身分活躍的部分。

「……嗯。」

寫在紙條上的內容非常簡潔——車款以及牌照號碼。雖然只有這樣，卻足以充分鎖定目標。

槍兵坐在高速公路巨大路標上，腳往外伸，只是等著裁決者過來。實際上，槍兵幾乎沒有任何裁決者到底是怎樣的使役者的相關知識，大聖杯應該嚴密地封鎖了與裁決者相關的一切情報吧。

裁決者由大聖杯召喚，負責管轄聖杯戰爭系統。基於他們會針對連累外部人士的對象給予懲處這點來看，立場有些類似聖杯戰爭的監督官。但他們擁有的力量，不是人類監督官可以相比的程度。

重點在裁決者擁有特權，是可單獨管轄「聖杯戰爭」的使役者，想必非常難以殺害。不過，這也代表很有價值一戰。

「紅」槍兵發現遠處閃現汽車頭燈的微弱燈光。

經過中途三小時短暫睡眠，裁決者搭乘的卡車總算準備要進入托利法斯的時候，她察覺到幾公里外有使役者的氣息。

心中警報瞬間響起，危險、危險！那個使役者非常危險！

「──請把車子靠邊！」

裁決者對老司機這麼說，強行停下了卡車。

「到底怎麼……」

「請你等到早上再開車，接下來我會走過去，你不用介意。」

強行說服繃起臉的老人並道別之後，她就抓起包包全力往前狂奔。或許對方張設了趕人的結界，往前幾公里之後別說車了，甚至連動物的氣息都感覺不到。

放下包包後，她立刻把身上的衣服換成戰鬥裝束，以魔力編織而成的鎧甲包住她。看樣子，狀況比她想像的更緊迫，因為對方明確地對被召喚出來的裁決者投射戰意。

「──來者是裁決者吧。」

聲音從頭上傳來，抬頭往上看的裁決者眼中，看到一個單膝跪在高速公路大型路標上等待的青年。

放任亂長的頭髮為通透的白色，眼光則像磨利的銳劍般犀利，嵌在坦露胸膛上的紅寶石與之呼應，醞釀出妖豔氣息。但更顯眼的，是覆蓋對方全身──應該說彷彿與肉體

「融合」、散發神聖光輝的黃金鎧甲吧。

儘管每一個部分都無比美麗，但統合這一切的青年卻給人一種超越美麗的強烈印象，是個難以言喻的奇妙青年。

裁決者毫不大意地看著他。

「……你是『紅』槍兵吧。」

「喔，我還沒拿出武器，就被看穿了啊。」

青年——「紅」槍兵饒富興味地點點頭。

「嗯，我知道，連你的真名也知道——英靈迦爾納。」

「……」

裁決者說出的名字足以讓「紅」槍兵站起來。

英靈迦爾納——古印度敘事詩《摩訶婆羅多》中記載的不死英雄。由太陽神蘇利耶和人類女性貢蒂所產下，父親贈與他黃金鎧甲作為父子之間的證明，正所謂天生的大英雄。

「原來如此，妳確實是裁決者。能夠看穿沒有拿出槍的我真名為何，就是最好的證據了。」

「是的。所以『紅』槍兵，你為何在此？」

「——特地說出已經明白的事，實在不算聰明。妳最好把我在這裡本身當成明確的宣戰布告。」

雖然早就確定了，但聽到對方通告還是讓裁決者相當失落。

「愚蠢的是你和你的主人，現在在這裡收拾我究竟有什麼意義呢？」

「不知道。」

這是既簡潔又拒絕溝通的回覆，「紅」槍兵接著說：

「主人命令我在這裡收拾妳，我只需依循契約照做。」

瞬間——蒼白光芒看起來像貫穿了槍兵右手，但那只是原本應該在他手邊的東西現界罷了。

那裡出現一把巨大長槍，長度超過高挑青年身高的長槍，不僅大到讓人無法想像這是人類操使的兵器，外型也精巧到簡直是一種藝術。除了說不愧是神賜與的武器之外，找不到其他更適合的形容了。

「槍兵……！」

「裁決者，我要出招了。抱歉，考量到妳有特權，所以我不可能放水，讓我用一招分出勝負，算是給妳送行吧。」

這句話和瞬間膨脹的魔力讓裁決者瞠目結舌，他完全沒有要交手的意思，打算直接解放寶具的真名。不行，這麼一來，在裁決者行使「特權」之前，他的寶具就會先行發動——！

「唔……！」

當下定決心的裁決者召喚出武器「旗幟」時——她察覺到第二位使役者的氣息。

「『劍兵』，動手！」

一道粗獷的男人聲音響起的同時，支撐路標的鐵柱一刀兩斷。「紅」槍兵落腳的位置瞬間崩解，當然槍兵不會因為這點程度手忙腳亂，只見他以極端冷靜的態度一躍，踏在柏油路上。

「你是——」

「紅」槍兵以彷彿帶了寒氣的冰冷聲音低聲說道，並與到來的劍兵對峙。一位肥胖的男人在劍兵身邊面露恐懼與憎恨，並瞪著「紅」槍兵。看樣子他是主人。

「『黑』劍兵嗎？看你那身莊嚴又強烈的劍氣，總不會是狂戰士或刺客之流吧。」

與其對峙的劍兵無言地點頭。

「嗯，那麼你們的目標應該跟我相同，是裁決者吧。」

槍兵瞥了裁決者一眼。雖說目標相同，但對方的目的應該不是消滅，而是招攬。如果能招攬中立的裁決者加入，自身陣營毫無疑問會取得壓倒性的優勢。

主人以代言人的姿態上前，恭敬地對裁決者伸出手。

「裁決者啊，方才真是危急呢。」

被搭話的裁決者輕輕首肯。

「是『黑』劍兵與其主人吧？」

「沒錯，我名為戈爾德・穆席克・千界樹，在此次聖杯大戰為『黑』劍兵的主人。好了──」

戈爾德勾起嘴角，手指「紅」槍兵朗聲彈劾：

「『紅』槍兵啊！我們確實親眼看到你打算殺害裁決者了！竟然預謀殺害司掌聖杯戰爭的英靈，可謂徹底違反規則吧。這可不是給予懲罰就能了事的惡行，乖乖接受我劍兵……還有身為裁決者的她下達的裁決吧！」

這番話彈劾槍兵的同時，是一項共同作戰的提案。戈爾德也看出方才「紅」槍兵打算解放的寶具擁有不可小覷的力量，這邊應該要跟擁有強力無比的特權的裁決者共組戰線，一同打倒槍兵才是上策。

戈爾德相信方才槍兵的一擊明顯鎖定了裁決者……裁決者當然會理解這項提議。

但聽完戈爾德這麼說的裁決者只是以銳利眼光瞥了他一眼。

「『黑』劍兵和『紅』槍兵啊，若兩位要在這裡開戰，那麼我沒有意見。請放心，我不會出手介入。」

「……咦？」

裁決者以冷淡的表情對吃驚的戈爾德宣告：

「『紅』槍兵想要我的命，跟『黑』劍兵和『紅』槍兵要開戰，是兩件完全不同的事情。我身為裁決者，有義務遵守這場戰爭的規矩。」

戈爾德低吟出不成話語的聲音，他搞不懂這個裁決者的價值觀。明明有人想要自己的性命，但她的意思是要等兩個人打完？

「嗯，你盤算著要兩人聯手撂倒我嗎？你所追求的只有勝利嗎？雖然膚淺，但這也是一種戰法，我無所謂。」

「紅」槍兵維持著徹底的平靜，昂然宣告自己不在乎一打二。這句話背後的意義，代表他有堅信自己不會輸的絕對自信。不是妄自尊大、不是傲慢，只是很平常地——宣告對他來說的「真實」。

「你……」

戈爾德說不出話，一部分是因為被汙衊了膚淺而吃驚，另一部分則是驚訝於槍兵儘管與戈爾德本人甚是自豪的使役者劍兵對峙，卻還能遊刃有餘地說出那種話。

驚訝立刻轉化為憎恨，戈爾德帶著傲慢的怒氣大吼：

「劍兵！殺了他！打趴那個『紅』槍兵！」

始終不發一語的「黑」劍兵聽到主人這麼說，輕輕點頭——接著以符合勇者的態勢，紮實地向前踏出一步。

「——這樣啊。『黑』劍兵，看來是要跟你捉對廝殺了。」

「紅」槍兵這麼嘀咕的瞬間，看到劍士露出微笑。那微笑只有一瞬間，幅度微小到甚至不會被任何人察覺。英靈齊格菲在那時候，確實鬆口笑了。

槍兵忽地覺得那對眼眸令他懷念，他對明明誕生時代、祖國都不同的「黑」劍兵有什麼特殊想法嗎？

「我遇過一個跟你眼神相似的男人。」

不知為何說出這無關緊要的話。「黑」劍兵歪了歪頭，像是催促槍兵說下去。

「那男人毫無疑問是個英雄……如果你要用那樣的眼神看我，那麼你與我交手就不是偶然，而是必然。」

槍兵的鬥志如蒼藍火焰熊熊燃起，保持一貫沉默的「黑」劍兵也默默催起劍氣。空氣中混入些許燒焦氣味，那究竟是起因於兩者的武器，或者是使役者散發的強大鬥氣摩擦碰撞造成，則不得而知了。

總而言之，對槍兵來說，只有一點明瞭。

——噢，原來如此，原來你也期望與我一戰啊。

「紅」槍兵如此確信，並感到歡喜。那麼打一開始就不要有任何妨礙介入，讓我們戰到最後，廝殺到最後吧。

我們是英靈，彼此都既是持續戰鬥到死的求道者，也是大狂人。即使獲得第二次人生現世，這份信仰仍不改變！

沒有怒吼、沒有裂帛的氣勢，然而雙方鬥氣如同烈焰——染上周遭一切。

裁決者和「黑」劍兵的主人戈爾德都靜靜地退下。

就像炙熱的火焰傳達危險性，身為生物的直覺告訴他們：這裡離得太近了。

當裁決者和戈爾德退到夠遠的距離之後，兩位使役者便以此為契機開打。與此同時，也代表使役者與使役者互相殘殺的原始形式「聖杯大戰」正式展開。

——長槍劃破大氣咆哮。

——巨劍隨風怒吼。

兩者劇烈衝突，火花像散落的生命一樣迸發，兩股巨大的力量彼此抗衡。

論彼此之間的距離，當然是一寸長一寸強的槍兵有利，畢竟「紅」槍兵手中的槍，長度誇張到光是槍身就超過一公尺。

但攻擊範圍大，就表示攻擊速度緩慢。每突刺一回收槍，總是會有一些時間上的空檔出現。

當然，「紅」槍兵的槍術絕對不負他馳名天下的英雄迦爾納之名。

只不過是一介主人戈爾德，恐怕無法得知他在做什麼吧。

然而承受他毫無空檔、石牆般連續攻擊的——可是低地國的勇者，「屠龍者(Dragonslayer)」齊格菲。他的劍術早已超越人類領域，只見他抓準那些許空檔，紮實地一步步縮短間距。

但即使是優秀劍士，也不代表就能理所當然擋下所有槍擊，只靠優秀劍術絕對不可能完全承受已達神之境界的連槍。

儘管如此，「黑」劍兵還是泰然地縮短著距離。這樣的行為有勇無謀到就算裁決者應該知道與他相關的傳說，都不禁想出聲制止。

所謂不入虎穴，焉得虎子，要在死裡求生——用說的當然簡單，要實行卻是一件天大難事，大部分的人都會直接落入死亡泥沼中。

「黑」劍兵再次向前踏出紮實的一步。他以最小的動作駕馭巨劍，撥開長槍連擊。但只靠這樣仍然趕不上槍的速度，好幾下突刺直接命中他的要害，劃開他的動脈、刺入他的眉心——理應如此。

「……！」

這可謂異樣的光景逼得「紅」槍兵立刻退後，拉開距離，以冰冷的目光瞥了「黑」劍兵一眼。

「傷口很淺。」

其實不只一下，長槍前前後後總共刺中「黑」劍兵七十八次，每一下都分毫不差打在要害上——然而，劍兵卻不當一回事地擺著架勢。

他不是沒有受傷，但傷勢如此輕微這點很詭異。照理說，他就算手臂被戳爛、眼睛被挖空都不奇怪，至少「紅」槍兵是打算擊出如此威力而出招。

但是戈爾德的治療魔術讓「黑」劍兵的傷勢立刻復原，這就代表他的傷勢輕微到可以立刻復原。

不可能，除非他其實化解了全部攻擊。雖然難以置信，至少合理。但他承受了直擊卻只受到這點輕傷，這怎麼可能……！

這是一件明明不可能，卻實際發生了的事。既然如此，一定有理由，那個「黑」劍兵一定有什麼不會受重傷的理由。可能是「像我方陣營的騎兵那樣」受到諸神愛戴，或者是鍛鍊得好，再不然——

「——噢，原來如此，總算弄懂了。」

槍兵心中產生許久未曾有過的高昂情緒。噢，這個「黑」劍兵果然跟「他」很像。

……當然，「黑」劍兵同樣驚訝，他擁有的犯規級能力「惡龍血鎧（Armor of Fafnir）」……這項技能重現了沐浴龍血的英靈齊格菲傳說，可以讓B級以下的攻擊全數無效。

換句話說，按正常來看——沒有完全發動寶具，只是把槍當成一般兵器使用的這個狀態下，應該無法傷及劍兵分毫。

然而，槍兵前前後後擊出的七十八招，招招都給他帶來損傷。雖然只是輕傷，是可以被主人的魔術立刻治癒的程度，但光是這項事實就可以讓英雄齊格菲無比戰慄。

也就是說，「紅」槍兵的槍——擁有到達A級的物理攻擊能力。當然，齊格菲知道那把槍本身毫無疑問是相當優秀的好貨——可惜若只有這樣，無法擊出能貫穿龍身的攻擊，還要搭配強大的臂力與卓越的技術，才能擁有這樣的破壞力。

——太棒了。

「黑」劍兵表面上保持跟之前一樣的狀態，但他容許自己表露喜悅。就連活著的時候都沒機會跟這種程度的豪傑交手。當他打倒蹂躪村落的惡龍後，便因為擁有不死之軀而創造出無數傳說——但那種會消磨魂魄的跨越死線感覺也早就跟著消逝了。

因為各種攻擊都對他起不了作用，所以齊格菲只需要隨意屠殺敵人就好——那不是鬥爭，甚至讓他感覺是一種作業。

但這場戰鬥不是。

看，那是可以貫穿我龍血鎧的魔槍；看，那是達到神之領域的技術。對方究竟創造了多少傳說，跨越了多少苦難呢？

「黑」劍兵光是想到這裡，就覺得無比感慨；而眼前的槍兵也與他相同。

兩人保持沉默，彼此點點頭——再次沉浸於戰鬥中。

揮下的長槍再次對準「黑」劍兵。這裡充滿鬥氣、充滿戰意、充滿殺氣，也充滿了鋼鐵意志。

劍兵重新架好巨劍，槍兵以雙手握住長槍。

儘管夜色已深，但兩位稀世英雄帶著像沐浴在爽朗宜人的陽光中那樣清新爽快的態度——再次交劍。

「唔……」

戈爾德一邊咬牙切齒，一邊旁觀著「黑」劍兵和「紅」槍兵的死鬥。沒有空檔讓他使用魔術，說來對方的主人似乎不在場。

但最令他不滿的，是「黑」劍兵沒有壓倒對手。勇者齊格菲，那毫無疑問是最強的劍兵，B級以下的攻擊對他根本起不了作用的大英雄。

都派出這樣的劍兵，還是無法完全防堵「紅」槍兵的攻擊，這裡確實需要她幫忙。

「裁決者啊，我請求妳，至少憑藉妳的力量告訴我那傢伙的真名——」

「我拒絕。我身為中立使役者，洩漏這些情報屬於違反規則。」

裁決者冷淡地回覆，但戈爾德不肯放棄。

「可是！他打算殺害妳耶！要是『黑』劍兵在這裡被擊退，他有可能會再找上妳。這時候應該——」

「我剛剛也說過，『一碼歸一碼』。賭上我以裁決者被召喚出來的尊嚴，絕不能容許因為顧慮我個人的問題，而插手介入他們之間的戰鬥。」

「……！」

戈爾德焦躁不已。達尼克他們當然正透過術士的千里眼魔術和使魔，觀看著這邊的光景吧。

明明兩位使役者已經開打，卻沒有下達任何指示，也沒有以魔術支援——自己竟是愚蠢到只能眼巴巴被兩位異樣的壓迫感弄得渾身僵直。

別鬧了，這是聖杯大戰，不就是兩位使役者互鬥，雙方主人一決雌雄的終極魔術對決嗎？在哪？對方的主人在哪裡？為何不現身，怕了是嗎？別鬧了，我要打倒你，我要殺了你。

「『紅』的主人，給我滾出來！魔術協會的臭走狗，我戈爾德．穆席克．千界樹來當你的對手！你在觀戰吧？你應該在觀戰吧！」

……沒有回應，別說自己的使役者了，連「紅」槍兵跟裁決者都沒看他一眼。

這種被丟下的感覺，喚醒戈爾德已經許久沒有感受到的恥辱與慚愧。

——得做些什麼。

——得有力量做些什麼。

——沒錯，那種力量就在手邊。

戈爾德看了看右手背，那裡的確有著身為主人的證明，以龐大魔力刻畫出主人與使役者之間的連結……令咒。

沒錯，只要使用令咒，就可以輕易支配那位使役者。不可以忘記，那個使役者不是什麼英雄，頂多是個傀儡。

怎麼可以讓使役者作戰，自己卻無所事事袖手旁觀呢？既然身為主人，就要以魔術本領和冷靜的判斷力取得此戰的勝利啊。

但現階段沒有戈爾德出手的餘地，他好歹還保有能判斷這點的冷靜程度。或許可以說，他只是被使役者之間的戰鬥震懾住了。

「紅」槍兵捲起暴風，放出砲彈般的突刺。

「黑」劍兵劃開暴風，揮舞劈開黑暗的黃金大劍。

雙方斬擊如螺旋交纏、如火花一閃即逝，站在劍技與槍技頂點的兩人彼此競爭霸者寶座。

以技巧的卓越程度來說，「紅」槍兵略勝一籌；以身體的強壯程度來說，則是「黑」劍兵占據上風。儘管如此，兩者的整體實力幾乎不分軒輊，只要一個閃神，就可能被貫穿心臟，或者砍下頭顱。

硬要找出優勢的話，其實就在主人戈爾德的存在上。因為有他的治癒魔術，「黑」劍兵得以隨時治療傷勢；但「紅」槍兵的自我修復能力也是非常了得。雖說主人不在場，但兩者之間的聯繫應該非常牢固，供應給他的魔力量非比尋常。

敲響的金屬撞擊聲已經即將破萬。

迅速治癒的傷勢也已過千。

後來，兩者不約而同停下動作，且不是因為疲勞。身為稀世英雄的他們就算戰上三晝夜也不會用盡體力，但時間不是他們所能控制，天空已經從一片漆黑漸漸轉變成顏色較深的深藍色。

沒錯，從他倆開始交手已經過了好幾個小時，彼此沒有使用寶具——連解放真名的空檔都抓不到。

「——這樣打下去只會打到太陽升起。我雖然不介意，但你那邊呢？看你的主人一副很厭煩的樣子啊。」

「……」

劍兵保持沉默收劍。戈爾德雖然開口想說些什麼，卻無法化為言語。兩人迸發的鬥氣太過濃厚，他本能察覺那不是旁人可以插嘴的世界。

然後，被主人下令不得開口說話的「黑」劍兵甩掉些許猶豫，開口說道：

「希望下次能跟閣下戰個痛快。」

這句話裡面充滿莫名的企盼，但「紅」槍兵迦爾納不知道。

他不知道英雄齊格菲炫麗的英雄事蹟背後有些什麼，儘管如此——大概多少感覺到這句話裡面夾帶的情緒吧，只見「紅」槍兵微微點頭，表示贊成劍士的說法。因為，那也是槍兵心底的願望。

這不像約定或者誓言那樣重要，兩人把對方看成必須誅殺的對象，也理解是必須一戰的使役者，所以才有同樣感受。

「——噢，我真幸運。『黑』劍兵啊，我打從心底感謝我如此幸運，能在第一戰與你交手。」

這是「紅」槍兵給予的無上讚賞，那裡有著戰士之間的羈絆。就好像「希望能打倒你的是我的劍、我的槍」那樣，跟純真少年一樣的夢想。

「那麼再會了，『黑』劍兵啊。」

「……」

無言送別。「紅」槍兵立刻靈體化消失，天空也漸漸染上即將迎向黎明的淡紫色。

「——打得漂亮，不愧是德國第一英雄。」

「黑」劍兵點點頭，回應裁決者的稱讚。

戈爾德雖然瞪了擅自開口講話的「黑」劍兵好一會兒，但他重新振作精神之後，開口對裁決者說：

「裁決者啊，願不願意與我們同行呢？若妳的任務是審判在托利法斯進行的聖杯大戰，那麼我認為在千界城堡逗留應該最理想——」

「不，這樣無法保證公平。你不用擔心，我的探查能力是一般使役者的幾十倍，不管在托利法斯的哪個地方開戰，我都能立刻趕過去。」

裁決者冷冷地拒絕。這場聖杯大戰本身就是兩股勢力互相對抗的前所未見狀態，不管再怎麼糊塗，都不可以跟其中一方有瓜葛——即使是做做樣子也不行。

「……劍兵，我們走。」

戈爾德的聲音明顯壓抑著不悅情緒，顯而易見他最初的目的就是控制裁決者，卻因為「紅」槍兵殺出而亂了套。就算想靠劍兵的力量強行帶走裁決者，時間也不夠。戈爾德好歹是個魔術師，不至於愚蠢到讓使役者在大白天交手。

戈爾德帶著靈體化的劍兵背對裁決者，看他雙肩微微顫抖，或許是出於恥辱吧。

他們離去後，裁決者重新審視兩人造成的損傷痕跡。那些痕跡太隨意、太沒秩序、太沒有方向性，足以證明這並非抱著想要破壞的惡意所做出的破壞行為，單純只是戰鬥的餘波罷了。沒錯，單純的戰鬥餘波導致高速公路路標一分為二，大地則像隕石墜落那樣四處凹陷。

裁決者心想，還好這裡不是高架道路。因為一個不小心，高架道路就很可能無法支撐使役者的踏步而崩毀。當然使役者不會因為這樣就喪命，重建高架道路卻要花上許多時間，這會讓她有些過意不去。

總之，「黑」劍兵和「紅」槍兵的戰鬥以平手做收。兩方都沒有受到重創，也沒有消耗大量魔力，是一場輕微的小對抗，只能算前哨戰。

但「只不過」是前哨戰就造成這般慘狀。

戰爭會愈打愈激烈，也會有使役者和主人脫序演出吧。自己——裁決者貞德．達魯克真的是為了監視他們才被召喚的嗎？

她沒辦法斬釘截鐵說不是，但也有種無法盡信的曖昧感覺。總之，體內有某種東西對她訴說，這場聖杯大戰「不對勁」。

「……現在想這些也無濟於事吧，總之只能盡力了。」

裁決者握緊拳頭，獨自宣告。然後突然覺得太陽都要升起了，卻還穿著鎧甲的自己有些丟臉，急忙解除以魔力編織而成的鎧甲，換回原本的便服。

在淡紫色的天空下，少女順著道路往回走提起包包，悠哉地走向托利法斯。

§§§

——每個人都在呼喚我。

「救救我」、「好痛」、「好難受」……基本上，就是這三種重複，但數量實在太多了。無聲地尋求幫助，哭訴痛楚……煎熬的慘叫。被毫無道理的命運擊垮，害怕死亡而啜泣的弱者們。

男人心想：啊，這並不是他們抓著我不放，而是我聽到他們哭訴的聲音罷了——如果是這樣，那真是一件傷感的事。若有人尋求協助，就還有希望；但連尋求協助的對象都不存在了——這些聲音只會融解、流逝而去。

——那就由我……

想到這裡，從夢中醒來，張開眼確認自己的肉體，方才那毫無疑問是一場夢。纖細的雙臂無法握劍，身上的一級魔術迴路是只要使用魔術就可能炸開肉體的危險玩意兒。

沒有拯救他人的力量，沒有尋求他人協助的力量。這是當然，自己只是個人工生命體，誕生到現在才幾個月。以扮演供應使役者魔力的電池角色誕生，原本是個只該等待死亡來臨的存在。

求救的聲音來自誰？是自己右邊的少女？還是左邊的青年？或者是對面那個「無法成為人形的存在」呢？

但不管是誰，自己依然什麼也做不了。獲得的聖杯大戰相關知識，能理解自己目前是處在多麼重要位置的東西。

讓使役者現界所必須的東西，說穿了就是魔力。而且可以說，魔力多寡事實上將決定使役者的力量。

如果沒有足夠魔力讓寶具真名覺醒，不管擁有多強大寶具的英靈，都可能在使用寶具同時消滅，因而敗退。

反過來說，消耗低的寶具威力雖小，卻可以不用顧慮魔力連發。只擊發一次就沒了的大砲，跟可以不斷補充箭矢的弓相比，很明顯是後者比較有利。

所以，主人的魔力愈充沛就愈有利。照理說是如此，但千界樹轉換了一個想法。

從第三者身上榨取會消耗的魔力直到死亡為止，是個非常單純又殘酷的點子。當然，對象不能只是凡庸人類，理由並不是基於倫理道德，而是因為難以藏匿，就這麼單純。話雖如此，要湊足可以當貢品的魔術師人數也不是易事，不過如果對象是人工生命體，就不會有人為之惋惜了。雖然是一項花錢又花時間的工作，但反過來說，花費的只有錢跟時間罷了。

在專家眼裡看來，千界樹從艾因茲貝倫跟其他鍊金術名門偷出來的技術雖然根本是兒戲；但如果只是要製造用來供應魔力的電池，那就沒有任何問題。

沒錯，對於將一切賭在這次聖杯大戰上的千界樹來說，人工生命體確實是「關鍵性」的存在。

不管是能源效率多差的寶具，只要有人工生命體們在，不僅可立即補足魔力，再加上主人可以不用考慮提供魔力給使役者的問題，能夠將所有力量用在自身的魔術上面。

只要忽視背後有人工生命體們浪費生命這一點，現狀不論對主人來說，或者對使役者而言，都是最理想的環境。

「——啊……我救不了任何人。」

想解放他們根本是痴人說夢，只能甩開那些求救的聲音。說起來，連現在的自己是什麼狀況，都不甚明瞭。

§§§

在戰爭正式開打之前，主人和使役者們按照各自的想法，在千年城堡度過他們那非常短暫，只是一點小空檔的閒暇時光。

「黑」弓兵被召喚出來之後，替菲歐蕾推輪椅就變成他的工作。跟其他組相比，他倆之間的關係可說非常良好。菲歐蕾全面性地信賴弓兵，除了睡覺以外的時間，幾乎都與弓兵一同度過。

「請問是這個嗎？」

「嗯，謝謝。」

菲歐蕾確認過弓兵遞出的藥水和藥粉之後，一口氣喝下它們。那些藥可以緩和她無法行動的雙腿帶來的痛楚，類似一種鎮痛劑。副作用會帶來無法抗拒的強烈睡意，但菲歐蕾認為只要睡上一覺就可以解決，問題不大。

菲歐蕾一邊等藥物生效，突然想起她還沒問使役者那個很重要的問題。

「……弓兵，我想起我還沒具體問過，你的願望是什麼？」

弓兵寄託在聖杯上的願望，是菲歐蕾還沒觸及、對使役者來說恐怕最重要的事項。當然，她當初也想過要問，但那時弓兵只說了「是很微小、不會影響到任何人的願望，之後應該有機會告訴妳」帶過話題。在這次召喚出來的使役者中，應當最誠懇的他都這麼說了，所以菲歐蕾也暫時不追究。但既然前哨戰即將開打，她覺得這個部分還是該問清楚。

「希望聖杯幫忙實現的願望啊……若說沒有，的確是騙人的。」

弓兵面露些許難色，有些支吾其詞。對「黑」陣營來說，最該優先實現的，就是槍兵——弗拉德三世的願望。當然，每個使役者都各自有想實現的願望，一定會暗中尋找機會，但大前提是必須打贏這場聖杯大戰，因此首先應將注意力集中在與「紅」陣營的對抗上。

弓兵應該是擔心如果說出自身願望，會不會引起內訌吧。菲歐蕾對他搖搖頭，否定了他的擔憂。

「你不用擔心，我不打算告訴任何人。我身為你的主人，當然該以你的願望為最優先吧？」

「……主人，謝謝妳。另外，也希望妳不要對我的願望一笑置之。」

「這是當然。」

弓兵有些羞赧地低頭。

「我的願望很任性……我希望能取回寄放在神明那裡的東西。」

「寄放在神明那裡……該不會。」

「嗯，我的願望是希望普羅米修斯將我寄放的『不死』特性歸還給我。」

菲歐蕾在執行召喚之前，理所當然徹底查閱過所有關於凱隆的傳說。凱隆雖然留下許多傳說，例如他不幸的身世與教導過許多英雄的事蹟；但其中最有名的，應當就屬他是如何化身為天上的射手座吧。

他不幸被大英雄海克力斯與半人馬族人之間的鬥爭連累，海克力斯射出的九頭蛇毒箭不小心射中了他的膝蓋。

凱隆是不死之身，所以不會因此死亡。但長期苦於九頭蛇毒煎熬的他，最後終於無法忍受，請求宙斯將自身的不死特性轉嫁給普羅米修斯。宙斯心疼最終以這種方式得到安息的凱隆而讓他昇天，據說他就此化身為高掛天空的射手座。

「我並非覺得失去不死身很可惜，只是我的不死特性乃父母贈與我；放棄了這個特性，那我就等於是凱隆，又不是凱隆了。」

男子靜靜地低語對父母的敬愛之意。

「——可是弓兵，你……」

菲歐蕾說到這裡連忙住口，因為再說下去就等於侮辱對方。依照傳說，凱隆是化身成馬匹的父親，大地與農耕之神克洛諾斯與女神母親菲呂拉交媾後產下。但菲呂拉生下他之後，看到他上半身是人，下半身為馬的模樣卻悲嘆不已，最終變成一株菩提樹。

也就是說，凱隆從小就沒有得到過父母的愛情，而他本人想必比任何人都更理解這一點。

弓兵帶著沉穩的表情，像要貫穿菲歐蕾的眼眸般直直看著她。

「……確實，我沒有受過父親與母親疼愛。儘管如此，我還是想取回能證明我們血緣的象徵。」

這麼說完後，他顯得有些抱歉地繼續說：

「我不否認我的願望充滿私情私欲，說起來就算現在恢復了不死之身，我想也不會有什麼改變。只不過，即使如此——」

——即使如此，對凱隆來說，這還是他與父母之間的些許聯繫。

「弓兵……我的願望也充滿了私利私欲，因為我想要那座聖杯，只是希望它能『治好我的雙腿』而已。」

菲歐蕾．佛爾韋奇．千界樹的腿不能動，這跟她的魔術迴路有密切關連。她的魔術迴路在雙腿上，但從她一出生，魔術迴路就發生突變，導致她的雙腿完全喪失功能，有時候甚至會被難以忍受的痛苦折磨。

要說治療方法當然有，不過必須摘除她身上所有魔術迴路，這等於要她放棄魔術師生命。

菲歐蕾修習人體工學與降靈魔術，學會如何給派不上用場的雙腿找出替代方案。降靈可以代替她無法動彈的雙腿完成任務，使用掃把也可以在空中飛行。

但這畢竟不是自己的腿，同時她身為佛爾韋奇家的繼承人，無法也不想捨棄魔術。所以，她只能指望聖杯帶來的奇蹟。讓魔術迴路維持現狀，並使雙腿恢復功能。

啊……多麼奢侈的願望啊。

「原來如此，因為不想犧牲任何一邊，所以只能寄望奇蹟發生。」

「是的……弓兵，與你切身的願望相比，我的願望根本渺小不已，膚淺又丟人。」

「會嗎？我能理解要魔術師拋棄魔術有多麼沉重，也能理解以自己的雙腿立於大地有多麼愉快。這並不膚淺，妳也無需因此感到羞恥。」

菲歐蕾心想「就是這樣」才膚淺。她心裡明白，當自己說出願望的時候，弓兵會安慰自己，也知道他會用這樣的說法安慰自己。

當然，菲歐蕾沒有說謊。她的確想要治好雙腿，心裡也認為這個願望很奢侈。即使如此，她依然打算以魔術師身分取得萬能願望機聖杯，所以不需要軟弱、引起他人同情的話語。

然而，她卻以軟弱……沒自信、覺得自己的願望很可恥的態度訴說，明明沒必要這樣做，這只是與生俱來的體質。為了避開成為中心焦點而表現得謙虛且戒慎恐懼，且她從不覺得這種虛偽假裝很可恥——到目前為止是這樣。

「弓兵，謝謝你。」

菲歐蕾紅著臉說。嗯，希望獲得稱讚，而且不要別人，要來自這位弓兵對自己的稱讚。希望他伸手摸摸頭，希望他在耳邊低語慰問。然而，菲歐蕾也覺得總會下意識表現出引人同情態度的自己非常可憎。

真的，非常膚淺——

儘管如此，弓兵的一番話還是令她露出微笑。菲歐蕾懷著這種與戀情和愛意不同，有些清純又有些扭曲的情意，緩緩閉上雙眼。

「弓兵，看樣子藥物生效了，我先睡一會兒，你可以自由行動。」

「主人，我明白了。」

弓兵輕巧地不發出任何聲音，退出了菲歐蕾的房間。

卡雷斯．佛爾韋奇．千界樹其實不想參加什麼聖杯戰爭，說得更直接點，他根本不想當什麼魔術師。他喜歡魔術。親手掌握科學無法解釋的沒道理現象，這種快感不是其他事物所能比擬。

但是即使如此，他並不想把一輩子都奉獻給魔術。畢竟魔術師雖是人類，但變得不是人類，都是些「非人哉」的傢伙們。確實，現在不像中世紀那樣，可以為了鑽研魔術而一口氣殘殺好幾千人，可也只是因為不想讓魔術暴露於普世之下。

魔術師是跟所謂人情、溫柔等好聽話相去甚遠的求道者。這就是魔術師的本質——而卡雷斯並不想成為這樣的人。

卡雷斯被要求學習魔術的理由其實很過分，因為他要當姊姊菲歐蕾的備胎，就只是這樣的存在。說起來，卡雷斯自己也樂意接納這點。要背負一整族的命運太沉重，但學學魔術倒是輕鬆得多。

時光飛逝，菲歐蕾成為佛爾韋奇家當主，等她看到千界樹一族族長的位子時，卡雷斯也開始摸索其他道路。要當一個沒有任何成就的魔術師終老一生，還是去追求不一樣的人生呢？

在這個時候浮現出來的，就是這場聖杯大戰。當初，卡雷斯只被任命支援菲歐蕾，但他一造訪羅馬尼亞，令咒便跟著浮現。

這麼一來也沒什麼好說，就算其他熟練魔術師的嫉妒眼神讓他不便發表意見，但他也不得不以主人的身分參加這場聖杯大戰。

很幸運的，他馬上就從菲歐蕾的知己自由魔術師手中買下「弗蘭肯斯坦的設計圖」，是可用來當作觸媒的聖遺物。

順利完成召喚，同時藉由人工生命體供應魔力，以及她本身的寶具可以輔助供應魔力兩種方式，解決使役狂戰士時影響最大的消耗大量魔力問題。

眼前的問題只剩下一個。

「……那傢伙，真的強嗎？」

這問題不大，卻很重要。狂戰士……真名弗蘭肯斯坦的她，狂化等級意外很低。雖然沒有辦法說話，但能分辨敵我雙方，也可進行簡單的溝通交流。

不過……卡雷斯怎麼樣也弄不懂，為什麼原本應該是身高超過兩公尺的高大男人的弗蘭肯斯坦，現在卻變成了可以用楚楚可憐來形容的少女模樣。他沒有像鮑里斯・卡洛夫或勞勃・狄尼洛那樣的立場，原本以為是一個不小心召喚出弗蘭肯斯坦的新娘，但看來她就是弗蘭肯斯坦——說得更正確點，是弗蘭肯斯坦博士創造的人造人——這點應該沒錯。

這個少女真的能作戰嗎？這就是卡雷斯當下的煩惱。

這樣的她卻不顧會給主人帶來的負擔，總喜歡實體化在城內徘徊。雖然要她靈體化、實體化的主權掌握在卡雷斯手上，但強迫她靈體化惹她不高興也很困擾（她不高興的低吼聲會在腦袋裡迴盪）。因此，現在他處於放置自身使役者不管的狀態。

……話雖如此，弗蘭肯斯坦並沒有到處鬧事，大多都在城堡中庭的花園摘花或看看天空。騎兵雖然偶爾會去找她聊天，但她幾乎不予回應，就算有回也只會表現出不悅。

卡雷斯既然都被選上當主人了，自然也有他的矜持。既然對方可以溝通，那就該好好談過一次。如果可以，也希望她能理解一下主人與使役者之間的上下關係。

就這樣，卡雷斯決定找狂戰士好好談談。

來到中庭，就看到「黑」狂戰士果然在中庭的花園摘花。雖然覺得這個情境有點不吉利，不過卡雷斯還是自我激勵之後，踏出腳步。

「……嗨，妳好啊。」

總之先舉手輕聲打招呼，狂戰士瞥了自己的主人一眼，接著立刻別過頭去，明顯就是不想理人。

雖然卡雷斯有點不爽，但這時候發脾氣對事情也沒有幫助。應該要冷靜下來，好好講清楚才對。

深呼吸……說出第一句話。

「啊——那個，就是，對不起。」

低頭道歉。雖然心裡決定好要明確告知上下關係，但卡雷斯做出的第一件事是賠罪。狂戰士再次看了看他的臉。

「就是，那個，因為我順口說出了妳的真名對吧？」

「……嗚嗚。」

狂戰士馬上發出不滿的低吟。卡雷斯心想果然是這樣啊，總覺得她好像對自己抱持一種不耐煩的感覺。

「因為之後可能會跟他們為敵嘛，真的很抱歉。」

「……嗚……」

狂戰士點頭同意他說的話，低吼聲也不再顯得那麼不悅。或許因為知道卡雷斯有正確地理解聖杯大戰「之後」可能會怎樣，而感到安心了吧。

「只是呢，我目前的想法是要盡可能在這場聖杯大戰中倖存下來。妳覺得呢？」

狂戰士握著摘下的花，無言點頭表示同意。

「好，狂戰士，我們從知己開始吧。」

「……？」

卡雷斯對不解地歪頭的狂戰士說明。

「在召喚之前，我原則上詳細調查過所有關於妳的資料，但傳說並不一定正確，而那些偏差很可能造成致命的事態發展。我現在開始說明關於妳的事情，如果有不對的地方，妳要糾正我喔。」

狂戰士意外乾脆地點頭同意。

維庫托．弗蘭肯斯坦是一介學習自然科學的學生，他被創造「理想人類」的偏執想法纏身，花了兩年歲月，成功賦予了生命給沒有生命的拼接肉體。

按照他的理想，應該是一個聰明、美麗，真的可謂完美的人類誕生；然而實際完成的是一個醜陋的怪物。弗蘭肯斯坦因為太害怕將她再次分解，並逃離當場——

但是，那個怪物就算遭到分解仍然活著。她重新接好自己的身體，執拗地一路追蹤弗蘭肯斯坦直到瑞士日內瓦。這是一齣由憎恨與思慕之情構成的追逐劇。

她懇求父親弗蘭肯斯坦。

──我並不想給你造成困擾，但你所創造出的我只能孤單存在這個世界。

──孤獨很難熬、很苦、很痛，求你至少、至少再創造一個我。你應該做得到。

──請創造一個可以作我伴侶的存在。

弗蘭肯斯坦毫不留情地拒絕，這不是可不可以做到的問題。對他來說，他花費了所有精神創造出眼前這個人造人，結果生出這樣醜陋的怪物；還要他再做出第二個？光想就覺得可怕。

說到這裡，卡雷斯先停了下來，看看狂戰士的臉。

究竟是維庫托．弗蘭肯斯坦的審美觀有問題，還是──儘管外表這麼美麗，她心中仍有無法掩蓋的醜惡一面呢？卡雷斯不得而知。

當她理解維庫托．弗蘭肯斯坦不斷反覆的「做不出來、再也做不出來」乃是事實之後，陷入深深的絕望。

即使如此，還是要逼他做出來。

她殺了弗蘭肯斯坦身邊所有人、殺了毫無關連的無辜人士，最後甚至殺害了他最愛的未婚妻。

儘管做得這麼絕，弗蘭肯斯坦還是拒絕一切，只是一直逃避。

他身上早已不復見原本快活、才華洋溢的青年形象，虛弱得像個年過六十的老人，直到最後的最後都懷著後悔之情，在北極發瘋身亡。

——應當憎恨的對象消失，應當思慕的男人也從世界上消失了。

她告別據說是最後看著弗蘭肯斯坦死去的男人沃爾登，在北方盡頭堆起一座柴火小山，一邊說著「我的灰燼啊，乘著風散落大海吧」，一邊點燃烈火燒死自己——

這就是弗蘭肯斯坦在偏執之下創造出的怪物最後下場。

卡雷斯說完狂戰士的生前事蹟，這之間她沒有插嘴過一次，或許她覺得不管對不對都不是很重要吧。

「……好了，狂戰士，我想妳的願望是『獲得一個跟妳一樣的伴侶』對嗎？」

「嗚嗚。」

她點頭了，看樣子沒猜錯。

「……城堡裡面的人工生命體們不行嗎？應該是類似的東西吧。」

「……」

狂戰士粗魯地把手中的花砸到卡雷斯臉上，但意外地不痛，讓卡雷斯有點吃驚。

「……就是不行嘍。」

狂戰士用力點頭，她似乎也有不能妥協的事項。

看來如果不是弗蘭肯斯坦創造的人造人就不行吧。畢竟要一個死人創造出活人，這的確是不靠聖杯的奇蹟就無法實現的事情。

卡雷斯自己歸納出結論，這時狂戰士突然探頭過來窺探他的臉，灰色的眼眸從長瀏海的縫隙之間露出，她抓住卡雷斯的衣服，輕輕扯了扯。

「妳想知道我的願望是什麼嗎？」

狂戰士首肯，卡雷斯心想：該怎麼辦呢？按正常來想，只要說想抵達根源之渦就可以了事。畢竟魔術師就是為了那個目的奉獻人生的存在，而既然聖杯已經給予狂戰士一定程度的知識，應該不至於對這點起疑才是。

可是，他討厭說謊。

「啊，這個，其實我還沒想好耶。」

「……嗚。」

被瞪了，卡雷斯覺得很抱歉地搔搔頭。

「不是完全沒有喔。我好歹是個魔術師，當然也有想抵達根源之渦看看的想法……

只不過，我覺得自己還有其他願望想實現。」

卡雷斯最大的疑問就在於，雖說聖杯是萬能的願望機，但真的這麼容易就可到達根源之渦嗎？若說它能開啟抵達根源之渦的第一步，就很有可能了吧，但這條路還是無比漫長。

「總之，不實際面對那個狀況我就不知道。舉例來說，戰爭之後有可能姊姊死了，而我想讓她復活。這麼一來，我想許的願望就會改變，比起追求一百年後才可能到達的根源，我會選擇眼前的姊姊。」

——不過，姊姊應該不會設法讓我復活吧。

卡雷斯茫然地這麼想，狂戰士則「嗚嗚」地低吟，看樣子某種程度上表示贊同。

「如果妳明白就好了，那我先回房了喔。」

狂戰士一把抓住正準備站起來的卡雷斯衣服。他一回頭，一朵花突然遞到眼前。

「……要給我嗎？」

狂戰士點點頭，所以卡雷斯心懷感謝收下。之後，她又開始摘起花，接著一一撕碎花瓣。卡雷斯見狀急忙退開，畢竟這裡沒有水池，要是被她丟出去可不是鬧著玩的。

塞蕾妮可．艾斯寇爾．千界樹冰冷的舌頭，正在「黑」騎兵的脖子上游移。

「……我說啊。」

躺在床上的騎兵雙手被皮帶綁住，身上的鎖子甲和部分盔甲褪開坦出胸膛，纖細的鎖骨與白皙的肌膚同時暴露在外，模樣看來非常煽情。

塞蕾妮可趴在騎兵身上，紅著一張臉，並以充滿慾望的濕潤眼眸凝視著他的眼、他的脣、他的肌膚。

但騎兵臉上的表情不見羞恥與苦悶，只是充滿著傻眼之意，覺得厭煩地說：

「我說啊，妳差不多該停了吧？」

「不要，你的肌膚實在太美了，舔一整天我都不會膩。」

「但我會膩啊。」

「我覺得舒服，這就夠了。」

唉，真是的——騎兵嘆了口氣。自從以使役者身分被召喚出來，他的主人每天都毫不厭倦於享用自己的身體。她疼愛的方式確實有病，會用手指撫摸、用舌頭舔拭騎兵的身體，卻從未在正常的狀態下疼愛對方。

要比喻的話，她好像在鑑賞什麼藝術品，雖說應該沒有多少人會去舔舐畫作和雕像就是了。

「真的，好美。」

塞蕾妮可發出感嘆。要是在平常，不管說這話的是男是女，騎兵都會想給對方一個大大的擁抱表示喜悅；但被塞蕾妮可這麼說，他怎樣也高興不起來。

不幸中的大幸是，她並沒有急躁愚蠢到拿令咒威脅。只不過，也不確定決戰過後自己是不是還能存活，既然令咒算是一種魔術，應該還是可以靠自身的反魔力技能抵抗，但就算擁有A級反魔力，頂多只能抵抗一條令咒的命令吧。要是塞蕾妮可用上兩條，不管什麼命令都非得遵從不可了。

如果在那之前，她可以把令咒花在一些無關緊要的命令上就好了……

「啊……太可惜了，為什麼小刀沒辦法在你身上劃出傷口啊？」

這發言真要命。

「因為我是為了戰鬥才被召喚出來的啊……喔，時間差不多嘍。」

騎兵看準時機已到，一把扯斷皮帶站起身子，被推開的塞蕾妮可則略顯不服氣地嘟起嘴。

「我就這麼糟糕嗎？」

「不是糟不糟糕的問題啦……」

「——依照傳說，阿斯托爾弗應該是個有名的好色男吧？」

「妳喔，這跟那是兩回事啦。」

塞蕾妮可沒說錯，阿斯托爾弗的確是個好色男，這代表他會在想要的時候搭訕任何中意的女性。被一個女性這樣強迫示好，絕對非他所願。

而且更重要的，塞蕾妮可這個魔術師身上的死亡氣息實在太過濃厚，八成打從出生以來就一直與血和器官為伍吧。就算可以用香水清洗身體消除氣味，也帶不走「死亡」本身的氣息。

她出生於比較古老的黑魔術世家艾斯寇爾。因為中世紀吹起獵殺女巫風潮，逼得這一家不得不從西歐逃到西伯利亞，也因此喪失了魔術基礎，逐漸步上衰亡一途。

對愈來愈衰退的一族來說，塞蕾妮可是許久未曾誕下的新生兒。把一輩子人生都用在窮極黑魔術的老太婆們非常溺愛塞蕾妮可，並徹底教導她黑魔術。

黑魔術因其術式的特性，要求一定程度的天分，主要看能否毫不猶豫地肢解祭品。野獸幼生、人類幼兒、善良的人類、親近人類的野獸、老人、老狗、孕婦、人或野獸的胎兒——如果需要盡量折磨，就必須不被他們的懇求迷惑。

她被教導要偽裝自己的外在，控制自己的內在。如果變成沉醉在殺戮的快樂之中，就無法成為黑魔術師。

如果需要殺就殺，需要折磨就折磨，只是這樣。塞蕾妮可的確是個優秀的黑魔術師，每當獻出活祭品時，她都能以鋼鐵般的理性控制感情，執行各式各樣殘虐的儀式。

沒錯，她真的非常徹底地壓抑了激情，控制住傷害他人帶來的快樂，與虐待他人會有的喜悅。這些感情對黑魔術師來說，是實在太過危險的要素。

因此，不是魔術師時的塞蕾妮可就會徹底釋放她那些多到滿出來的情慾，沒有一個人可以跟她共處一夜之後還活下來。

徹底玷汙、侵犯以純真眼眸看著世界的少年，折磨他、舔舐他的眼淚、吸吮他的舌頭。以咒殺為業，來去魔術師和玩魔術者之間界線的存在，不染血就活不下去的女人，就是名叫塞蕾妮可·艾斯寇爾·千界樹的怪物（女人）。

塞蕾妮可之所以只有疼愛自己召喚出的使役者騎兵就能了事，理由在於絕對性的力量差異。對方可是英靈，並不是以暴力對待就能使之屈服的存在。另外還有一點，就是身為魔術師的她還是理解在聖杯大戰有個結果之前，必須讓騎兵發揮最大的力量。

但是只要這些結束之後。

她完全沒有自信可以控制自己的慾望。應該會用上令咒侵犯他、玷汙他，讓這個只能說是楚楚可憐的英靈充滿恥辱吧。

塞蕾妮可根本不在乎與萬能願望機聖杯有關的二度爭奪戰，只要能與阿斯托爾弗相愛就夠了。

……這是有點，不，相當扭曲的愛。

「我還有事，先失陪了。」

塞蕾妮可躺在床上，茫然看著速速換好衣服的騎兵。

「我說……你又想出去了？」

「啊——算是吧。」

塞蕾妮可聽到這模稜兩可的回答，瞇細了眼睛。

「你應該沒有對鎮上的人下手吧？」

「我只是去逛逛玩玩而已。既然都現界了，在開打前享受一下生活也沒關係吧？」

當然有關係，現界的使役者竟然沉浸於出外玩耍的樂趣之中，可以算是一種放棄職務。但塞蕾妮可也很清楚，這不是需要指責他、強迫他改過的問題。因此，她只是半放棄地嘀咕：

「有關係，達尼克罵的可是我耶……」

「抱歉啦，抱歉，那我出門嘍——！」

塞蕾妮可目送騎兵離去的身影——發現了。

換好衣服準備外出的騎兵，臉上露出了彷彿要去見什麼重要的人那樣的羞澀。

§§§

「總之，我想你盡快逃離這個魔窟比較好。」

「黑」騎兵阿斯托爾弗的提案極為正常合理。跟他聊過幾句話就知道他腦袋多有問題的人工生命體覺得有些意外。

但是——要逃到哪裡去？

「哪裡都比這裡好，對吧？」

的確沒錯，那麼要怎麼逃出去呢？

「好！就立刻叫出我的愛馬，騎著牠逃走吧。要是繼續耽擱下去，我又要被主人叫走了。」

原來如此，使用他的馬……不，等等，說到阿斯托爾弗的馬——

「嗯？你知道我的鷹馬嗎？」

作為聖杯大戰的知識來說，確實知道。阿斯托爾弗曾駕馭鷲獅或名馬勒比肯，創造許多冒險傳說，其中最有名的就屬他是不存在於這世上的幻想馬——鷹馬的騎手。

鷹馬是鷲獅跟母馬之間產下的魔獸。上半身是鷲、下半身是馬，由兩種生物所生下，本應是一種不可能的存在。

……好了，現在的重點不在鷹馬本身，而在於鷹馬對「黑」騎兵來說，毫無疑問是寶具啊。

使用寶具，就會消耗莫大魔力，而負責供應這些魔力的，則是其他人工生命體們。不，先別說這個，只要用了寶具，就會因過度消耗魔力而曝光吧。

「不過牠很快耶，『咻——』的一下就到了。到達目的地之後，只要再『咻——』回來就好啦。而且如果只是飛出去，我想用不了太多魔力喔。」

雖然很感謝他比手畫腳地說明鷹馬的速度，但還是駁回。

「是喔——這麼一來該怎麼辦才好哩——去找凱隆商量看看嗎？」

人工生命體指出騎兵一個不小心就洩漏了對方的真名，只見他臉色瞬間刷白。看樣子他還知道這樣不好。

「咦？啊，對喔，抱歉！你忘了吧！」

那對人工生命體而言是不需要的情報，要說無關緊要確實是無關緊要。

「這樣啊——太好了太好了。嗯，麻煩你幫我保密嘍。」

呵呵笑著的騎兵看起來沒怎麼反省的樣子，人工生命體心想——如果對方陣營抓住了這個英靈，就很有機會在情報戰上獲勝吧。

思索了一會兒之後，騎兵又提出一個方案：

「這個方法如何呢……？使役者之間的真格戰鬥差不多快開打了，如果在戰爭之中有一個人工生命體逃走，應該不太容易發現吧？就算事跡敗露，我想他們也沒有餘力追蹤你的動向。我可以找出空檔抽身，把你帶走。」

比起剛剛的提案來說，這個方案確實安全多了。

「騎兵，我也認為這樣比較好。」

聽到弓兵發言，人工生命體嚇了一跳，挺直身子。

人工生命體完全沒發現弓兵是什麼時候開門進來，並且來到騎兵身後。

……騎兵似乎有察覺他到來，因為他一點也不驚訝，只是往後彎了彎背，朝佇立在身後的「黑」弓兵看了過去。

「弓兵也這樣認為？」

「嗯，我是弓兵……不要再不小心叫我凱隆了。」

看樣子他有聽到方才的對話，騎兵一副覺得很抱歉的樣子別過視線。

「我知道了啦……不，真的很對不起，我會反省。」

弓兵往書桌前的椅子坐下，窺探人工生命體的臉。

「他很害怕呢。」

「那是當然啊，會害怕我們是再合理不過了吧？」

騎兵插嘴道。雖然人工生命體想反駁說自己已經沒那麼害怕騎兵，但想想還是閉上了嘴。

「既然你怕我，那我就順便告訴你好了——說直接的，你能活下去的時間最多就三年吧。」

弓兵以淡然的聲音道出冷酷的真相，人工生命體則點點頭表示自己理解。當時弓兵在床邊明確告知的話語，已經刻畫在他的記憶之中。

「嗯，如果你只是個嬰兒，就非常令人惋惜且值得同情；但你是個人工生命體，是因為某個目的而誕生的『完美存在』。那麼，你就該思考看看。」

思考什麼呢？弓兵聽了這個問題，直直地……如字面所述，用足以射穿人的目光盯著他。

「你打算怎麼『活下去』。」

——這對人工生命體來說，應該是花一輩子也解不了的謎題吧。

活著本身就是一種奇蹟了，卻還要思考要怎麼活下去？但「黑」弓兵卻以嚴厲的態度宣告：

「即使如此，你還是得思考。不這麼做，那你就算活下去，也跟死在這裡沒什麼差別，這麼一來就沒有意義。」

「……雖然我覺得活著就是賺到了，無所謂——」

騎兵這麼嘀咕，弓兵只說了一句話。

「不可以。」

就駁回了騎兵的意見。人工生命體沒有回答弓兵，他無法回答。

該思考什麼才好？覺得自己好像被丟進大海的一塊浮木。

「——別緊張，問別人也是一種方法。幸運的是，你有騎兵陪著你，若有不明白的地方，問他就好了。」

「咦——為什麼要丟給我！」

「騎兵，所謂負責就是這麼回事。啊，對了對了，還有兩點。首先你要練習走路，你的腿太柔弱了。如果可以走路了，應該就可以使用一些簡單的魔術；這麼一來，就可減少影響你存活下去的障礙。」

大概是因為出現了一個明確的目標吧，人工生命體覺得肩頭上的負擔好像減輕了一點。如果只是練習走路，應該不會給任何人造成麻煩，現在就可以開始。

弓兵站起身子，輕輕拍了拍騎兵的肩膀。

「騎兵，我們走吧。我會把這個房間上鎖，應該不至於有人失禮到隨便打開正在開會的房門吧。」

「嗯……我知道了。」

騎兵不情願地站起身子，臉上表情明顯帶著不滿情緒。人工生命體無法得知他為何會有這種反應。

「那麼，我們之後再來喔。」

人工生命體說了句「請小心」目送兩人離去，騎兵顯得格外開心地揮了揮手。門關上的同時，人工生命體也開始行動。總之呢，首先——要從練習走路開始。

用雙腳紮實地踏上地面。雖然是纖細又柔軟的雙腿，但看來還可以支撐自己的身體。往前一步，感覺到些許痛苦——腳也弄髒了，卻沒有以前那種焦躁的感覺。至少現在的目的只是要學會走路，他就不會迷惘。

所以呢，就繼續走吧，走到累得再也動不了為止。

另一方面，走在走廊上的「黑」騎兵馬上變回原本不悅的態度。

「——我說啊，你太嚴厲了吧？」

「因為你很寵他，所以我覺得這樣剛剛好。」

弓兵微笑著回應，但騎兵還是不滿地嘀咕：

「你還不是很寵你家主人。」

「喔，原來你是因為這個不高興啊……每個人都有最適合的教法。我家主人為了排除與生俱來的缺陷，一路拚命努力過來。但是從魔術師的角度來看，只會覺得做那些都是理所當然……那麼，如果沒有人毫無條件地給予讚賞，她遲早有一天會壞掉。」

「你認為他沒有努力？」

「說起來，他根本連努力和怠惰的差異都不理解。從他這麼短命來考量，就更不容許怠惰，那只會在最後的最後招致悔恨。」

騎兵說不下去，只好閉嘴。

「……但是，你要寵他是另一個問題。如果沒有人可以依賴，他連逃不逃得出去都是個問題。但是，你別迷失了身為使役者被召喚到這裡的真正意義。」

「你講起話好像老師喔。」

「嗯，我就是老師啊。」

弓兵爽朗地說完，本想摸摸騎兵的頭，卻被他不高興地躲開。

兩人似乎是最後抵達謁見廳。達尼克示意之後，「黑」術士操作猶太教燭台，映出城外光景。活用飛翔於空中的魔像們作為轉播點的這種魔術，可以看到的距離遠遠超過一般魔術師所使用的千里眼魔術距離限制。

透過魔像映出來的，是一個粗獷的半裸大塊頭男子正在森林裡前進——實在是很難形容的光景。

達尼克先開口：

「諸位，按照術士所說，這個男子正不分晝夜地筆直穿越森林，朝我們千界城堡接近。」

這句話讓在場所有人全部啞然。既然開戰了，那麼有使役者攻打過來也是當然；但應該會採用偷襲或堂堂正正進軍，而且不管用哪一種方式應該都會派出複數人員進攻才合乎常理。當然，像「紅」槍兵那種有其他任務在身的則不在此限。

周圍看不到作為部下的士兵，也就是說——那個使役者是單槍匹馬殺了過來。雖然這行為愚蠢至極，但七種職階裡面的確有一位會很平常地幹出這種蠢事。

「我認為這是『紅』狂戰士，應該是狂化的等級很高造成的吧，他已經陷入想找出敵人的失控狀態。」

被以狂戰士身分召喚出來的使役者，會因為生前的傳說導致狂化等級有所差異。等級愈低，參數方面的強化就愈少，相對的可以進行某種程度的溝通交流及思考；等級愈高，參數就能獲得大幅強化，但代價就是別說溝通交流了，甚至連命令都聽不進去。

「——叔叔，我們該怎麼辦？」

「當然不能放過這個機會，我想派出三位使役者就綽綽有餘了吧。不過，這是此次大戰獨一無二的機會，順利的話，說不定可以把這『紅』狂戰士變成我們的棋子。」

達尼克的話讓眾人騷動起來，等到大家安靜下來之後，坐在王座上的「黑」槍兵以穩重的語氣詢問：

「讓我聽聽你的具體方案吧。你將使役者們聚集在這裡，就是為了這個對吧？」

「是的，吾王。」

就這樣，捕捉「紅」狂戰士的作戰就在主人達尼克指示下悄悄進行。那位狂戰士雖然朝著最短距離前進，但因為相對笨重緩慢，估計應該要再花上一兩天才會抵達。

獲勝是理所當然，問題出在要達成捕捉這個目的。究竟靠六位使役者，有沒有辦法順利壓制這個狂戰士呢？

§§§

在天明時分抵達托利法斯的裁決者，馬上面臨出乎意料的難題——必須找個地方落腳。或許如同之前搭便車的那位老人所說，因為托利法斯完全沒有值得觀光的景點，所以整座城市只有三家飯店，而且全都呈現客滿狀態。

「我們也是第一次碰到這種狀況……真的很抱歉。」

裁決者沒有介意表示非常抱歉的飯店員工，瞥了一眼在大廳談笑的男女身影。兩人身上有微弱的魔力反應，應該是魔術師……八成是千界樹一族的魔術師吧，一行似乎逗留在托利法斯的飯店裡。

「不會，這也是沒辦法……請問你知不知道其他可能留宿的地方呢？」

「如果是這樣，或許可以去教堂看看。」

對喔，還有教堂。裁決者覺得居然沒想到這點的自己有些丟臉，看來是太受到現代知識影響了。按平常來說，應該先去拜訪教堂才是。

從飯店櫃臺人員那邊了解前往教堂的路徑後，她就朝教堂前進。在飯店的交談大概被聽到了吧，離開之後她馬上察覺有幾個人尾隨上來。

「……真希望對方的情報能確實傳遞。我可不是魔術師，而是使役者耶。」

原因果然出在這套便服上嗎？說起來因為附身，導致她無法像一般使役者那樣靈體化，八成是最大的問題所在吧。

不管怎麼說，自己要留宿教堂這點已經暴露出去，然後從為了讓身體好好休息這點來看，也應該避免露宿野外。

裁決者無可奈何，只好往教堂前進。她敲了敲木造建築小教堂的門，請求借宿幾天後，修女很乾脆地答應了。

「我們只有閣樓空著，這樣也沒關係嗎？」

畢竟不是什麼可以嫌棄的立場，而且她也不需要太豪華舒適的住處。

「只要有地方休息就足夠了，非常謝謝您。」

修女名叫艾瑪．佩崔西雅，看起來個性溫吞，在這個質樸的小鎮生長，覺得除了神的愛以外其他什麼都不需要的女性。

「那麼，請往這邊來。」

裁決者跟著艾瑪，從二樓爬上通往閣樓的梯子。

「妳來觀光的嗎？」

「我想多學習一點中世紀羅馬尼亞的歷史。」

「如果是這樣，應該去錫吉什瓦拉比較好喔。這裡雖然保留不少中世紀的建築，但似乎都沒什麼歷史價值。」

「我們已經有組員去錫吉什瓦拉調查了。」

「哎呀，原來如此。確實托利法斯這邊比較沒有人來調查過。」

爬完嘎吱作響的梯子，來到閣樓房間，雖然修女說這裡沒怎麼使用，但床鋪跟床頭櫃一塵不染，看樣子經常打掃。

「不介意的話，我們可以準備餐點喔。」

「不了，因為我用餐的時間很不固定，不能因此麻煩各位。」

少女不僅不能靈體化，同時也必須進食。當然，不是說她像人類那樣不吃就會餓死，但如果不進食，少女的身體就會受到飢餓影響，狀況變得很差。

實際上，或許因為她很長一段時間沒吃東西了，從剛剛就覺得胃很難過。

因此說實話，她非常感謝修女的提議。但想到自己可能要在半夜偷溜出去，就沒辦法隨意拜託。

「沒關係，只要重新加熱就好了。」

「重新加熱……？」

裁決者歪頭，修女也覺得很奇怪似的反問：

「我們有微波爐啊。」

「……啊，微波爐喔，對呢，原來如此。」

重新加熱確實不需要特地開火。

「不過，如果可以一起用餐當然是最好了。」

裁決者思考了一會兒，決定接受修女的好意。兩人說好——如果修女來問，閣樓這邊有回應就一起用餐；沒有就把餐點放進冰箱。這麼一來，就不會花太多功夫。

「還有就是……對了，忘了最重要的一點，妳叫什麼名字？」

「啊，是呢，請叫我貞德就好。」

她很乾脆地說出自己的真名，她並不認為隱匿真名有多重要。以她的狀況來說，就算洩漏出去影響也不大，畢竟不像「黑」劍兵那樣存在致命的弱點。

「貞德，真是個好名字。」

「謝謝稱讚。另外，我還有一個請求……用餐之前，我可以先在教堂禱告嗎？」

「嗯，當然可以，教堂就是讓人禱告的地方嘛。」

裁決者先在閣樓房間裡打點好行李之後，來到祭壇前跪下，雙手交握，微微低頭並閉上雙眼。

這感覺跟活著的時候沒兩樣，當她開始禱告，就有種與世隔絕的感覺，自己好像從過去、未來，甚至現實中抽離。她不是為了什麼目的禱告，只是「為了向主祈禱而禱告」。隨著她這麼做，內心自然會知道自己該做什麼。

對她來說，禱告的時間跟呼吸擁有同樣價值；如果沒有禱告，等於沒有活過這一天。生前的貞德．達魯克只是一介農家子女，甚至不知道禱告文也有很多種。雖然她曾嘗試記住它們，但似乎天生就不擅長讀書寫字——她最多只會寫自己的名字。煩惱了一陣子，最終她得出不管形式怎樣，只要目的是為主祈禱也就夠了的結論。還記得並肩作戰的同志吉爾．德．萊斯曾大笑著保證過「會寫名字就很夠了」之類——

「貞德？」

……回過神來，才發現自己似乎花了不少時間禱告。修女一臉抱歉地說：

「不好意思，打擾到妳禱告了。」

「不，我一旦專心禱告就常常忘記時間，我也不希望因為這樣餓到昏倒。」

「那麼，幸好我有出聲叫妳。晚餐已經準備好了，來用餐吧。」

「謝謝您。」

艾瑪領著貞德來到餐廳，以青岡木製成的樸素老舊餐桌椅非常適合這間小教堂。

「其他人呢？」

「啊，這間教堂只剩下我一個人了。五年前拉克斯塔神父過世以來，就一直無法決定接任的人。」

托利法斯原本就是個只有兩萬人的小都市，再加上別處建了教堂，現在只剩下居住在附近的老人會拜訪這裡。儘管裁決者認為，如果要禱告，教堂大小根本不是重點。

「來，我們禱告吧。」

「好的。」

分好餐點的艾瑪和裁決者分別坐在餐桌兩側，彼此面對面說出感謝的話語。禱告結束之後，裁決者也餓到極限，用刀叉切開熱騰騰的高麗菜捲（羅馬尼亞風味），吃了一口。

酸酸甜甜的高麗菜、番茄，以及絞肉多汁的口感直擊舌頭。

「味道如何呢？」

「……太美妙了。」

裁決者只說了這句話，全心投入用餐之中。每吃一口，就覺得緊縮的胃被打開，甚至陷入愈吃愈餓的無限輪迴地獄。

「餐點還可以再添喔。」

「那我就不客氣了。」

她毫不猶豫回答。原本是農家子弟的貞德，是個即使跟滿腦子只有吃的粗俗士兵相比也毫不遜色的大胃王；更重要的是調味方式簡單的羅馬尼亞家庭料理，跟她喜好的口味非常符合。

裁決者帶著幸福的表情享受晚餐，甚至讓做菜的艾瑪都不禁露出滿臉笑容；用完餐後還借用了浴室，徹底洗去了身上的髒汗。

到了夜晚，魔術師和使役者們就會採取行動。身為裁決者真正的工作，也是那時候才會開始。

§§§

天空依然一片灰，天氣預報甚至表示入夜會下點小雨。獅子劫界離和「紅」劍兵走在托利法斯的街道上，當然不是為了觀光，而是為了找出適合與不適合作戰的地點。

但是，適合作戰的地點並不代表它可以用來作戰。托利法斯基本上處於千界樹一族支配之下，除了鎮上的居民可能有族人潛伏之外，適合作戰的地點也很可能事先設置了陷阱——就像昨晚的戰鬥那樣。不出所料，兩人調查的地點都設置了大量探查結界和障眼結界一類的玩意兒。

「……這還真傷腦筋。」

「主人，你真辛苦啊。」

劍兵在圍牆上，對趴在地上摸索破壞結界方法的獅子劫這麼說，聲音裡面不帶任何同情。

獅子劫嘆了口氣，早早決定放棄這裡。事倍功半，沒必要多花力氣控制這個地點。

「劍兵，平地跟小巷，哪裡對妳來說比較好發揮？」

「嗯——這樣說當然……是平地嘍，之前跟你說明過，我的寶具是對軍寶具。只要場地愈寬敞，就愈能毫無顧慮地使用，會比較有利。」

「既然這樣，可能放棄在托利法斯市內對戰，移師外緣會好一點吧。」

「外緣？」

托利法斯目前處於千界城堡外牆環繞，並且包圍住部分城市的狀態。在城牆外緣的，都是這三百年來慢慢增加的建築物。然後，城堡在城市北方的最東邊，再往東邊過去是一大片森林和草原。只不過，從森林這個方向往城堡過去是一片懸崖，因此難以從這邊潛入城堡內——

「只要想辦法讓對方殺出來就好。」

「原來如此，以我來說，總比在這個窄到不行的城市裡面開打好。」

「畢竟托利法斯是從十六世紀開始建造的民房接連排開嘛。如果打定主意要把建築物一起打飛，倒就沒問題。」

「喂喂喂，怎可能沒問題？」

「……嗯，是這樣沒錯啦，說到底不論敵我，都會覺得『就算做得這麼絕也要取勝』啊。」

魔術師不會受到人類倫理道德束縛，不管一般民眾犧牲多大，只要好好遵守隱匿原則就沒有問題。話雖如此，做任何事情還是有所謂的限度存在。如果死一個人，頂多是他身邊的人悲嘆；但如果死十幾個、上百個人，公家機關自然會出面，再也無法靠個人能力隱匿，最終導致魔術協會出面。因此——應該選擇夜晚開戰，且開打前必須設下趕人用的結界。

但是，既然這次的聖杯大戰是召喚出神話、傳說級英雄出來任其大肆發威，就算因此犧牲一座城市也無可奈何，更遑論這座城市的一草一木全都屬於千界樹一族所有。

獅子劫在意起突然不說話的劍兵，回過頭去一看，發現她明顯露出不悅的表情。

「我不喜歡。」

「不喜歡什麼？」

「像這樣隨意犧牲人民的態度，魔術師這種人為什麼都沒有理應要有的倫理觀念啊？」

劍兵明顯表露厭惡地說。

「因為魔術師就是這種生物啊。」

「哼，噁心透頂。主人，我可不幹。」

「好啦好啦，我會盡量不要牽連一般民眾啦，『國王』。」

原本在圍牆邊晃來晃去的劍兵雙腳忽地停下。

「——你剛叫我什麼？」

「嗯？我叫妳國王啊。妳剛剛用『人民』稱呼一般人對吧？這種稱呼方式是位居高位者的特權，而且——成為王不就是妳的願望嗎？既然妳遲早都會當上王，現在這樣叫妳也沒差吧。還是說有差？」

劍兵表情僵住了。

「……不、不會，是沒差。」

「然後呢，妳的基本方針是盡量不要連累一般人，這樣對吧？」

「紅」劍兵咳了兩聲，好不容易讓僵住的表情恢復正常。她桀驁不遜地站在圍牆上俯視獅子劫說道：

「沒錯，也不可以襲擊一般人以補充魔力。」

「好喲好喲，我同意這些基本方針。」

……獅子劫畢竟是個一流魔術師，這兩種做法還是被他當成緊急手段安排在戰術裡面。話雖如此，若關鍵的使役者抗拒這麼做也白搭。如果使役者本身會主動襲擊一般人補充魔力也就罷了，但她都明顯表現出抗拒之意，就只能放棄這個方式。獅子劫的方針不是要隨他的意思掌控劍兵，而把重點放在讓劍兵隨她自己的意思行動。

以一般聖杯戰爭的情況來說，因為另外六組人馬都是敵人的關係，所以不管兩人之間有沒有關連性，都必須把性命交給對方。但以這次的情況來說，即使主人死去，使役者殘留下來的可能性卻很高。說得極端點，這些使役者就算叛逃到敵方陣營中沒有使役者的主人麾下，也毫無問題。

換句話說，沒有跟使役者建立信賴關係的主人很可能面臨背叛的命運。尤其這個「紅」劍兵認為主人和使役者之間只不過是同盟關係，要是碰到意見不一致，對她不利的情況，她很可能捨棄現在的主人。

這不是背叛，是捨棄；對王者來說是不可或缺的要素。

「……我是不是被你瞧不起了？」

「妳想太多。好啦，這邊也不成，下一個──」

聽到振翅的聲音，兩人一齊抬頭往天空看。一隻鴿子飛到他們腳邊，丟下一張紙條後離去。會這樣傳遞訊息過來的，當然是他們……跟獅子劫利害關係一致的四郎神父等人。

「聯絡喔……」

讀完紙條後，獅子劫的表情整個嚴肅起來。劍兵心想應該不是什麼好消息，從圍牆上跳下來窺探紙條。

「……狂戰士失控，殺去城堡了？」

「喂，聲音太大了。」

獅子劫急忙制止，這可不是可以在大白天大聲張揚的內容。但「紅」劍兵滿不在意地回話：

「搞不清楚狀況的人只會覺得我們在發神經吧。別說這了，失控是怎麼回事啊？」

「啊……回工坊我再跟妳解釋。」

「現在說啦，現在。」

獅子劫雖然對著堅決要現在知道的劍兵嘆了口氣，但她似乎根本不介意。

「這個狂戰士的狂化等級似乎很特殊。因為可以對話，所以原本以為他屬於能溝通的那種，實際上——」

獅子劫張開一隻手。

「他似乎根本沒有理解我方說詞。不管誰跟狂戰士說什麼，都不會改變他的戰鬥目的，也無法阻止他。然後呢，他為了完成目的而跑出去了。」

「喔，那他的目的是什麼？」

「戰鬥吧，應該說除此之外沒別的了。這下傷腦筋啦。」

「為什麼傷腦筋？」

獅子劫傻眼地看了劍兵一眼。

「如果在七對七的戰爭中，有一個人逕自衝出去……當然會死吧。於是形勢馬上變成七對六，既然使役者的戰力無可取代，我方將陷入絕對性不利。」

作戰的基本是避免逐一投入戰力，若戰力無法補充那更不在話下。儘管如此，狂戰士還是失控了，既然無法救援，那「紅」狂戰士就毫無疑問會被收拾。

對站在「紅」這邊的獅子劫來說，這消息著實讓他頭痛。另一方面，劍兵對已知結果的事情似乎不怎麼感興趣。

「有什麼關係，不過就是個狂戰士，只要戰鬥開打，這個使役者早晚會死吧，別管他別管他。」

劍兵一邊這麼說一邊咬下獅子劫在市場買來的蘋果後皺起臉，退還給他。

「難吃死了，還你。」

「……妳真的很惡劣耶。唔哇，真是有夠難吃。」

獅子劫咬了一口之後也皺起臉。

晚上，裁決者抓準艾瑪已經入眠之後，從閣樓跳出屋外。托利法斯的夜晚真的安靜得像「死了一樣」。但飄盪在城市裡的妖風、屍體和魔力的氣味，毫無疑問證明了聖杯戰爭正在這座城市開打。

裁決者將右手放進從教堂汲取的聖水後往空中一灑，水珠散發些許光輝，迅速描繪出城鎮立體圖。這是營運方（裁決者）才擁有的特權之一，可以探索使役者的功能。

探索結果——「紅」方使役者只有一位在托利法斯。

「……唔。」

裁決者歪頭，將探索範圍擴大。千界城堡裡面有六位使役者，顏色是「黑」色。

「……『紅』少了六位，『黑』少了一位……？」

對完全理解托利法斯屬於敵陣的「紅」陣營來說，似乎在離這座都市有些距離的地方探查狀況。雖然可以推測這個「紅」使役者是斥候……

這麼一來少掉的「黑」使役者難道也是斥候嗎？「紅」使役者們八成駐紮在附近的錫吉什瓦拉吧。嚴格來說，聖杯戰爭在一座城市舉行，因此駐紮在錫吉什瓦拉可以算是違反規定。

「但是，以現階段來說，採取這種戰略也是不得不為之吧。」

畢竟托利法斯是千界樹一族的管轄地，跟冬木那樣藉由三大家一同管理而保持一定公平的狀態不同，托利法斯只有千界樹一族這唯一王政。

再加上這座都市的規模很小，彷彿一座拒絕發展的質樸小鎮。跟冬木不同，可供外來魔術師藏匿的地點不多；相反的，千界樹一族只要籠城在堅固的千界城堡裡面就可了事。

雖說他們確保了大聖杯，但這個狀況實在太不公平。如果「紅」方只是駐紮在托利法斯以外的地點，確實應該睜一隻眼閉一隻眼。

城鎮平穩得令人害怕。若是平常的聖杯戰爭，應該已經起過一兩次小衝突了……

「既然『紅』方只有一位無法妄動，那『黑』方也就按兵不動吧。」

這麼一來，今晚會是一個寧靜夜晚嗎？

彷彿背叛才剛這麼想的裁決者，城堡內的使役者們一口氣有了動靜。他們並非往托利法斯鎮上過來，而是外緣——

「往森林過去……？」

裁決者修正探索範圍，將目標移往位在托利法斯東部的伊底爾森林，並確認三位「紅」使役者正在森林裡移動。

難怪城鎮如此平穩，因為他們打算在郊外開戰。

「也好，居民能夠平安是好事。」

雖然破壞自然也是個困擾，希望事情不會演變成因為「紅」槍兵出手而燒掉整座森林就好……裁決者一邊這麼想，一邊一路往森林奔去。

第四章

第四章

托利法斯東部　伊底爾森林

——那個男人渾身肌肉。

不管怎麼想，都只有這個比喻。雖然是個超過兩公尺的大塊頭，但不論誰看到他，首先注意到的一定是那超乎常人的肌肉；接著想看看他有多高而抬頭之後，一定會更加絕望。

刻畫在慘白膚色上的無數傷痕，可以輕易想見他一定經歷了嚴苛的修行並累積了輝煌戰果，但這些傷痕明顯沒有傷害他多深。

拿一把小刀刮巨大鐵球，並不會對鐵球造成致命損傷。沒錯，他的肌肉就像鐵塊一樣。銳利的刀刃只能割傷他的皮膚，或許會造成一點出血，但僅只如此。

手臂跟鱷魚的身體一樣粗；儘管什麼也沒穿，但大胸肌明顯有著跟全身鎧甲沒兩樣的強度；緩緩前行的雙腿如猛瑪象後腿那般強韌。

雖然皮帶緊緊捆著包含臉在內的全身部位，男人卻沒表現痛苦神色，甚至露出愉悅的笑容。他身上就只穿著那些皮帶，說穿了，包覆腰部和股間的皮革沒有任何保護身體的效果吧。

但是這樣就好，他的肌肉不是該被鎧甲覆蓋的東西，甚至該說他不需要鎧甲；他的肌肉就是強悍到這種程度。

這樣的男人，在傍晚時分隨性地走在托利法斯東部的廣大森林裡。

這景象不禁讓人覺得看到巨大章魚登陸還比較真實，自然森林跟男人就是這麼不搭調。

男人是「紅」使役者，狂戰士。

「——狂戰士，還不停下！」

有個人正在追蹤有如出閘野獸的他。看起來像一位少女的來者接連跳過一根又一根樹枝，仍不停對狂戰士喊話。

身穿翠綠衣裳的少女眼中同時有著野獸般的無機質和銳利。一頭放任生長的長髮雖然不像貴族那樣滑順，卻與她充滿野性的面孔無比相襯。沒錯，她就像隻美麗的人型野獸。

狂戰士笑了，但絕不停下腳步，回應她的話：

「哈哈哈哈，弓兵啊，我無法聽從妳的命令。我必須前往那座城堡，前往壓制者們身邊啊。」

「紅」弓兵煩躁地吼道：

「你這蠢材！就說要等待時機成熟再行動，為何就是不懂！」

但狂戰士不會停止，持續強而有力地踏出一步又一步，已經走了整整兩天。一路上，狂戰士被人撞見的次數絕對不只一兩次，但弓兵只能祈禱那個看起來很有問題的神父會好好處理這個問題。

「我的字典裡面沒有『等待』二字。」

「紅」弓兵也認為再講下去不會有用，決定放棄他了。說正確點，算是決定按照鴿子發來的指示，既然無法說服，就選擇專心支援他。

「說穿了就是狂戰士，無法溝通啊。」

一道聲音回應她隨著嘆息吐出的這句話。

「是啦，的確是，他顯然不是隨便當上狂戰士職階的啊。」

弓兵順著從頭上下來的聲音抬頭一看，一個面帶爽朗笑容的青年佇立在上面的樹枝上。青年是個面容姣好的美男，但不像令貴族著迷的溫柔騎士。男子雙眸如猛禽般銳利，健壯的身體雖然精實，卻沒有任何稚嫩的感覺；有著不論男女老幼都會為之著迷的英傑風範。

「紅」騎兵……是刺客的主人四郎神父表示實力足以與不死身大英雄迦爾納匹敵的男人。

「騎兵……你的意思是只能捨棄他了？」

「紅」騎兵聳聳肩回答：

「這也是沒辦法啊，那是一種滿腦子只有戰的生物，我還覺得想勸退他的妳比較奇葩耶。」

「畢竟我習於控制失控的猛獸啊。雖然想過索性一箭射穿他的膝蓋……」

但這麼一來，狂戰士毫無疑問會改變攻擊目標，轉而襲擊弓兵吧。

「大姊，多謝妳這麼自制啊。」

「話說你啊，為什麼追上來了？」

青年一副終於等到妳問這句話的態度，露出滿心笑容。

「這還用說，當然是因為我擔心妳呀。」

「喔，這樣啊。」

弓兵沒有臉紅、沒有吃驚、沒有生氣，可謂毫無反應。美男子這番話如果對一般女性說，想必不管多麼忠貞的妻子都會不禁臉紅吧。

但是呢，對跟野獸一起長大的弓兵來說，這種搭訕用的話起不了任何效果。騎兵沒想到這句必殺台詞竟然會被輕鬆閃過，尷尬地抓了抓頭，然後咳了一聲，回到原本的任務上。

「……所以，我們的任務是後方支援，在不勉強自己的情況下支援狂戰士，並趁機收集情報對吧。」

「再過不久就要與敵人接觸了。如果順利，那傢伙恐怕今晚就會抵達城堡；不過我覺得對方應該會在那之前出面迎戰。」

「嗯……總之想拜見一下『黑』傢伙們的尊容啊。」

弓兵和騎兵都是一流的獵人與戰士，不至於認為只靠三個人殺進有七位使役者坐鎮的城堡還可以獲勝。

「至少要派出兩個使役者才能阻止那個狂戰士，或者他們也可能全數殺出。」

——沒錯，要阻止狂戰士得花上非比尋常的功夫。

「話說回來……這傢伙真的超出我們從知識之中得知的狂戰士規格太多了。」

「就是啊，想說他是個可以對話溝通的狂戰士，狂化等級應該沒那麼高……」

「紅」狂戰士的狂化等級，其實是無法評斷。因為他會說話，所以容易誤以為他的狂化等級偏低，但那個狂戰士只是會說話而已，無法溝通。然後與其說他會違抗命令，不如說他根本沒有理解命令是什麼。就算花掉兩道令咒下命令給他，他也只是覺得有很沉重的壓力壓在身體上，並不會停止自己的行動。

「色雷斯的角鬥士，反叛者的象徵——斯巴達克斯，真的是個很奇特的男人。」

「紅」狂戰士斯巴達克斯原本是羅馬的角鬥士奴隸，但某天他突然帶著七十八個伙伴一起逃脫，並擊退約由三千人組成的追殺部隊，是促成各地奴隸進行武裝抗爭的英雄。最後被委託的海盜背叛，雖然遭到羅馬大軍砍殺，但在那之前則是連戰皆捷，對弱者奴隸來說，他的確是希望之星。

他憎恨所有採取高壓統治的人，為了保護、體恤、療癒弱者，對一切強者燃燒鬥志。最重要的，他是為了反叛而戰的狂戰士，這就是「紅」狂戰士。

「話說騎兵，你的馬怎麼了？」

「我們是來收集情報，當然不會把這邊的情報洩漏出去啦。這回我不會用上牠。」

「嗯……如果是你應該不會有太大影響吧。武器是拿劍？還是槍？」

「當然是槍。」

騎兵和弓兵持續追蹤依然失控的狂戰士，直直往前走的他其實沒那麼容易跟丟。

「話說弓兵，我有件事情想問妳。」

「怎？」

「妳見過主人的臉嗎？」

「……不，沒有，我只見過那個自稱主人仲介的神父。」

被召喚出來後，弓兵馬上發現眼前的男子不是主人。一來是因為他身邊跟著一個明顯是使役者的人，二來從他身上感覺不到魔力管道連接。

「我也一樣，不過要說魔術師就是這種存在，那的確也是啦。」

「……不管怎麼想都不太正常吧，但是考慮到最終等著我等的東西，似乎也無須追究……」

這場聖杯大戰……最大的問題不是打輸，而是打贏了之後。不管哪方陣營殘存，七位使役者全數平安的可能性都偏低。但是，應該不至於只有一位使役者活下來。

然後，聖杯是只能實現一組人馬願望的存在。因此，戰勝大戰的瞬間，應該就會發起內訌了。只要是魔術師，都會以到達位在世界之外，記錄了所有未來、所有過去的「根源之渦」為目標。如果眼前出現能夠通往「根源之渦」的聖遺物，就算對方曾經是伙伴，也會理所當然地互相廝殺。

當然，使役者也是一樣。為了實現自己的願望，必須打倒曾經並肩作戰的伙伴。所以說，雖然是共同作戰，但這樣的關係最多維持到尾聲，在勝利底定之前吧。

「……我想因為這樣他們才不露臉吧。」

「不不，還是該露個臉吧……我總覺得那個神父和使役者很可疑啊。」

「……刺客嗎？記得真名是塞彌拉彌斯對吧。」

因為打照面的時候，「紅」刺客很乾脆地說出自己的真名，此舉讓弓兵和騎兵都不禁傻眼。

——沒什麼，畢竟吾是刺客，本身比較難取信於人，所以至少先說出真名以證明吾是真的要與各位共同作戰。

說是這樣說，但騎兵和弓兵並不信任她的說詞。她身上那股頹廢的氣息，讓身為純粹戰士的兩人覺得煩躁且不可信賴。

「沒錯，塞彌拉彌斯，是亞述的女王。唉，為什麼王者不分公母都那麼臭屁啊。讓人不爽，非常不爽啦。」

「因為總是受人服侍才會變成那樣吧，我們的立場跟她平等，你不用太介意。」

……時間過了三小時，太陽已經下山，黑暗正打算覆蓋森林。狂戰士原本順暢地進軍，這時稍稍停了下來。

「敵人嗎？」

「嗯，但好像不是使役者。」

弓兵說得沒錯，阻擋在狂戰士身前的，是千界樹一族的尖兵戰鬥用人工生命體，與身軀龐大到狂戰士都必須仰望的巨大青銅魔像，數量超過一百以上。

「怎麼辦？要出手幫助嗎？」

騎兵提議得很悠哉。這也難怪，如果對方派出使役者就罷了，但那些敵人根本不必相助。於是兩位使役者判斷無須出手，選擇了「旁觀」。

「紅」狂戰士與「黑」尖兵之間的戰鬥正可謂「單方面」屠殺。

人工生命體們的斧槍埋進狂戰士肩膀，魔像的拳頭砸在他的臉上。雖然被足以粉碎鋼鐵的強力拳頭直接命中，但他臉上依然保持微笑，甚至讓人覺得他笑得更開了。

基本上，狂戰士完全不閃躲攻擊，甚至可以說他是把自己送出去挨打。

承受攻擊，承受、不斷承受。接納痛楚、受傷，儘管如此，仍像法喜般帶著滿臉笑容。後來，沒有力盡的人工生命體和魔像也開始疑惑，停止攻擊。這時狂戰士突然採取行動。

「壓制者創造的可悲人偶啊，至少在我的劍與拳下長眠吧。」

狂戰士一把掐住魔像的臉，毫不費力地拋出估計有三公尺高的魔像，不幸位在落點的人工生命體們慘遭壓潰。

「好了，你們也一樣。」

說完隨意橫砍一劍，只是這樣一個簡單動作，就把那邊的人工生命體們上半身砍飛，接著一拳打向掙扎的魔像，粉碎了以魔術強化過的青銅製頭部。

狂戰士的暴行毫不停止，他大大張開雙臂，勇猛地向前衝刺，一把抱起五個魔像後身子猛力向後彎倒，總共重達數噸的魔像，就這樣被他的背摔砸爛腦門。

他肆虐的模樣根本是人體颱風，每揮一劍、每打一拳都會產出大量的破銅爛鐵與屍體。

「紅」狂戰士微笑著揮劍、微笑著舞拳，這光景簡直是場惡夢。就連只有淡薄情緒的人工生命體，也都被他的瘋狂侵蝕，選擇逃亡。

「徹底扯爛」最後一尊魔像之後，狂戰士看著自己造成的破壞與肆虐痕跡，滿足地點點頭，再次邁步而出。

「……他在笑耶。」

「他在笑呢。」

弓兵和騎兵都抱著一種看到詭異東西時特有的尷尬感覺，互相看了看對方。戰起來是當然、打贏也是當然，他們對這悽慘的結果沒有意見，也沒有任何感想。只不過從頭到尾笑容不斷的狂戰士，卻足以讓兩人感受到某種寒氣。

「……嗯，那個英靈的確除了狂戰士之外，什麼都不是。」

弓兵和騎兵或許認為如果他會露出憤怒的表情，那可能還是有理性的狂戰士。但是他一直在笑，笑得陶醉。帶著彷彿沉醉在什麼裡面的微笑戰鬥、殺戮、粉碎敵人。

「不管怎樣，這樣就可看出實力。如果不拿出一定程度以上的寶具，無法阻止那傢伙前進。」

「喔，弓兵，按妳來看，可以吃掉對面一個使役者嗎？」

「很難說，如果他的寶具可以順利運作，就不是不可能……」

「但要讓那傢伙的寶具『順利運作』本身就是件超高難度的事情啊……」

儘管處於共同作戰狀態，但「紅」使役者們並沒有彼此明確解說過寶具的性能；只有狂戰士的主人例外。

寶具名為「疵獸咆哮（Crying Warmonger）」，因為寶具性質太過特殊，如果在一般聖杯戰爭之下，基本上這位英靈肯定不可能存活下去。

「但『黑』使役者們要是沒有相應策略，只是不斷傷害他，情況或許會變得很有意思。」

沒錯，如果是受愈多傷、承受愈多損害，就會變得愈強大的那款寶具——甚至有可能一發結束掉這場聖杯大戰。

「……唔。」

弓兵不快地抽動鼻子，金屬和機械油的氣味對接近動物的她來說，似乎是難以忍受的惡臭。

「怎麼了？」

「被發現了，『黑』使役者正往這邊接近。」

弓兵的知覺比騎兵敏銳得多。如果她所言屬實，應該很快就會接敵了。

「——動手吧。」

「好。」

兩位使役者召出自身武器。

騎兵召出的槍，與「紅」槍兵的槍大相逕庭。槍兵的猛槍是藉由銳利的槍尖及超重量帶來破壞，但騎兵手中的槍則是適合短兵相接，「打造」成單純卻堅固耐用的槍。從槍的長度與可以輕鬆單手持握來看，應該是也可用來投擲的槍。騎兵似乎不打算使用原本的武器「騎乘」，而打算以短兵相接的方式應戰。雖然平常作風偏向蠻勇，但見他態度依然悠哉自得，明顯表現出這個「紅」騎兵是個突出的豪傑。

另一方面，弓兵則是理所當然地拿出一把弓。那把比她還大的黑色西洋弓，據說是狩獵女神（阿緹蜜思）賜予的天穹之弓。弓本身名叫陶羅波羅斯，也是別號公牛殺手的女神阿緹蜜思的另一個名字。這是一把與弓兵非常匹配的好弓，世上沒有這把弓射不穿的物體。

「那麼騎兵，我先撤後支援你跟狂戰士吧。」

她說完立刻撤退，潛入森林的黑暗中。看著她退去的騎兵儘管感覺得到她的氣息，卻無法得知她身在何處。如果是超一流的獵人，與森林融為一體也不是什麼難事吧。

「好喔，就來稍稍鬧個一下吧。」

隨後，連騎兵都可明確看出的影子有兩道，緩緩從森林深處出現，從氣息來看兩者都是使役者，看樣子對方打算「只用兩位」來收拾「紅」騎兵。

「——去你的『黑』使役者，瞧不起我啊？不全體出動，是沒有機會勝過我『紅』騎兵的喔。」

嗤嗤笑著的臉上充滿絕對的自信，儘管沒用上原本該用的武器，渾身仍滿是活力與強大的鬥志。

「……啊、啊啊…………」

「……」

兩位使役者現身。一位是手中握著巨大戰鎚(Mace)的少女，「黑」狂戰士；另一位是昨夜與「紅」槍兵激戰過一輪到天明時分的「黑」劍兵。

「嗨，兩位好啊。你們是劍兵跟……狂戰士沒錯吧？」

劍兵無語點頭，狂戰士則以低吟聲回應「紅」騎兵的問話。

「我是『紅』騎兵。對了，不用擔心，我沒騎乘並不是因為戰爭才開打我就失去坐騎，而是因為拿來對付你們兩位太浪費了。總之要是你們不湊齊七位殺過來，打起來就毫無樂趣可言啦。」

騎兵用半開玩笑的口氣宣告，表明你們根本就不是我的對手，如果想要我拿出真本事，就全體出動再說吧。

但與他對峙的也是尊爵不凡的英靈，狂戰士的低吼變得粗暴，劍兵也不悅地挑了挑眉。正常人光是接觸到他們的殺氣，就足以被捏碎心臟了吧。

——但「紅」騎兵就算看到他們的反應，依然一派輕鬆。即使承受了野獸般的凶暴與不負勇者之名的沉重壓力，他臉上仍舊維持著挑釁的笑容。

那是他再熟悉不過的殺意和憎恨，對世界上只要有唯一摯友和心愛女人就滿足的英雄來說，這些跟吹過的微風沒兩樣。

硬要說，只有時代和手中的武器不同。這就是常態，沒什麼不一樣，然後他也會一如既往地捨棄一切。

這就是「紅」騎兵生前喜愛的人生型態。

「——來啊，讓你們實際體會什麼叫作真正的英雄、真正的戰士。」

騎兵架起槍，這一瞬間，「黑」劍兵因為鬥氣能與之抗衡而克服；「黑」狂戰士則是因為屬於人造生命，情感淡薄而得以帶過。否則若是正常人類在場，想必精神會輕易崩壞。

三——倒數開始。

森林廣闊，滿地都是不利於揮槍舞劍的高大樹木。

二——漸漸凍結的空氣令人再熟悉不過。

但是，現行三把武器中，槍有最優秀的「突刺」攻擊方式，只要有這把能夠一擊貫穿心臟、一擊刺穿頭蓋骨的「殺英雄之槍」，「紅」騎兵就不認為環境對他不利。

一——即將爆發，彷彿時間停止的感覺。

而且最重要的，只要有世界馳名的弓兵支援，「紅」騎兵的自信就完全不會動搖。

零。在場所有東西被吹飛，被當成不純之物掃掉。有人前進、有人舉起武器、有人躍起。

§§§

「紅」狂戰士完全不把出面迎戰的人工生命體和魔像當一回事，這些人工生命體和魔像完全不堪一擊，但「黑」使役者們卻不見焦躁。本來只要是英靈出馬，有這樣結果也是理所當然，不需驚訝。

「……說是這樣說，但我覺得打成那樣還是要算成例外吧。」

「——真是悽慘。那個狂戰士不是靠技術，而是傲慢的力量屠殺敵人的怪物。他完全不管術理，彷彿是只為了戰鬥而生的英靈。他並不是因為身為狂戰士被狂化才變成那樣，而很有可能是除了狂戰士之外，沒有任何職階符合他的特質。」

「黑」弓兵同意「黑」騎兵的說詞。兩人身邊站滿了與方才完全不能比的大量魔像，千界樹將製造出來作為戰爭用戰力的半數以上魔像都投入在這場捕捉戰上了。

「他會不會用同樣方式殺了你我啊？」

「看他蠻力那麼強，的確很有可能，務必要躲開直接攻擊。」

「好喔——我盡量——」

騎兵的聲音沒精神到感覺不出任何戰意，弓兵見他態度如此露骨，便刻意到他耳邊嘀咕：

「……我知道你意願很低，但要是在這裡不小心喪命，就沒有辦法救助他嘍。」

「我、我知道啦！」

騎兵站起來拍了自己的雙頰打起精神，並執起長槍，一副要敵人隨時放馬過來的態度。那是一把裝飾華美的黃金騎槍（Lance）。

「騎兵，某種意義上你肩負了最危險的任務，請千萬不要大意。」

弓兵說完後化為靈體，應該是打算回到他原本該待命的城牆上去吧。落單的騎兵嘆口氣自言自語：

「……唉唉，真是的，我就最不擅長應付這種的啊，我最討厭危險了。但是呢，也只能去做了吧！」

極為開朗明快的聲音——就像要呼應他一樣，另一道聲音跟震動漸漸從樹林那端靠近過來，但身影仍然埋沒在黑暗之中，無法掌握。

——來了嗎？

接著突然一片寂靜。沒有任何動靜，只有吹過的風聲支配周圍；但是狂戰士並不具有斷絕氣息的手法，即使還沒現身，也明確地表示了自身存在。

騎兵抱著對方在這裡的明確預感，打算踏出一步的瞬間。

「——好了，壓制者啊，傲慢潰堤，強者的驕傲將被打散的時機到來了！」

「紅」狂戰士打飛大樹現身。

「……哇喔。」

一打照面，騎兵就立刻想腳底抹油了。

他不怕巨人，畢竟過去曾與有幾十隻手臂的巨人加里戈藍對抗過，甚至還意氣風發地拖著他到處跑。

他不怕面貌凶惡的人，也不怕拿憤怒瘋狂的怪物當對手。但是，當面貌凶惡的巨人臉上帶著微笑呢——就有點可怕了。

沒錯，就是因為他在笑才可怕。明明殺入敵陣卻還在笑，不是對自己相當有自信，就是早已瘋狂到完全不在乎自身處於有利或不利的境地了。

身高超過兩公尺，手中握著羅馬短劍；從剛剛的那一擊來看，拳頭本身應該也有十足破壞力吧。

再加上他的強壯程度根本破格，就算自己的一招能夠使其負傷，應該也無法將之打倒——沒錯，儘管知道自己只能傷害對方，但「黑」騎兵還是被期望來打頭陣，也知道自己必須打頭陣。

「——不過嘛，我就是為此被召喚出來的啊，要說沒辦法也是沒辦法呢。好喔，只好動手啦！」

「黑」騎兵露出不輸「紅」狂戰士的得意笑容，舉高方才提在手中的黃金騎槍。

「遠方之人聆聽此聲！靠近之人好好看著！我乃查里大帝麾下十二勇士之一阿斯托爾弗！堂堂正正地——一決勝負！」

騎兵不僅隨心所欲地吼出很久沒講的開場白，甚至很乾脆地說出了應該隱瞞的自身真名。幸好「紅」狂戰士並不存在因為對方真名為何，就會改變作戰方式的思維模式。

「哈哈哈哈哈，很好，你的傲慢很棒。來吧，來踐踏我看看吧！」

狂戰士一邊笑一邊衝向騎兵。他的動作意外地敏捷，有如一隻身體跟棕熊一樣龐大的山豬失控暴衝。

「哈哈哈哈哈哈哈哈哈哈哈哈哈哈哈哈哈哈哈哈哈哈哈哈哈哈哈哈哈哈哈哈哈！」

一邊笑，一邊從上段往下攻擊——狂戰士這猛烈一記足以壓垮騎兵嬌小的身軀，但騎兵華麗地閃開了。

「……咿！」

他確實閃過了，但遺憾的是世界上存在那種即使躲過也沒有意義的攻擊。狂戰士的攻擊在大地上刻出爪痕，波及一旁的騎兵，光靠衝擊力就將之打飛。

「痛痛痛痛痛……這一下也太過分了吧。」

騎兵扳著臉，搓揉撞到的腰部站起來……面對只要接觸就會被打飛，無法以力量抗衡，就算想巧取也不可能成功的對手，他眼中依然沒有一絲恐懼。

他畢竟是個英靈，而且說到查里大帝十二勇士中的阿斯托爾弗，據稱就是個「理性蒸發」的蠻勇之徒，也是個周遊世界創造許多傳說的冒險家。

這樣的他透過冒險所獲得了許多魔術禮裝——例如號角、書本、鷹馬、閃耀黃金色的騎槍。

「好啦，阿爾加利亞……我們上！讓他見識你的力量！」

騎兵衝出，即使沒有騎乘坐騎，但他的衝刺依然如電光石火。不過，對幾乎沒有感情的「紅」狂戰士而言，來自「黑」騎兵的攻擊只會使他歡喜，絕不值得恐懼。

只要敵人給予的攻擊愈強烈、場面愈顯得絕望，翻盤逆轉的一擊就更讓人愉悅。即使腹部被貫穿，這個狂戰士還是會反擊。

因此，狂戰士抱著肯定的想法再次舉起劍，徹底壓縮的腹肌有不遜於鋼鐵的堅固。

「——一觸即摔（Trap of Argalia）！」

但「黑」騎兵的騎槍並非以殺傷敵人為前提。當然槍就是槍，被刺中會受傷，貫穿心臟還是會死人。

不過，這種用法就只是一般的騎槍——並沒有賦予什麼強化魔術，也不是可以貫穿所有物體，更沒有什麼絕對會命中心臟的因果論。

儘管如此，這把騎槍的力量在戰場上卻非常要命。

狂戰士有股自己正在往下掉的感覺，原本應踏著的大地消失，讓他瞬間忘了自己應該往下揮出的劍。雖然他仍保持微笑，也沒有吃驚，卻無法顛覆這沒有道理的現況。

寶具「一觸即摔！」，這把被隨便取了個名字的騎槍，真的只能發揮如字面所述的效果。若按照傳說所述，這把契丹王子阿爾加利亞愛用的騎槍，可以讓碰到它的所有物體立刻摔倒。在戰場上，重裝騎兵若墜馬，就等於面臨死亡。即使不上戰場，但只要拿這把槍參加騎槍比武，也不難想像可以獲得多少名譽。

如果將這把槍作為寶具，用在使役者身上，就會以將膝蓋以下強制靈體化的方式實現傳說。不管碰到身體哪個部位——就算從以魔力編織成的盔甲外接觸也一樣，騎槍會強制切斷膝蓋以下的魔力供應，導致使役者暫時無法構成肉體。

話雖如此，光靠這樣還無法阻止「紅」狂戰士。只要他膝蓋以上的部位完好，就算用爬的也會打算打倒對手吧。

「只是失去雙腿無法阻止我。」

「……嗯，你說得沒錯，所以我們現在才要開始阻止你。好啦，一起上！」

「黑」騎兵號令的同時，一旁待命的魔像們一口氣撲了上去。

重量超過一噸的魔像壓在「紅」狂戰士手臂上意圖封住其行動，但他像個孩子一樣亂揮手臂就將之擊退。魔像的上半身被他一拳打碎，然而魔像的優勢就在於即使頭部粉碎，直到機能完全停擺之前都還可以自由活動。

它們簡直像捕捉到獵物的螞蟻一樣整齊劃一地覆蓋住「紅」狂戰士。但它們的獵物不是無力的小動物，也不是綠色毛毛蟲，不論螞蟻怎樣啃咬，巨人都不可能停下。

「紅」狂戰士不會停下，儘管膝蓋以下的部位被靈體化，依然直直朝著城堡進擊。

「哈哈哈哈哈，這很好，完美極了。大量敵兵，且我滿身瘡痍。噢，這才是——獲勝時更有高唱凱旋之歌的價值吧！」

狂戰士身上各處壓滿了魔像，彷彿膨脹了兩圈。身上披著由岩石、青銅、鐵構成的盔甲，他仍持續前進著。

往前、往前，只是往前，「紅」狂戰士雖然愚蠢，卻不是妄想之徒。

透過鼻子、肌膚、耳朵、雙眼、舌頭——他知道壓制者就在前方。

「嗯，了不起。術士，不需要慚愧，你的魔像們真的表現得很好，只是這狂戰士太異常了。」

「……！」

「紅」狂戰士加速前進，他扯開層層覆蓋身上的魔像，的確看見了。

「你是——」

「沒錯，『紅』的狂戰士啊，若爾所求之物乃是權力者——那孤就是立於其頂點之人。」

「喔喔、喔喔……喔喔喔喔喔喔喔喔喔喔！」

「紅」狂戰士歡欣鼓舞地伸出手。還差一點，還差一點這隻手就可以抓到壓制者了。每次、每次都是在這樣的苦難之後獲得滿滿的榮耀與歡喜，狂戰士的邏輯完美且完善，沒有任何可以攻破的餘地。

但他忘了很重要的事情，在這樣苦難之後等待著他的，只有悲慘的死亡和殘酷的結局而已。

狂戰士勇猛前行，有如凍僵的雙眼看著「黑」槍兵——弗拉德三世，在這羅馬尼亞稱霸，無情地殺戮所有敵方的英雄。然後，與之敵對者帶著恐懼之情稱呼他為——「極刑王（穿刺公）」。

「黑」槍兵如此宣告的同時，附近的土地隆起。

「壓制者啊，我會……打倒你！」

狂戰士無懼魔像的重量舉高了劍，一根尖銳的樁打在他的手臂上。即使不覺得痛，但這根樁仍然阻止了他的行動。

「孤的生涯一直都在與爾這種叛逆之徒作戰。孤誅殺他們所有人並將其穿刺擱置直到肉體腐爛。然而——」

數公尺長的樁一口氣連著魔像身軀貫穿狂戰士。「黑」槍兵只是粗略地讓他操控的樁做到「不至於貫穿靈核」的程度，因為他認為儘管要盡量避免殺死對手，但不需要因此做出消磨精神力的事情。

死了只是可惜，但如果運氣好活下來——就有更慘烈的地獄等著狂戰士。

膝蓋以下靈體化、魔像覆蓋全身，加上心臟與大腦以外的部位全部被刺穿——即使

如此，為了討伐近在眼前的壓制者，狂戰士還是動了；這已經不是用憎恨或偏執可以說得通的狀況。

沒錯，「黑」槍兵即使犧牲半數魔像也想確認狂戰士的信念，想看看他是不是只是個認為反抗權力就好的愚蠢蠻人，或者即使發狂了仍然——將無論如何無法退讓的一條線刻在自己身上呢。

槍兵滿意地低吟：

「孤像這樣與爾面對面後總算明白了。爾的叛逆是高尚靈魂的表現……無論何時都不允許強者蹂躪弱者，為了把強者拉下成為弱者而戰。」

不是「為了」弱者，若只是這麼表面的膚淺理由，狂戰士到不了這裡。他只是——

「爾非夢想家而是狂想家，夢想過平等的世界嗎？孤頭一次——想對叛逆者這種存在表示敬意。並且，對爾來說實屬遺憾——」

槍兵一彈指，身旁的「黑」術士上前。

「孤要將爾的叛逆轉變方向。『紅』的狂戰士啊，爾今後的主人就是我等了。」

「…………」

「紅」狂戰士不笑了，以淒厲無比的憤怒表情面對「黑」槍兵。槍兵所說的話是

「從屬」，對狂戰士來說那是比死還嚴重的屈辱，也是絕望。

「那麼——」

「黑」術士淡然地命令壓制狂戰士的魔像們，它們立刻改變形體成流體狀，與椿一起纏住狂戰士。即使是反叛的英雄斯巴達克斯，也沒辦法掙脫這石牢吧。

「術士，解剖就交給你了。」

「……遵命。」

「黑」槍兵就這樣對狂戰士沒了興趣。既然即將變成自己的部下，那麼他該露出尖牙的對象就不是「黑」，而是「紅」。對槍兵來說，只要知道這點就足夠了。

「黑」騎兵對即將回去的「黑」槍兵大叫：

「好啦，我想我已經沒事做了，就先閃人啦！」

然後，騎兵很快地靈體化回到城堡，當然是為了利用現在這個混亂狀況。暫時應該沒人有餘力顧慮一個人工生命體，所以現在就是大好機會。

§§§

——既是無敵，也是疾風。

「紅」騎兵嗤笑「黑」劍兵與「黑」狂戰士發出的猛攻，兩位使役者搭配得天衣無縫，同時打出上段與下段的攻擊。

但騎兵只消一個扭身、跳躍，靠著一把細槍就漂亮地擋下了兩者的攻擊。

「天真！」

並且幾乎同時出腳。這種戰法果然沒有基於騎士禮儀，而是在戰場上徹底磨練出來的武藝。

「黑」狂戰士儘管被打飛，仍勉強重新站穩，每當她不悅地低吟，空間就會產生奇妙的擠壓。但「紅」騎兵看起來沒怎麼介意，再次與「黑」劍兵激烈衝撞。

兩者身上沒有一點傷，彼此的攻擊幾乎都無效。劍兵是染了龍血的大英雄齊格菲，若非B級以上的攻擊手段幾乎無法傷害他。因此，現在維持著均衡狀態，但若這位騎兵的寶具能夠貫穿龍血……

『劍兵，你在幹什麼！他根本沒受傷！用寶具，快用寶具！』

雖然主人提議，但劍兵只能忽視。因為「紅」騎兵還沒拿出真本事，他完全沒受傷的謎底還沒揭曉。

究竟對方擁有跟自身寶具同等的防衛能力呢？還是超過其上的能力？又或者必須滿足什麼特定條件才能夠傷害他呢？

如果在此使用寶具，就等於洩漏真名——今後的戰鬥想必將因此陷入不利。假設能在這個時候收拾掉騎兵，確實會帶來壓倒性的好處……但要是他沒死又會怎樣呢？

不用說，自己就會變成因使用寶具而洩漏真名的蠢才，再加上若騎兵沒有在此做個了斷且順利逃脫，那麼自身的真名就會完全洩漏給敵對陣營了。這麼一來，對手今後將徹底針對自己背後的弱點攻擊吧。

「黑」劍兵雖然喜歡被說成有勇無謀，卻不喜歡被說是個蠢才，因此他只能默默忽略這項指示，並希望主人理解。一般來說，這時候應該盡可能仔細地加以說明，但很遺憾他現在根本沒有那個餘力。

「紅」騎兵先往後一跳，可能想要重整旗鼓吧。

「……彼此都沒招了呢。」

「……」

劍兵遵照與主人之間的約定不說話。見他這麼沒反應，「紅」騎兵露出有點不悅的表情。

「反應真冷漠。在戰場不會笑的人，在樂園（Elysium）也會忘了要怎麼笑喔。這個世界被陰沉的氣息腐蝕化膿，既然如此，至少消散之刻要快活地走啊，不覺得嗎？」

——不覺得。在戰場上笑，有時會變成汙衊對手的行為；不對，是至少有可能會讓對方這樣認為。若彼此認同對方的力量，可以一同歡笑，那當然會變成戰場上的爽朗之風；但在屍體前面笑就只是嘲笑罷了。

「紅」騎兵笑著對無言表示拒絕之意的「黑」劍兵說：

「……我是說，『消散之刻要快活地走』喔。」

下一瞬間，比聲音還快飛抵的看不見箭矢直接命中「黑」劍兵胸膛。

被打飛出去的劍兵撞斷好幾棵大樹，翻了個跟斗倒下。

「……嗚嗚……！」

「黑」狂戰士說不出話，但她瞬間理解到底發生了什麼事。剛剛那一記是在「紅」騎兵遙遠後方的另一位使役者發出。

狂戰士的思考冷靜且迅速。來自遠方的攻擊，而且不是由魔力發出，是純粹的物理能量一擊——也就是弓兵！

雖然以下是推測，但在旁觀看「紅」騎兵戰況的那位使役者理解到通常程度的攻擊無法傷及劍兵，因此為了施加更高段的物理攻擊而徹底拉滿了弓。

剛剛發出的那記攻擊明顯超過A級程度，也因此能衝破「黑」劍兵的守護能力吧。

……問題在於對方位在我方兩人都無法察覺的遠處，再加上這裡不是視野良好的草原，而是深夜裡生長了茂密樹木的森林之中。既然位在我方看不見的遠處，就算對方的夜間視力很好，「黑」劍兵也應該只是個會動的點而已啊。

但對方射中了，這才是最恐怖的一件事實。擁有相當A級破壞力的超遠距離狙擊、在視野幾乎為零的深夜環境之下瞄準、簡直跟穿針引線沒兩樣的超超精密射擊。如果將這些一個個分開來看，或許都有人可以完成；但在所有條件都齊備的情況下還可以做到的英靈，究竟有多少個呢——！

「紅」騎兵的臉突然繃緊。他凝視著森林另一邊「黑」狂戰士的身後咂嘴。

「……看來我們的狂戰士完蛋了，但小姐妳還在這裡。狂戰士換狂戰士，彼此互搶也是公平，對不對啊？」

露出開朗且殘酷笑容的「紅」騎兵在握槍的手上加諸力量，儘管是不知道恐懼為何的狂戰士，仍感覺得出那笑容有著某種深不見底的東西。

更重要的——從方才的攻擊可徹底明白，自己的攻擊缺少了「什麼」，就結果而論無法傷及他分毫。

「好啦，『黑』劍兵要幾秒才能復活呢，十秒？二十秒？不管怎麼樣，不會比我出一招更快。」

不論逃亡、迎戰、投降，全部的選項都被切斷了。

「黑」狂戰士只能咬著牙接受現況，或者完全解放自己的寶具，與之共赴黃泉嗎？被迫下決定的狂戰士低吟做好覺悟，打算傾盡自己的全力打倒「紅」騎兵——

但就在她這麼想的瞬間，狀況唐突地劇烈變化。她感受到來自後方的強大魔力奔流，反射性回頭看去，視線前方能看到一臉苦悶地舉起巨劍的人——就是「黑」劍兵。

§§§

「黑」劍兵齊格菲的主人戈爾德焦慮不已，那個劍兵不僅不聽從自己的建議，甚至還大意地被打飛出去。看來，「紅」騎兵擁有相當了不得的耐力，從透過使魔的視覺觀察到的狀況來看，將參數相當優秀的「紅」狂戰士拉攏成我方戰力的現在，只要能夠打倒騎兵，千界樹的勝利就無所動搖。

「……！劍兵！劍兵，寶具！用寶具！」

沒有使役者在場傾聽戈爾德發言，他一個人窩在房間裡面不斷送出指示。

一般的主人在使役者與使役者對戰的時候，不會一一下達詳細指令，那是因為他們對於使役者這種存在於戰鬥層面上給予絕對信賴，至少這些使役者的戰鬥經驗與能力都在魔術師之上，因此主人只會針對戰略層面開口。

除了「黑」劍兵和主人戈爾德的其他組人馬都建立起了相當程度的主從關係。弓兵已經認同其主人菲歐蕾，與其說這兩人是主從，更像是師生之間的關係；槍兵這邊，只要達尼克貫徹臣子態度就不會有任何問題；塞蕾妮可雖然因為騎兵的奔放態度而頭痛不已，但也被他的清廉與純真所吸引，除非有非常嚴重的狀況發生，不然應該不至於撕破臉；卡雷斯的使役者是狂戰士，不僅忠於命令，也因為他們促膝長談過，彼此之間已建立了共同作戰的關係；羅歇和術士更不用說了，身為主人的羅歇打從心底敬重術士。

從召喚出來開始，戈爾德就放棄與劍兵溝通……他並不想去理解對方，只擔心真名洩漏出去。

這是非常致命且絕望的錯誤，戈爾德不知道，「不知道劍兵在想些什麼」。不知道他正覺得不平嗎？想反叛嗎？抱持殺意嗎？打從心底汙衊嗎？還是根本什麼都沒想呢？

彼此溝通就好了，說出自己在想什麼、目標是什麼、信仰著什麼，戈爾德應該要問清楚這些，但他拒絕這麼做，把使役者當成自身的裝備看待。

這是來自他的虛榮心吧。壓根認為使役者不過是使魔的想法，一直帶給了他某種影響吧。

不論如何，戈爾德確實愚蠢到對與「紅」槍兵和騎兵交手，雖然沒有屈居劣勢，但也沒能獲勝的劍兵感到焦躁。

儘管如此，若說他能以主人的身分站在劍兵身後守著戰況發展，或者像一般聖杯戰爭那樣，處於總是與其他六位主人及使役者為敵的狀況下，他應該就不會做出「現在打算要做的愚蠢行徑」了吧。

但戈爾德只是在安全的地點看著戰場，萬一劍兵被滅了，也只是他的名譽受損，不會面臨性命危險。這類小問題一一堆積起來，壓迫著戈爾德的思緒——

「劍兵————！『我以令咒命之！使用寶具擊敗敵方的騎兵』————！」

戈爾德這番話確實傳達到使役者「黑」劍兵這邊，既然用上了令咒，就算位在世界盡頭，這句話也會直接刻印到劍士的靈魂上。

「……！」

劍兵不禁一度驚訝地回頭望向城堡，戈爾德卻沒有現身。劍兵舉起巨劍，解放劍中蘊含的力量，藍色寶珠閃耀光輝，劍身開始散發撕裂夜晚的炫目橙色光芒。

「咕、嗚……！」

不行，現在不可以使用這個寶具。只要喊出寶具的名字，九成會洩漏自己的真面目。會使用這把「幻想大劍（巴爾蒙克）」的英靈，世界上只有一個。

要是被看穿真名，自己的弱點也會當下暴露。這麼一來，自己將立刻落入不利形勢之中。

話雖如此，若能打倒這個「紅」騎兵——或許就有一試的價值，「黑」劍兵也同意這點，不會拒絕使用寶具吧。

不過他卻無論怎樣都只看得到「紅」騎兵徹底發揮不死的特性，自己的寶具完全不管用的結果。

那個說不定不是靠單純的強大力量就可打破的守護，而是「需要滿足些什麼」。比方帶有火焰、雷擊等特定指向性的攻擊方式，或者某些條件，例如在森林裡，或者夜晚就接近不死之身等。

擁有類似傳說的英雄滿地都是，這雖然不是英雄的小故事，但過去曾有過一條名叫弗栗多的龍，曾與鬥神（因陀羅）定下「無論木、石、鐵、乾燥物、濕物，所有武器均無法傷其分毫，且不分晝夜都無法進攻」這樣的契約。

所以鬥神選定既非白天也不是晚上的黃昏時分，並使用不濕不乾、同時不是由木、石、鐵打造的海浪柱打倒了弗栗多。

……沒錯，這個世界上不存在完全的不死之身，更別說這些使役者雖然是英靈，但橫豎還是超脫不了「人類」這個框架。超出去的，原本就不是可以當成聖杯戰爭使役者被召喚出來，位於道理之外的存在。

自己也一樣，不僅只要能拿出B級以上的攻擊手段就可以造成傷害，加上唯一沒有濺到龍血的背上那一點。只要鎖定這一點，不論多弱小的使役者都有可能殺害自己。

「紅」騎兵是哪一種不死呢？沒有解開這個謎底就想靠蠻力壓過，實在太——只能說，實在太過愚蠢。

雖然劍兵以全身的力量壓抑，但令咒的命令是絕對的。劍已經填滿魔力緩緩被舉了起來。

「怎麼著？這是劍兵……？」

「紅」騎兵察覺了，看到舉高劍準備解放寶具的他，儘管有些驚訝，但還是露出了帶著嘲弄之意的笑容。

這麼一來，解放寶具以外的選項也沒了。看到騎兵臉上的笑容，劍兵知道自己那不希望猜中的推測命中了——心中湧起一股苦澀的感情。

即使如此，手還是停不下來，只有覺悟一途了。劍兵咬緊牙根，現在只能將全力灌注在這一擊上。

「幻想大劍——」

「好，來吧，『黑』劍兵……！」

龐大魔力壓縮，原本應該埋沒在深沉黑暗中的森林一時之間切換成黃昏景象。那就是過去尼伯龍根一族打造，得以屠殺惡龍的聖劍之光。

但是──「紅」騎兵那確信的笑容、嘲弄的表情實在令人厭惡不已，因為證明了這一招對騎兵不會管用。

「天魔失──」

只能祈禱這一擊可以給其他人一些線索──

『以令咒命之！即刻中止使用寶具！』

就在高高舉起，準備說出最後一字的瞬間，主人消耗了新的令咒。唯一能夠中止由令咒下達出命令的方法，就是用第二條令咒覆蓋掉原本的命令。

但「黑」劍兵應該是因為連續接收強烈的命令之故，無法承受地當場跪下。騎兵傻眼地聳了聳肩。

「……怎麼，不用啦？是啦，這樣應該可以節約魔力，但代價很大吧。剛剛應該是來自令咒的命令吧？」

騎兵露出打從心底蔑視的表情瞪著「黑」劍兵──身後的主人。

「哈！你的主人真是愚蠢透頂！用令咒命你發動寶具，接著又用令咒命你停止是吧。浪費令咒在聖杯戰爭中可是最危險的行為啊。」

他說得完全沒錯，這些話真的無從反駁。不過，若主人和使役者之間的關係良好就還有辦法可想，但自己到現在都還沒跟主人建立起關係。

「哎，是說像我主人那樣老是躲著也很有問題就是了。真是的，既然這樣還不如說完真名再──」

「紅」騎兵說到一半，與「黑」劍兵彼此以訝異的表情互看了對方。滴出的血不屬於劍兵，而是不論什麼斬殺、打擊都無效，甚至想直接承受寶具攻擊的「紅」騎兵，肩膀確實流下了鮮血。

「唔、啊……！」

瞬間，「黑」狂戰士就像配合箭矢一樣飛奔而出，目標不是騎兵，而是到現在都沒現身的「紅」弓兵。

另一方面，騎兵握住插在身上的箭一把拔出，像是要確認被射穿的肩膀不是幻影一樣用手按住之後，低聲質問：

「——什麼人？」

他眼中已經沒有劍兵和狂戰士的身影了。

另一方面，「黑」狂戰士一邊往後方發射魔力，一邊以猛烈的勢頭縮短與「紅」弓兵之間的距離。她的前進方式明顯與方才不同，與其說是奔跑，更像用浮遊的方式移動。不僅雙腳幾乎不沾地，而且還透過踢蹬樹木的方式加速。

能讓她加速的主要原因，就出在她擁有的寶具「少女的貞潔(Bridal Chest)」上。

她的寶具不是單純的打擊武器。應該說，拿來打人根本是次要用途，她的寶具真正的力量在於吸收魔力。在使役者出面作戰就會消耗主人魔力的聖杯戰爭之中，變質的魔力將四散於各處，最終融解在空氣中消失。

她的寶具是弗蘭肯斯坦的「心臟」，能吸收產生出來的剩餘魔力。積存下來的魔力將透過心臟流入狂戰士的魔術迴路，甚至能做出模擬性的「魔力放射」。雖然這不是什麼必殺寶具——但對以狂戰士身分顯現的她來說，沒有比這個更方便的武器了。對只要全力活動，很快就會耗光魔力的狂戰士而言，有了這個就可以像永動機一樣持續戰鬥。

雖然看起來像是漫無目標地胡亂狂奔，但狂戰士確實有朝「紅」弓兵衝刺的充分理由。

方才「紅」騎兵肩膀中箭的瞬間，一道念話突然傳給了「黑」狂戰士。

『聽好了，剛才射出來的箭跟騎兵交給我應付，請妳盡全力朝向敵方弓兵衝刺。』

狂戰士「嗚嗚嗚」地低吼否定，表示這麼做也沒用，不管做什麼都對這個騎兵起不了作用。

『不，我的箭例外地對那個男人有用。雖然要一次對付他們倆有點辛苦——但請相信我。』

聽到這句話，狂戰士停止抗議。反正她已經沒多少選項了，那麼現在也只能相信「黑」弓兵看看。

當箭矢貫穿「紅」騎兵肩膀的瞬間，狂戰士毫不猶豫奔了出去。

「喃————————————————喔喔喔喔喔唔！」

狂戰士咆哮、猛暴、疾衝。

目標是隱身在黑暗之中瞄準我方，盡耍些小手段的弓兵。要將之拖到月光下，砸爛對方的頭蓋骨——！

佇立在千界城堡厚重城牆上的「黑」弓兵，看到自己射出的箭一如預料貫穿「紅」騎兵的肩膀後安下心來。

「主人，請讓劍兵退下。對手若是那個騎兵，他在那裡也沒有意義。」

「……我知道了，我去通知叔叔。」

菲歐蕾聯絡之後，劍兵便立刻靈體化消失……看樣子是避免了最糟糕的情況發生。寶具並沒有完全發動，劍兵暴露出真面目這件事情是有可能避免掉了。

話雖如此，付出的代價卻太大。令咒雖然擁有絕對命令權，但功用絕對不僅如此，使役者可以透過令咒提供的龐大魔力，行使各式各樣的奇蹟。而現在一口氣喪失了兩次這樣的機會，留在劍兵主人戈爾德手中的令咒，恐怕只剩下一道了。

「主人……因為敵方有可能偷襲，所以請妳也撤離這裡，若有緊急狀況，請使用令咒召喚我。」

聽到弓兵這番話，主人菲歐蕾以楚楚可憐的態度點頭回應。

「好的，弓兵……願你平安無事。」

一臉慘白的菲歐蕾看起來實在太虛無飄渺，於是弓兵希望她能夠相信自己而露出非常穩重的笑容回應：

「菲歐蕾，不用擔心，我是妳的使役者。」

菲歐蕾離去後，弓兵觀察森林的更深處，敵方派出了「紅」騎兵與「紅」弓兵。

他拉滿弓，瞄準在深邃大森林更深處的「紅」騎兵，心無旁騖地專注在這一箭上。

那就像高掛天空的星辰一樣美麗且完美的姿態。沒錯，「黑」弓兵凱隆，像大海一樣穩重的青年，就是世上最有名的弓兵射手座的雛形。

解放的箭矢有如流星——直直向前飛去。

§§§

「——蠢貨，你連應該解放寶具的時機都不會判斷嗎？」

戈爾德一句話也無法反抗達尼克冷漠的聲音，只能低頭不語。恥辱、絕望、憤怒，各種感情錯綜複雜，侵蝕他的腦與內臟。

接到弓兵的緊急聯絡後，達尼克急忙衝到戈爾德身邊，強制他再次使用令咒。如果沒有弓兵那句「劍兵的寶具對他不管用」，就會因為沒用的這一招完全洩漏「黑」劍兵的真名了。

「你所做的只是浪費令咒，而且還浪費了兩道……但我想這總比洩漏真名出去要好得多。」

他們的作戰方針是必須隱瞞「黑」劍兵的真名到非得解放寶具的時刻為止。齊格菲獨一無二且最有名的弱點——也就是因為被菩提樹葉蓋住，沒能濺上龍血的背上那部分。達尼克判斷至少在打倒擁有「斷絕氣息」技能的刺客之前，必須隱瞞這項弱點。

但因為戈爾德失控，差點失去了一切。那個「紅」騎兵可能已經掌握了劍兵的真名，就算沒有，只要給出一些線索，對方就很有可能看穿這個劍兵究竟是何方神聖。

「讓劍兵實體化。」

「……」

戈爾德不說話，讓隨侍在身邊的劍兵實體化。劍兵以恭敬的態度跪在主人戈爾德與達尼克跟前。

「劍兵，請起來。我想問你一件事，那個『紅』騎兵……察覺了你的真名嗎？」

「……劍兵，回答。」

戈爾德這句話讓劍兵認為他允許自己發言，於是開口：

「我並沒有完全解放寶具的真名，雖然對方有可能從我的身形和耐打程度推測我是誰——」

「洩漏的可能性偏低，是嗎？」

劍兵點點頭，達尼克大大嘆了口氣：

「但是……還是有可能被看穿真名，我想應該要派個人護著你的身後。」

達尼克思考了一下，選定「黑」騎兵擔任這項工作。弓兵在這場戰爭處於指揮官立場，我方需要他指揮作戰；而身為王的槍兵或狂戰士、術士之類的則不考慮；刺客到現在還沒現身，既然這樣，能自由闊達地活動的騎兵應該最適合與他一同站上前線。

『達尼克閣下，可以借點時間嗎？』

聲音傳進沉浸於思考的達尼克意識之中，看來是術士傳來的念話。他同樣以念話回應。

『怎麼了？』

『騎兵似乎帶著我正在尋找的人工生命體逃走了，那位人工生命體是非常貴重的人才，希望務必能帶回來──』

『……什麼跟什麼啊。』

達尼克先因為騎兵的破天荒舉止傻眼，他帶著人工生命體逃走了？無法理解，如果說他背叛了還好懂一點。

『我不知道，我的重點只在人工生命體上。』

『那個人工生命體為何貴重？』

『……因為或許能夠用他來當「爐心」。』

『──喔，那就是另一回事了。我知道了，我馬上派使役者追蹤。』

術士說了『麻煩了』之後，就切斷念話。

達尼克立即命令佇立當場、不知該如何是好的戈爾德，要他跟劍兵一起追上騎兵，帶回他準備放走的人工生命體。如果真的如術士所說，這個人工生命體可以用來當作爐心，那麼就是再美妙不過的一件幸運事，無論如何都得將之抓回。

雖然戈爾德對這無聊的任務感到不滿，但他畢竟無法反抗族長達尼克的命令，只能動身追蹤騎兵和人工生命體的去向。

原來如此，「逃亡了」這項事實確實值得驚嘆，而且逃亡者不是戰鬥用人工生命體。想必任誰作夢都無法想像，原本製造來供應魔力的脆弱人工生命體，竟可以用魔術破壞玻璃槽逃亡出去吧。

但說到底不過是個人工生命體，逃了就逃了，也不能怎麼辦。說起來，那玩意兒的肉體構造本身就滿是缺陷，這個部分沒有任何幻想的空間，也構不成障礙。

但若扯到「爐心」就是另一回事，即使派出使役者，也無論如何都得拿下這個人工生命體。

可是，為何騎兵想放走人工生命體？他們不可能一起逃亡，畢竟騎兵是使役者，是個只要切斷連線，甚至沒辦法獨自存活下去的使魔。

也就是說，騎兵想做的事情沒有任何意義。拯救人工生命體？不可能救得了，那樣的垃圾怎麼可能融入人類世界呢——

對以魔術師身分活了百年的達尼克來說，這完全是無法理解的狀況。

§§§

劍、槍、騎乘、瘋狂、魔術、暗殺——賦予使役者的職階雖然各式各樣，這之中只有弓兵擁有隱藏的力量。

話雖如此，但那是在操弓這種職階上非得習得的一種技術，甚至不需附加在職階技能上，理所當然持有的權力。

那就是「愈拉滿弓，力量就愈強大」的單純技術。

不過「紅」弓兵手中的可是狩獵女神賜予的天穹弓，祈禱、瞄準，以渾身力量拉滿，拉到超過極限——就幾乎等於神力下凡。

人類的原罪是無論怎樣高尚的聖人都無法抗拒的命運，同時如果是野獸就不會去意識的理所當然行為。人們稱之為狩獵，對女子來說弓和箭就是為此而存在。

她是在狩獵女神的祝福下誕生的狩獵高手，操弓的技術已經達到神之境界，不管怎樣的男人都追不上她的腳步。

真名為阿塔蘭塔，是希臘神話之中最高超的女獵人。

而現在，她沒辦法像方才那一箭一樣緊緊拉滿弓。現在必須重視速度，關鍵就在能以多快的速度完成搭弓、引箭、放箭的一連串動作。

「黑」狂戰士跟那個劍兵不同，並沒有神、惡魔或其他存在賜予的守護能力。只要射出愈多箭，就有愈多機會貫穿她。

「——蠢才，瘋了嗎？」

「紅」弓兵對逼來的狂戰士吐露沒有意義的話語，不管她跑得多快，兩者之間都還有足夠距離，在沒有令咒支援的情況下，不可能一瞬間到達。

愈接近過來，狂戰士自滅的機率就愈高。

「就用妳的血……」

瞄準已經完成，弓不是用手，而是靠感覺操使。不管獵物的動作有多靈巧，箭一定會貫穿對方的心臟。

「補償有勇無謀的行為吧——！」

射出的箭整支塗黑，這是在夜間戰鬥中，排除所有箭矢本身被發現可能性的結果。

更別說她的箭比音速還快，只消一眨眼便可看到對方心臟長出一支箭的結果吧，然後就結束了。

——但是……

「什麼……！」

「紅」弓兵到這時候才真正理解並體會，在聖杯大戰中每個職階都有兩名使役者，也就是說，敵方陣營也可能有一位與自己擁有同等力量的弓兵。

——被射掉了？

難以相信的事實令「紅」弓兵走神了片刻。原來如此，確實可能被躲過，獵物突然趴下什麼的根本就是家常便飯，就算被迎擊也不稀奇。在打獵過程中，獵物反咬獵人是當然可能發生的事。

但是，剛剛擊落自己的箭的不是偶然，也不是她的獵物。對方是跟打獵完全無關的第三者，也就是應該在「黑」狂戰士身後，位於遙遠處的「黑」弓兵。

「居然瞄準了我的箭，並且射掉它了嗎……！」

這八成是她生前也沒體驗過的恥辱，自己瞄準後射出的箭竟被第三者打掉，這種事情怎麼可以發生！

「……啊啊啊啊啊啊啊啊啊啊啊啊啊啊啊啊啊啊啊！」

「可惡，很快啊……！」

「紅」弓兵立刻忘記恥辱。現在該做的，是葬送逼上前的狂亂者。面對方才的藝術性迎擊，她選擇的攻擊手法是彈幕。

她的一隻手一口氣出現三支箭，並用這三支箭瞄準了衝過來的「黑」狂戰士。

如果箭本身不算寶具，就不具有追蹤性能，也就是說比起質，改以量來分勝負。

……當然，不管哪支箭，只要直接命中就注定了敵方失敗。拉起的三支箭分別精確地對準了胸部、頭部、腳部等「黑」狂戰士的要害之處。

沒死也無所謂，只要對方動作緩下後再次拉弓便可。弓兵排除各種失敗的可能性，以萬全的態勢射箭。

但所謂「萬全的態勢」也是很奧妙的玩意兒，心裡覺得「萬全」的狀態，反過來說就是因為害怕失敗而做出的不上不下選擇。

「唔、嘎啊啊啊啊……！」

射中的箭只有兩支，最後一支被「黑」狂戰士打掉了。貫穿腳部與胸部的箭卻不足以減緩狂戰士的動作。

她原本就是人造人（弗蘭肯斯坦），擅長操控痛覺。只要不痛，傷勢又不影響身體動作，自然不會妨礙她前進。

「……哼。」

到這裡「紅」弓兵很乾脆地放棄戰鬥。如果是自尊心很高的英雄，或許會留在現場直到最後，並與對方一決雌雄，而弓兵也有信心自己可以這樣打倒「黑」狂戰士。

但是，對擁有野獸般思考模式的她來說，尊嚴這種東西真的是該送給狗吃。她很快決定撤退，原本這就是一場前哨戰，她的任務只是支援衝進來的狂戰士；既然沒能完成，留在這裡也沒有意義。

「紅」騎兵那邊應該不用擔心，可以自行回去吧。「紅」弓兵於是揹起弓，對殺來的「黑」狂戰士宣告：

「──『黑』狂戰士，我會再來。」

接著一個轉身奔出。她認定「黑」狂戰士沒有攻擊遠處的手段而傾盡全力狂奔。原本阿塔蘭塔在古希臘相關記述中，就是個腳程無人能比的獵人。她的腳程非比尋常的程度，是過去曾經對被她野性美吸引的求婚者表示「我會嫁給跟我賽跑贏了的人，但跑輸的人代價就是死」，且真的將所有求婚者悉數射殺。

就算有「少女的貞節」的魔力輔助，基本腳程的差距還是太大。

「紅」弓兵沒兩下就從狂戰士眼前消失，狂戰士雖然還不死心地徘徊了一下，後來總算認定對方已經逃跑，發出不悅的低吼。

但不管怎麼吼，「紅」弓兵早已不見身影，狂戰士死心之後也迅速撤退了。

「……！」

「紅」騎兵渾身顫抖，並不是出於恥辱，而是因歡喜而顫抖。他打從心底覺得，這場聖杯大戰有可以傷害自己的對手真是太好了。

「黑」弓兵射出的箭就是那麼精準漂亮，讓他對認為世上沒有人能勝過自軍弓兵……阿塔蘭塔的自己感到羞恥。

箭再射了過來，從微小的風切聲與空氣的變動來看，騎兵判斷對方連續射出了五箭。逃往後方雖然簡單，但是——從方才起，儘管逃開卻被對方看穿落點，進而射箭過來牽制的狀況已經發生過兩次了。

對方要不是會讀心，再不然就是擁有可以預測的技能或相關寶具。不管怎麼樣，「紅」騎兵別說追上「黑」狂戰士了，甚至連一步都動彈不得。

而且更重要的，是對方的箭貫穿了自己的守護。這就代表對方跟自己是「同等」的存在。騎兵認定擁有相應血統與實力的「黑」弓兵，是這場戰爭中自己最大的宿敵。

對方使出第三次速射。騎兵心想下一次就不要怕，上前吧——但連這個都被看穿，射出來的箭不知幾時刺在膝蓋上了。很久沒感受過的鮮明痛楚，讓騎兵無法壓抑湧上來的情緒。

「哈哈，哈哈哈哈哈！太棒了！『黑』弓兵，你真是太棒了！你可以傷害我，並且殺害我嗎？那我注定要與你一戰！喔喔，奧林帕斯諸神啊，請賜予這場戰鬥榮耀與名譽吧！」

但在這時候一決勝負確實浪費，畢竟騎兵沒有叫出應騎乘的坐騎，也沒有觀賞榮耀時刻的觀眾。在這種寂寥的森林裡一決勝負，真的太可惜了。

現在「紅」狂戰士已經被收拾，己方的弓兵也已撤退，沒必要留在這裡孤軍奮戰。

「紅」騎兵一彈指，上空立刻出現三匹駿馬拉著戰車，來到他身邊跪下。

騎兵登上車伕座，高聲叫喊：

「——『黑』弓兵啊！之後再分勝負吧！下次一定要讓我拜見一下尊容！」

一鞭下去，朝天嘶吼的馬匹們猛烈地往天空衝去，那模樣威風凜凜，讓人覺得他不

是逃回去，只是把戰鬥的機會改到下次再說。

另一方面，聽到宣告的「黑」弓兵臉上也浮現笑容，但那笑容摻雜了些許苦澀。

「原來如此，既然這是聖杯戰爭，確實也有這種可能性呢……命運這種東西，有時甚至會對我們這些死者張牙舞爪。」

「黑」弓兵知道那個使役者，「紅」騎兵的真面目。

他知道對方創造了許多傳說，絕對配得上首屈一指英雄的稱號，恐怕是此次聖杯大戰數一數二的豪傑。

那個騎兵接受了奧林帕斯諸神發自內心的祝福，擁有可以讓各種攻擊無效、將之彈開的軀體。這就代表無法以物理方式打倒這位使役者，物理攻擊跟「普通」使役者的攻擊都對那個騎兵無效。

有資格傷害那副軀體的，只有跟他同樣是由神明產下……也就是擁有「神性」技能者。「黑」陣營七位使役者中，擁有這項技能的只有凱隆一個人而已。

換句話說，在這場聖杯大戰，如果自己不打倒「紅」騎兵，就無法獲勝。

話說回來，看騎兵那樣子，應該還沒察覺自己的真面目。雖然他總是輕忽大意這點，以一個戰士來說確實是致命缺點，但這項缺點卻從來沒有暴露過……因為在他壓倒性的力量跟前，這麼小的缺點總是只有被蓋過去的份。

但是以這次的情況來說，這輕忽大意的態度將會成為要他命的毒藥。畢竟「黑」弓兵不只能夠傷害他，還知道他的真名為何。

「儘管努力想要隱匿真名，世上還是有無論怎樣掙扎都無法顛覆的常識。沒錯，『如果是生前的知己，知道真名也是理所當然』。」

弓兵知道騎兵的真名，也知道他的致命弱點。

就因為他是擁有無與倫比強大力量的英雄，所以將會在這場大戰中隕落吧。

§§§

正當人工生命體練習走路時，氣喘吁吁的「黑」騎兵突然開門闖入。身上帶著一點傷的他，滿臉笑容對人工生命體伸出手。

「現在是大好機會，來，逃跑嘍！」

人工生命體立刻理解狀況，抓著他的手一起跑出去。或許因為騎兵拉著他的關係，比起平常跑步時輕鬆很多；但畢竟原本的身體太過脆弱，導致兩人的逃亡進度緩慢，沒什麼進展。

雖然好幾次在城堡走廊與其他人工生命體擦身而過，但不僅沒有任何一位叫住自己，相對的還透過冰冷的眼眸表露些許感情，不發一語地目送自己離去。那之中帶著哀傷，跟微微的希望。

不過，面對城堡內另一種戰力魔像時就沒辦法這樣了。羅歇採納術士的意見修改後的監視用魔像，正追蹤著奔跑在石地板上的兩人。

畢竟有使役者騎兵在，它們沒有貿然動手。術士也沒打算自己出面追蹤，他認為這是別人該做的事。

兩人氣喘吁吁，好不容易逃出城堡。鑽出城堡東邊的後門之後，眼前是一條湍急的河流，水勢彷彿下過豪雨般猛烈，明顯用魔術動過手腳。

河流的對岸是一座光看就讓人委靡的險峻高山，但越過這裡就可以獲得自由。雖然是只有一點喜悅跟嚴苛現實在等待自己的自由——但至少這份自由可以讓自己產生想活下去的意念。

「嗯……我說你啊，從現在開始絕對不可以放手喔。」

人工生命體點點頭，這附近一帶很明顯用魔術設置了陷阱或結界，若有狀況可能影響不到使役者，但只是個人工生命體——而且只是使用魔術就瀕臨死亡的缺陷品，大概要不了十分鐘就會一命嗚呼。

不過，「黑」騎兵……阿斯托爾弗以非常有自信的表情露出別有他意的笑容。

「我有這個喔，鏘鏘！」

他取出一本厚重的皮革裝訂書，雖然封面上的文字和圖形已經磨損不清，但人工生命體也能理解那很明顯是一本跟魔術有關的書籍。

「過去我曾經幫助過一位叫作蘿潔絲堤勒的女性，這就是當時她給我的。只要持有這本書，就可以破解所有魔術喔！」

人工生命體不禁感嘆這本書真的很厲害，這似乎也是他的寶具。查里大帝十二勇士之一的阿斯托爾弗，隨心所欲四處冒險的他是個據說最後甚至上了月球的冒險家，也難怪他會擁有稀世寶具。

「——只不過這個雖然是寶具，但很糟糕的是我忘了它的真名。」

騎兵有點害臊地低聲說出不得了的真相。

「不過你不用擔心，基本上這個東西只要持有就會生效，至少現代的魔術師應該無法傷我分毫……如果不是現代的魔術師（術士），那又是另一回事了。」

不然就是要用固有結界一類，非常接近魔法的產物才有辦法。不過，一般來說不可能在架設結界時用上如此強大的魔術；而且說起來，千界樹不至於只為了追殺自己（人工生命體）一個人就啟用這樣的大魔術。

「嗯……到底叫什麼來著？魔法……萬能……攻、攻略本（Luna Break Manual）？之類的？好像是叫這個名字，又好像不是……」

……人工生命體忠告他，最好能在開戰之前想起來，因為不知道寶具的真名而敗退，實在已經不能用笨來形容了。

「有道理……總之，我們走吧。」

騎兵緊緊握住人工生命體的手後躍起，河川的水流雖然立刻捲起打算纏住兩人，但理所當然地被書本效力彈開了。

「你還好嗎？有辦法走嗎？」

人工生命體表示可以走一小段，並婉拒了騎兵打算揹他的建議。人工生命體覺得必須靠自己的力量行走，直到再也走不動為止。

「唔，是弓兵交代的那個啊。」

騎兵有些不滿地嘀咕。以他的立場來看，似乎不太能接受人工生命體只跟弓兵說了幾分鐘的話，就照著弓兵的指示去做這點。

「我知道了，我會陪你到你說不行為止。」

兩人邁步而出。雖然人工生命體的腿不怎麼痛，但體力完全跟不上。一旦疲勞自然會影響步調，腳跟和大腿也開始抗議。雖然人工生命體面對騎兵不斷問他「還好嗎？」時堅持自己走，但畢竟臨時抱佛腳還是有其極限。

一個小時之後，如果沒有騎兵攙扶，他就連一步也走不了。

「我覺得你已經表現得很好了。」

騎兵一邊安慰，一邊紮實地走在漆黑的山路上。抬頭看不到任何星星，看樣子這裡施了迷惑方位的幻惑魔術，指南針和地圖八成也派不上用場。但是，騎兵似乎認得路，只見他直直走在林間小路上。

「還好有我陪你吧？」

騎兵露出滿臉笑容。一想到明天起就再也看不到這個笑容，人工生命體不禁覺得惋惜。他將回到聖杯大戰之中，而自己——自己則必須思考怎麼活下去。

自己死掉的可能性很高，而他在聖杯大戰之中喪命的可能性也不是沒有；所以說，這回道別很可能變成生離死別了。

他是英雄、是冒險家，更是使役者，是為了作戰而被召喚到現世，跟自己這種只為了消耗而被產出的存在差太多了。

「怎麼了？在想什麼嗎？」

人工生命體含糊其詞，沒必要告訴別人自己毫無價值的自卑感。

埋在一片黑暗之中的森林非常安靜，除了每次風吹過帶起的細小草木搖擺聲以外，甚至連鳥鳴也聽不見。不知道是不是為了防範使魔，架設在這座森林的結界簡直徹底到病態的程度。

「啊～～好懷念喔……這種氣氛！你知道嗎？我過去曾經被變成樹木喔。」

一邊笑，一邊抬頭仰望天空的他說著過去的失敗案例。阿斯托爾弗雖然經歷過許多光鮮亮麗的冒險，卻也有過同樣多的致命失敗經驗。

每次參加騎馬戰都會被打敗；中了好幾次魔術陷阱；好不容易在月亮上找回的理性，也在不知不覺中就蒸發了。

儘管如此，阿斯托爾弗卻沒經歷過挫折。應該說，他並不把失敗和輸當挫折看待。

「例如被變成樹木的時候我覺得心情很平穩，意外地很不錯呢。鳥兒會毫無戒備地停在我的手臂上，鹿和狼一類的動物也會來倚靠著我。」

能夠這麼想的恐怕只有他了，一般人被變成樹木大概都會絕望不已吧。或許是天生樂天的個性讓他能夠這樣，活著的時候總是向前看。

「你啊，打算怎麼活下去呢？」

騎兵突然拋了個困難的問題。雖然弓兵也問過同樣問題，既然現在的目標是活下去，那麼答案只有現在沒有餘力思考自己想要度過怎樣的人生了。

黑暗森林……沒錯，自己的人生就像這片黑暗。漫無目的，沒有目標，彷彿甚至連要生存下去都很難的森林。

「這樣啊……如果能盡早穿過這片森林就好了。」

發自內心慰勞的話語撼動小小的靈魂，人工生命體心想：啊啊，希望真的可以逃走，希望能在逃離之後跟騎兵盡情聊到忘我。

騎兵停下腳步，握著的手用力到甚至讓人工生命體覺得有些痛。擋在兩人跟前的，是「黑」劍兵與其主人戈爾德。

看樣子他倆是先行繞過來埋伏，劍兵一如往常地面無表情，另一邊的戈爾德則明顯地表現出不悅瞪了過來。

騎兵嘆氣說：

「……嗯，你該不會有什麼祕密？其實是使役者之類的？」

應該沒有。但對騎兵來說，除非有這麼大的祕密，否則他也無法接受為什麼千界樹要特地拘泥區區一個人工生命體吧。

戈爾德厭煩地說：

「騎兵，我們不能讓那個人工生命體走，你退下。」

——就算這麼說，這個「黑」騎兵也不會乖乖聽話。

「不要喔。」

騎兵直截了當地駁回戈爾德的提案，思考時間幾乎等於零。那根本想都沒想就迅速回答的態度似乎更惹毛了戈爾德，只見他彷彿正忍受著不悅般咬牙切齒。

「劍兵，去拿下騎兵。這你起碼做得到吧？」

收到命令的劍兵向前一步。

「啥？你的主人正常嗎？」

劍兵保持沉默，一口氣向前跨步抓住騎兵的手臂與脖子，並把他從人工生命體身旁扯開後摔在地上。原本倚靠著騎兵的人工生命體，就像斷線的人偶一樣當場倒下。

「你——！」

這兩位使役者的基本能力就有差距，騎兵被劍兵壓制著，只能雙腳亂踢。

「等、等等！我叫你等等啊！劍兵！放開我！劍兵！」

「該死的達尼克，竟然叫我做這種事……」

人工生命體趴在地上仰望戈爾德，眼中沒有強烈敵意，也沒有求饒的情緒，甚至能說有的只是如同相機鏡頭那樣窺視人類的無機質雙眼。

「……！」

戈爾德咂嘴，一把抓起人工生命體的纖細手腕，透露出難以言喻的焦躁與恐懼。竟然害怕區區一個人工生命體——身為魔術師，絕對不能接受這種事。

「真是的，找我麻煩……術士似乎打算磨碎你，拿來用在魔像身上。感謝我們吧，我們會把你脆弱的身軀變成石頭。」

一片沉默，人工生命體拚命轉動因為疲勞而彷彿陷入泥沼之中的大腦。手腕被緊緊抓住，彷彿即將折斷，眼前的男人抓著自己，似乎是接受了那個術士的命令。

人工生命體不知道他們為何這麼拘泥自己，雖然不知道，但應該如同眼前這個人所說，自己的命運就是被磨碎。換句話說，要逃離這個狀況，就必須做出一項選擇。

但是對人工生命體來說，這個選項實在很難，那是已知自身未來為何的生物不可以選下的選項。因為生命短暫得跟蜉蝣沒兩樣的自己，怎麼能夠做出踐踏其他生命的事情呢，這樣違反自然界的原理。

就在抵抗的力量化為零之前，騎兵的怒吼劇烈打擊耳朵。

「混帳東西！你在想什麼？不要猶豫！不要放棄！你不是想活下去嗎？不是說不想死嗎！那就應該努力到最後啊！你有這個權利！不管誰說些什麼，我阿斯托爾弗都認可你！」

騎兵的話拉回人工生命體原本要崩解的精神。沒錯，自己確實決心要活下去。就算那只是一段笨拙的人生，但為了能抬頭挺胸無愧於拯救自己的人，不是才下定決心要活下去嗎？

騎兵突然吼叫似乎讓戈爾德錯亂，只見他怒氣沖沖地咒罵騎兵。人工生命體開始摸索適合的魔術——現在需要的總之就是破壞。他下定決心以現有的全力，殺害這個抓緊自己手腕，名叫戈爾德的魔術師。

將魔術迴路加速到肉體瀕臨毀滅的程度，像之前破壞強化玻璃時那樣，理解、同步人體組成，並將之破壞。

「什麼……！」

戈爾德應該發現人工生命體的魔術迴路運轉起來，只見他露出驚訝表情看著人工生命體。人工生命體緊緊握住他的手，做好所有覺悟織出開幕話語：

「理導／開通……！」

竄流全身的魔力變化成最適合用來切肉碎骨的形式，手掌即成為槍管或劍鞘，從那裡射出的子彈或者出鞘的利劍將毫不留情地破壞戈爾德的手臂，進而啃碎他的心臟。

「唔——Anamorphism eisen arm（變成鐵臂）！」

戈爾德急忙用出的魔術，正好抓住人工生命體使用魔術的致命弱點。分析使用對象的成分架構，變換魔力以最有效的方式加以破壞的這種魔術，一旦遇到對象的成分改變，就只會是一陣小爆炸而已。

只能說找錯對手了，沿用艾因茲貝倫鍊金術打造的缺陷品（人工生命體）在對上同樣修習鍊金術的戈爾德時，將會處在致命不利的立場。

魔術引起一陣小爆炸，戈爾德退縮了一下。原本打算用這招殺害戈爾德的人工生命體，還得加上方才逃亡過程中的消耗，體力已經達到極限了。

「你、這……你是……！」

戈爾德顫抖、震怒。他沒有受什麼傷，疼痛也早已退去。他的傷勢別說要花一天了，只要使用治療魔術，甚至可以馬上治好。

問題在於傷到他的只是個供應魔力的電池，而且方才的攻擊蘊含明確的殺意。

這傢伙打算殺死我……！

他的認知正確，以人工生命體的角度來說，的確灌注了全面殺意使出魔術，這是不可能發生的反叛。自己應該吃掉的食物、該被消耗的存在突然反咬一口。

這個情況對原本壓力就很大的戈爾德來說，正是最糟糕的打擊。

「別鬧了！不過就是個人工生命體……！竟然！竟然想殺了我！不可能！不可能、不可能不可能不可能！」

半是發狂的戈爾德任憑怒氣爆發，一腳踹開人工生命體。達尼克的命令已經從他腦中消失，聲音像彼此擠壓的金屬那樣尖銳，身為魔術師的尊嚴和高貴氣質早就扔了。

戈爾德的拳頭揍在如槁木的人工生命體身上。

使用魔術的時候就已瀕臨死亡的人工生命體無法抵抗，只能啃著冰冷的泥土。

啊……我會死——人工生命體突然這樣認定。就算奇蹟發生，戈爾德原諒了自己，但現在的自己已經沒救了，因為剛剛那一拳打破了心臟。

然後滿臉怒氣的戈爾德顯然怎樣也不可能放過自己。

人工生命體無可奈何之下只能死心，分配給自己的手牌實在太差，不管出什麼牌都只有被打槍的份——

「住手啊，劍兵！快阻止你的主人……！」

劍兵不說話，騎兵使盡全力想甩開他的手，但他動也不動。騎兵直直看著他的雙眼大吼：

「我們的確是為了實現自己的願望而現界！所以你認為這代表『做什麼都可以被原諒嗎』？你忘了要表現得像個英雄嗎？我可不要！我雖然是騎兵，但在那之前我更是查里大帝十二勇士之一的阿斯托爾弗！我不會捨棄他，絕不會捨棄他！」

劍兵的手顫抖了一下。

土壤和草木的氣味填滿人工生命體的鼻腔，雖然埋在冰冷的泥土裡，但他感覺這樣還不賴，至少可以死在遼闊的天空之下、大地之上。這樣或許比那些被關在那座城堡裡的人工生命體幸福……他也這樣想。

對萬物的感情已經乾涸，只有覺得對不起騎兵的情緒還刻畫在靈魂上。他幫了自己這麼多，結果這些努力全部白費，讓人工生命體感到非常抱歉。

戈爾德站到人工生命體面前。與其說他已有覺悟，不如說他只能承受，像一條狂奔過後的狗一樣急促地喘氣。

景象模糊，究竟是恐懼造成的，還是絕望造成的？人工生命體心想：這樣就可以不用看到拳頭揮過來了，也不錯。

——無名的人工生命體就這樣毫無意義地出生在這世上，毫無意義地死去。

「主人，住手。」

劍兵一把抓住戈爾德的肩膀，戈爾德以難以置信的表情回過頭來。劍兵無視戈爾德要他壓制騎兵的命令，跑來與戈爾德對峙。騎兵抓緊這個空檔，急忙跑到人工生命體的身邊。

「劍兵，你剛說什麼？」

「我要你住手。如果可以，希望你能治療他。」

「你說什麼?」

戈爾德的聲音顫抖著,他似乎因為太憤怒,甚至忘了臉上要有表情。儘管如此,戈爾德還是深呼吸一次,帶著主人的威嚴說道:

「……劍兵,不要開無聊玩笑。你要我治療他,並且放了他?我們為什麼非得這麼做不可?」

「主人,我現在正對著你的良心訴說,就算我們幫助他,也不會有太大損失才是。」

「夠了,住嘴。」

「主人——」

戈爾德指著劍兵破口大罵:

「住嘴!住嘴、住嘴、給我住嘴!你是應該遵從我命令的使役者吧?不過是個區區使魔,以為可以指使我嗎?你只要乖乖閉嘴,聽從我的指示就夠了!」

事情發展至此,戈爾德明確地對劍兵抱持敵意。他是害群之馬,是會反抗主人的危險使役者。戈爾德發自內心遺憾自己浪費了兩條令咒並因此嘆息,連個簡單的命令都無法執行——這算哪門子的英雄、哪門子的英靈、哪門子的使役者啊!

「你不打算幫助他嗎？」

「我叫你閉嘴——」

下一瞬間，戈爾德就失去了意識，因為劍兵朝他腹部打了一拳。劍兵連看都不看倒下的戈爾德一眼，轉過身去看向握著人工生命體手的騎兵。

「劍兵……？」

劍兵沒有回應騎兵的呼喚，一邊靠近兩人一邊解除以魔力構成的劍和盔甲，甚至連鎖子甲都卸除，露出了上半身。

然後順勢跪在人工生命體跟前。握著人工生命體的手的騎兵以憤怒的眼光瞪視著劍兵。

「混帳，太遲了……你太遲了啊！為什麼不早點下定決心？在那個笨蛋（主人）做出什麼之前！你應該可以阻止他！」

難怪騎兵會怨嘆，因為只要劍兵能盡早阻止主人就好了，他的主人再怎麼樣也不至於愚蠢到為了這種事情使用令咒。如果拚命阻止，人工生命體應該可以不用死。

劍兵哀傷地點點頭。

「……對，你說得對，我又走錯了路。迷惘、困惑，選擇了最糟糕的結果。」

——就像那時候一樣，認為這樣會終結戰爭。

自己總是在關鍵時刻選錯，固執自己的願望，而忽略了蜷縮在眼前的弱者。他沒有求救，所以自己才漏聽了不成聲的聲音，打算捨棄他。這是多麼醜陋、多麼邪惡，這絕對不是——自己期望的目標。

獲得第二次人生，卻打算重複同樣的事情嗎？後悔與自我厭惡填滿劍兵內心。

「可是……即使如此，應該還來得及，並不是一切都結束了。」

「聽你鬼扯……！」

這般笑話讓騎兵心頭火起，握緊拳頭想重重賞他一記——就僵住了。

「你……！」

一陣好似扯斷堅韌雜草的令人極為不快的聲音響起，同時大量的血、血、血飛散四周……

那都是從劍兵胸口出現。

貫穿胸腔的洞是劍兵自行挖開。眼前的劍兵挖出自身心臟的異常光景，讓騎兵忘了要揍人，只是茫然地看著他。

「……你做什麼？」

「這不是我補償得了的事，甚至可以說，我反而逼他背負悽慘的命運。即使如此，我……還是有可以獻給他的性命。」

劍兵挖出的心臟紅得令人難以置信。他抱起人工生命體後，把心臟塞進人工生命體張開的口中。

這景象雖然夢幻且獵奇，但不瘋狂。被吞下的心臟來到人工生命體的胸腔，開始脈動。還活著，人工生命體毫無疑問地活過來了。

但一切都是等價交換，拯救無名人工生命體的代價，當然必須由劍兵支付。放棄聖杯、放棄第二次人生、放棄自身願望——必須捨棄這些。

「……為什麼……」

劍兵微笑回答茫然自失的騎兵提出的問題。

「騎兵，感謝你，我差點就迷失我想追求的事物了。」

仔細一看，劍兵的腳已經開始化為金色粒子，那不是靈體化，而是消滅。得以使他現界的管道消失，將從這個世界分解而去。沒錯，使役者的靈核在心臟與頭部，既然被挖出來了，那他只有消滅一途。

不管說得怎樣好聽，這都是第二次死亡，毫無疑問會覺得壯志未酬，但是劍兵的表情顯得無比沉穩。

「劍兵……！不行！不要走，劍兵，你不可以走！」

騎兵露出混雜疑惑、悲哀、憤怒的表情用力大吼，發著抖忍住淚水的他，怎麼看都只是個楚楚可憐的少女。戰場上與他同在的士兵們，想必會拚命要表現出好的一面給他看吧。

劍兵心想，在這種狀況下還能聯想到這種無聊事情的自己，說不定其實是超乎想像的大膽蠢蛋，臉上不禁浮現苦笑。

「為什麼啊……」

騎兵難過地問，但劍兵還是不打算說明動機。那麼純真的騎兵，應該無法理解他的苦惱吧。更重要的是即使現在都快死了，但要劍兵滔滔不絕說出動機，他還是會覺得很丟臉。

然而，齊格菲打從心裡確定一件事情。

——嗯，這樣就好了——

劍兵最後這樣自言自語完就消失了，騎兵走神了一會兒並跌坐當場，但因人工生命體開始咳嗽，騎兵於是急忙測起他的脈搏，並傾聽他的心跳。心跳聲確實強而有力——明確地傳達生命脈動。

「還活著……太好了。太好了、太好了、太好了……！」

騎兵握著人工生命體那沾滿鮮血的手，並毫不介意髒汙不斷蹭著他的臉頰。今後會怎樣無所謂，現在只需要為這幸運的結果呼出安心的嘆息；因為「黑」騎兵的理性早已蒸發，他毫不關心今後戰爭會怎樣……不，說得更精確一點，是他完全忘記「我方陣營失去劍兵後將會陷入壓倒性不利的狀態」這件事了。

所以他才能純真地感到開心、純真地流淚，不去考慮今後給自家陣營帶來的打擊。就算考慮了，阿斯托爾弗也只會想到「一碼歸一碼，現在先為救了他感到高興吧」。

「啊——」

冒出的低吟聲讓騎兵無比歡喜，因為發出聲音的人並不是自己，而是昏倒的人工生命體。

「你還好嗎？沒事對吧！站得起來嗎？好，很好！這樣子——」

看到那個的騎兵說不出話，大概是因為剛剛騎兵只是握著人工生命體的手閉上雙

眼，所以沒能察覺他肉體出現的變化。

「……我怎麼了？」

無怪乎挺起上半身的人工生命體要瞠目結舌，因為現在依然沒沒無名的人工生命體，正漸漸變成在鍊金術漫長的歷史之中也從未出現過的存在。

……就這樣，聖杯大戰才開打不久，就迎來了「黑」劍兵消滅這一大動盪。但是，這場戰爭將在下個局面更加瘋狂失控。

§§§

「——這就是吾令人懷念的庭園，『虛榮的空中花園（Hanging Gardens of Babylon）』啊。主人，如何？」

聽到「紅」刺客塞彌拉彌斯的話，四郎呼了一口感嘆的氣。在他面前建構起的，是一座超乎想像的巨大建築物。綠意盎然的浮島與大理石地板整齊地排列，並且由柱子構成。四處可見各種植物纏繞，將混沌的醜陋與絢爛的美麗融為一體。

與其說那是花園，更像一座要塞；與其說那是一座要塞，更讓人直接聯想到巨大飛行兵器。這想法絕對沒錯，這座空中花園毫無疑問是一座浮游要塞。

「……太棒了，妳確實加入了我的需求對吧？」

「主人，這是當然……等騎兵和弓兵回來後，就啟動花園，『黑』使役者們想必會嚇傻吧。」

「紅」刺客非常愉快地咯咯笑個不停。

「謝謝。『黑』劍兵因為某些狀況連累而消失的現在正是大好時機，我想我們這邊的劍兵應該也會配合這個機會採取行動吧。」

「這是一場大決戰啊……恐怕是前所未有，有如神話的一場戰役吧。」

雖說「黑」劍兵早早脫隊，但對方仍保有六位使役者。另一方面，己方也失去了狂戰士，當然以劍兵和狂戰士來說，失去劍兵的那一方肯定比較不利；但現在只要有一點點變化，就足以顛覆戰況這點仍毫無疑問。

「不管怎麼說，下一場戰鬥就是能不能獲得大聖杯的關鍵了。」

四郎的決心雖然堅定，說話的聲音卻有著難以言喻的平穩。只不過，那之中包含就算用盡各種手段也要排除對手，如冰一般的冷漠。

他為了抓住自己的願望，應該會毫不猶豫地奪取所有必要的因素吧。這之中不包含任何殘忍之情，有的只是無論如何都不會動搖的鋼鐵意志。

少年過去曾經問過：為什麼，為什麼我們不被原諒？那絕對不是救贖，在那裡的只有絕望與悔恨。

這次他一定要獲得聖杯，並傾注全靈問神：我的願望真的足以接受祢的祝福嗎？

「刺客，我們走吧，我不會讓那場悲劇再次上演。大聖杯——屬於我們。」

四郎帶著充滿堅定意志的眼光，抬頭仰望高高的透明天空。

少年的夢想，仍然在他的心中。

後記

東出祐一郎

好了，雖然我現在已經在撰寫後記，但關於我正執筆《Fate/Apocrypha》這件事情本身，到現在還給我一種脫離現實的恍如隔世感，好像作了一場曖昧模糊的夢……

既然機會難得，我想回頭看看事情走到這一步的經過。

首先最開始，應該是四～五年前了吧。正當我跟一位叫作奈須きのこ的偉大人物聚餐，相談甚歡的時候——

「我說你啊，有沒有興趣設定使役者？」

「我要做——」

我想說這個人竟然隨口說出很不得了的事情，並前往ＴＹＰＥ－ＭＯＯＮ的辦公室打擾，就看到堆積如山的新使役者。那就是我跟《Fate/Apocrypha》和《Fate Online》的相遇。

在充滿魅力的眾使役者之中，我個人最期待聖女貞德出場。現在回想起來，當初《Fate/stay night》發表的時候，很多玩家都推測劍兵其實是聖女貞德。雖然大錯特錯就是了！

就這樣，季節更迭，當我接到《Fate Online》流標的報告時，有種「好可惜喔」的遺憾。畢竟當時已經創造出十四位魅力十足的使役者了。

接著時光持續流逝，《Fate/Apocrypha》以未採用企畫的形式刊登在《Fate/complete material Ⅳ》裡，而且似乎造成不小的話題，所以角川的某位編輯就來問我要不要寫一下《Fate/Apocrypha》的短篇故事。這個短篇就是此企畫的前身〈Unbirth〉（收錄在TYPE－MOON ACE VOL．7）。

在這個時間點處於所謂假預告的狀態，就算要寫，我也只打算寫一個主人、一個使役者的短篇內容。但沒想到當我去跟讀過短篇內容的TYPE－MOON開會時，事情居然演變成「乾脆寫成長篇吧」，然後我現在就在這裡寫後記了。

從最開始看到設定資料到現在已經過了約五年，這是一條漫長的路，但我認為我非常幸運——簡直就像吸光了槍兵們的幸運一樣——多虧如此，我才有機會把她們以作品的形式完成並問世。

誠摯感謝沒有放棄這《Fate/Apocrypha》的各位。

然後當我一腳踏進「Fate」的世界之後，就親身體會到了為何虛淵大哥會去寫出《Fate/Zero》的理由。光是寫「Fate」的世界就很愉快，妄想著魔術師和使役者的設定真的非常開心。以一個粉絲的角度來說，很難得有這麼幸福的時光，更別說這雖然是平行世界，卻是可以透過官方發表的內容。

以前我在雜誌訪談中也提過，我自己認為《Fate/Apocrypha》的核心概念是跟玩家們表態「也有這種形式的Fate作品喔」。在《Fate/stay night》和《Fate/Zero》的系統和發展之下怎樣都不可能……但要做出大家一定會想看的東西，就是這樣。

如果有人以我的作品為契機，在世界上的某個地方又創造出新的「Fate」，或者基於好玩而設定了新的使役者，那我會感到無比欣慰。

最後，我想感謝爽快答應協助考證作品中魔術的三輪清宗老師；在Online企畫時期思考使役者設定與設計的各位；因為登場人物多得跟鬼一樣，讓我感到誠惶誠恐的插畫家近衛乙嗣老師；以及在各方面盡全力協助我的武內崇大人、奈須きのこ大人、ＴＹＰ

E－MOON的各位，在此致上我最大的謝意。

現階段《Fate/Apocrypha》預計四集完結。那麼就讓我們在第二集（順利的話，夏天左右）再見吧（註：以上為日版狀況）！

Kadokawa Light Novels

刺客守則 1~3 待續

作者：天城ケイ　插畫：ニノモトニノ

Kadokawa Fantastic Novels

如果我沒辦法通過那場考試，
老師會離我而去嗎……？

入學第一年即將結束，庫法要求梅莉達參加晉級考試。其中隱含著「假如梅莉達沒通過考試，將親手血刃她」的覺悟——梅莉達幹勁十足地與愛麗絲一同赴考，但繆爾和莎拉夏卻出現在她們面前……暗殺教師與少女將展現出賭上性命的尊嚴——！

各 **NT$220~240/HK$68~75**

台灣角川

國家圖書館出版品預行編目資料

Fate/Apocrypha. 1, 外典:聖杯大戰 / 東出祐一郎作；
何陽譯. -- 初版. -- 臺北市：臺灣角川, 2018.02
面； 公分

譯自：Fate/Apocrypha, 1, 外典:聖杯大戰
ISBN 978-957-564-041-5(平裝)

861.57 106023796

Kadokawa
Fantastic
Novels

Fate/Apocrypha 1
「外典：聖杯大戰」

（原著名：フェイト/アポクリファ 1「外典：聖杯大戰」）

2018年2月12日　初版第1刷發行

作　者：東出祐一郎
插　畫：近衛乙嗣
譯　者：何陽

發行人：成田聖
總　監：黃珮君
總編輯：蔡佩芬
編　輯：孫千棻
美術設計：廖怡姿
印　務：李明修（主任）、黎宇凡、潘尚琪

發行所：台灣角川股份有限公司
地　址：105台北市光復北路11巷44號5樓
電　話：（02）2747-2433
傳　真：（02）2747-2558
網　址：http://www.kadokawa.com.tw
劃撥帳戶：台灣角川股份有限公司
劃撥帳號：19487412
法律顧問：寰瀛法律事務所
製　版：尚騰印刷事業有限公司
ISBN：978-957-564-041-5
香港代理：香港角川有限公司
地　址：香港新界葵涌興芳路223號
新都會廣場第2座17樓 1701-02A室
電　話：（852）3653-2888

Fate/Apocrypha

The sage calls out. "Open, Gates of Heaven. Bless us and bestow miracles upon us!"

1

「外典：聖杯大戰」

東出祐一郎

插畫 近衛乙嗣

Kadokawa Fantastic Novels

彩頁、內文插畫／近衛乙嗣